PORTRAITS

A LA PLUME

PARIS. — TYP. SIMON RAÇON ET COMP., RUE D'ERFURTH, 1.

L. CLÉMENT DE RIS

PORTRAITS

A LA PLUME

PARIS
EUGÈNE DIDIER, ÉDITEUR
6 — RUE DES BEAUX-ARTS — 6

MDCCCLIII

A BÉNÉDICT

Si je te dédie ce volume, mon cher Bénédict, ce n'est pas que je me fasse illusion sur sa valeur, et que je le regarde comme entièrement digne de toi; mais peut-être qu'en littérature, comme en droit maritime, le pavillon couvre la marchandise. Tout en regrettant donc d'avoir si peu à t'offrir, je veux placer ton nom en tête de ce recueil, comme un souvenir des jours heureux que nous avons passés ensemble, et comme un gage de l'inaltérable affection que je t'ai vouée.

Presque toutes les notices qui composent ce volume ont déjà été publiées. Elles traitent d'ailleurs
de noms trop connus pour qu'en les lisant on puisse
trouver à satisfaire l'attrait de la curiosité.

Elles se divisent en deux parties. Celles composées
au point de vue littéraire; celles qui ont rapport à
l'art et à la peinture en particulier.

On pourra trouver que la première partie revient
sur des questions oubliées ou résolues depuis longtemps. Quelques mots d'explication sont donc nécessaires.

La petite secte littéraire qui se formait, il y a
trente ans, sous le nom de romantique avait sa raison d'être. Elle réagissait contre une école qui avait
poussé la négligence du mouvement dans le style, de

la couleur, — de la forme, comme on dit encore — jusqu'à la sécheresse, jusqu'à l'aridité. En rapportant à la littérature cet élément trop négligé, elle était dans son droit.

Mais elle ne tarda pas à dépasser les limites de ce droit, et à vouloir faire une révolution au lieu de se borner à une réforme.

Deux causes devaient la faire échouer :

La révolution n'était pas nécessaire, par la simple raison qu'elle était faite; puis elle n'avait pas les reins assez forts pour la tenter. Enfin, il arrivait ce qui se présente souvent en pareil cas : révolutionnaires en paroles, les nouveaux venus étaient au fond plus timides que ceux qu'ils voulaient renverser.

Aussi, depuis ses premiers et légitimes succès, cette école, ne répondant plus à aucun besoin, a-t-elle été se perdant de jour en jour dans ses défauts et dans l'exagération de son principe.

Elle débuta par vanter avec raison l'originalité, par flétrir les imitateurs, et copia d'abord les écrivains étrangers; puis, quand le procédé fut connu, ses propres écrivains.

Elle débuta par vanter avec raison la forme dans le style, et en arriva à limiter l'art d'écrire au métier d'arrangeur de mots, et à négliger totalement les idées. Ses membres, il est vrai, s'appelaient parfois des penseurs,

Elle tente vainement aujourd'hui de cacher la banalité de la pensée sous la bizarrerie de la forme, et
donne le triste spectacle d'une vieillesse taquine et
jalouse, après avoir eu une jeunesse dont l'intolérance tapageuse n'est pas encore tout à fait oubliée.

Mais l'esprit humain ne peut s'arrêter. Il faut aux
générations qui arrivent autre chose que des paroles
sonores et vides. Les jeunes gens demandent le mot
d'ordre à leurs aînés, et ceux-ci ne peuvent le leur
donner. Ils n'en ont pas.

C'est plus loin qu'il faut l'aller chercher. C'est auprès de ceux-là mêmes qui ont servi pendant trente
ans de but aux railleries d'enfants qui ne les valaient
pas.

L'heure est, je crois, venue, de constater ce
mouvement, et d'aider autant que possible à reprendre la tradition française, dont l'école des mots avait
fait dévier la littérature.

C'est là que peut se trouver l'opportunité de ces
notices, dans lesquelles nous avons essayé d'indiquer
la part des qualités et des défauts de cette école.

LITTÉRATURE.

ALFRED DE MUSSET

Lorsque l'on étudie assidûment les productions de l'école littéraire qui depuis vingt ans et plus s'est formée sous la bannière de la liberté dans l'art, on y reconnaît trois impulsions diverses, mais nullement contraires, qui peuvent se résumer en trois noms autour desquels viennent se grouper de près ou de loin tous les autres : Victor Hugo, George Sand et Alfred de Musset.

Victor Hugo est, avant tout, le peintre de la nature extérieure, soit physique, soit morale. Tous les sentiments violents que l'âme n'a pas la force de contenir, la colère, la haine, la vengeance, tous les effets éclatants de la création ont été rendus par lui avec un talent qu'il est inutile de nier. Avec sa forme vive et nette, avec sa passion de l'antithèse, dont le défaut est précisément de saisir trop violemment l'esprit, avec son vers frappé, avec sa prose ciselée en relief comme une pièce

d'orfévrerie, il ne laisse rien dans l'ombre ou le demi-
jour. Il n'aime pas les coins obscurs, ou, s'il s'en sert,
méfiez-vous-en ; il y fera tout à coup pénétrer un rayon
qui deviendra plus éclatant par l'opposition de l'obscurité. Il le dit lui-même dans la préface de son dernier
volume de poésies : « Il a toujours eu un goût vif pour
la forme méridionale et précise. Il aime le soleil. » Et
cet aveu est d'autant plus précieux à enregistrer, qu'à
l'époque où il a été fait monsieur Hugo, arrivé à la maturité de son talent, en était tout à fait le maître, et,
sûr désormais de son origine et de son but, pouvait se
résumer lui-même d'une façon assez juste et à tout
prendre impartiale. Aussi n'est-il pas difficile de se
rendre compte de l'engouement qu'il excite chez les tout
jeunes gens, que l'éclat de cette poésie tout étincelante
de pierreries séduit avant qu'ils songent à rechercher
ce qu'elle couvre. Ce n'est que plus tard que l'on reconnaît que plusieurs sont fausses. En un mot, monsieur Hugo s'adresse avant tout à l'imagination.

Le talent de madame Sand peut paraître multiple au
premier abord, mais l'idée générale qui résulte de la
lecture de ses œuvres, soit que, comme dans ses premiers romans, elle proteste, au nom de la passion contre le devoir, soit que, comme dans le *Compagnon du
tour de France*, *Horace*, *Consuelo*, elle fasse pousser à
l'esprit de révolte et d'envie un terrible cri de haine
contre l'autorité, soit enfin que, comme dans la *Mare
au Diable*, *Jeanne*, et les délicieuses églogues qui
l'ont suivie, elle attaque plus directement qu'on ne
le pense l'ordre social au nom du naturalisme le plus
séduisant ; cette idée, dis-je, est celle du livre dans
lequel madame Sand s'est incarnée : *Lélia*. C'est le

désir et l'orgueil s'irritant l'un l'autre, c'est l'histoire
de l'homme incessamment dévoré par la soif de l'idéal,
aspirant à étreindre le rêve d'un Dieu, et toujours douloureusement ramené à la réalité par sa nature bornée
et finie. C'est, enfin, cette pensée que les anciens nous
ont transmise dans le symbole de Prométhée attaché au
rocher, et livrant aux étreintes du vautour ses entrail-
les immortelles. De quelque façon que l'on juge le roman de *Lélia*, et malgré des taches de mauvais goût
que l'inexpérience de l'auteur et le temps où il fut écrit
ne suffisent pas pour faire excuser, il serait injuste de
ne pas reconnaître que depuis *Faust* et *Manfred* jamais
pareille plainte d'orgueilleux blessé n'avait été exhalée
par une voix plus harmonieuse et plus puissante. Glo-
rifiant surtout les facultés de l'homme, laissant apercevoir sous l'énergie de son appétition la puissance de
ses moyens, madame Sand devait s'adresser et s'adresse,
en effet, à l'intelligence.

Monsieur de Musset, au contraire, est le poëte des
natures tendres et des cœurs aimants. C'est l'historien
des sentiments ardents, mais cachés, qui consument
silencieusement une âme et y meurent avec elle. Il est,
dit-il, dans le drame de la *Coupe et les lèvres* :

> Il est deux routes dans la vie :
> L'une solitaire et fleurie,
> Qui descend sa pente chérie
> Sans se plaindre et sans soupirer.
>
> . . . .
>
> L'autre, comme un torrent sans digue,
> Dans une éternelle fatigue,
> Sous les pieds de l'enfant prodigue,
> Roule la pierre d'Ixion.

L'une est bornée et l'autre immense;
L'une meurt où l'autre commence;
La première est la patience,
La seconde est l'ambition.

C'est la première de ces routes qui a tenté monsieur de Musset.

Ceux, dit-il quelques vers plus loin,

Ceux qui, loin des regards, sans plainte et sans désirs,
Sont morts silencieux sur le cœur d'une femme,
O jeune montagnard! ceux-là, du fond de l'âme,
Ont méprisé la gloire et ses tristes plaisirs.

C'est parmi ceux-là qu'il s'est rangé, et ce sont ceux-là qui lui ont fait son plus beau et son plus légitime succès. En s'efforçant de se connaître en frappant sur son cœur, en y cherchant le sentiment qui y prédominait et devant lequel tous les autres étaient forcés de s'incliner, il s'est trouvé face à face avec l'amour. Plus tard, lorsque ses investigations se sont étendues autour de lui, quand il a interrogé par l'observation, la pensée et la réflexion, les hommes qui l'environnaient, c'est encore l'amour qu'il a trouvé comme mobile, souvent inavoué, mais certain de bien des actions humaines. Plus tard encore, en élargissant de nouveau le cercle, en y faisant entrer non plus l'homme seulement, mais la nature dans laquelle il se meut et se développe, il a reconnu que la grande loi qui la régissait invariablement depuis les harmonieuses révolutions des sphères célestes tourbillonnant dans l'immensité, jusqu'à l'imperceptible mouvement de l'insecte qu'un brin d'herbe abrite, c'était encore, c'était toujours la loi

de l'amour. C'est ce qu'il a exprimé dans les vers suivants.

> J'aime ! — Voilà le mot que la nature entière
> Crie au vent qui l'emporte, à l'oiseau qui le suit !
> Sombre et dernier soupir que poussera la terre
> Quand elle tombera dans l'éternelle nuit !
> Ah ! vous le murmurez dans vos sphères sacrées,
> Étoiles du matin, ce mot triste et charmant !
> La plus faible de vous, quand Dieu vous a créées,
> A voulu traverser les plaines éthérées,
> Pour chercher le soleil, son immortel amant.
> Elle s'est élancée au sein des nuits profondes,
> Mais une autre l'aimait elle-même ; — et les mondes
> Se sont mis en voyage autour du firmament.

Aussi, si monsieur Hugo et madame Sand s'adressent
plus directement à l'imagination et à l'intelligence,
monsieur Alfred de Musset parle avant tout au cœur,
et, des trois parts, ce n'est pas la moins bonne qu'il
s'est réservée.

Au milieu du déplorable industrialisme qui désho-
nore notre littérature, le bagage de monsieur de Musset peut paraître bien léger, et c'est un des premiers
mérites du poëte de n'avoir pas voulu forcer l'attention
publique à s'occuper de lui. Toutes ses œuvres tiennent
dans quelques volumes ; mais, si peu nombreuses qu'elles soient, ces pages contiennent plus de choses et devront arrêter plus longtemps l'attention de tout lecteur
de goût que tel ouvrage interminable que je pourrais
citer. En outre, monsieur de Musset a eu le bon esprit
de ne pas vouloir faire concourir ses œuvres au développement de n'importe quelle ambitieuse théorie littéraire faite après coup. Il n'a pas voulu non plus,

2

sous le voile d'une maladroite transparence, flatter ou
honnir tel ou tel système politique. Il s'est tenu en dehors de toute opinion, il ne s'est rattaché à aucun
parti. Poëte, il a fait de la poésie, comme il eût fait de
la politique, s'il eût été un homme politique. Il a aimé,
il a souffert, il a senti son cœur battre de plaisir et de
désespoir; il sait ce qu'un regard peut causer de douleur et ce qu'un baiser peut donner d'ivresse; il a raconté ses amours, ses souffrances, ses plaisirs, dans un
style vif, élégant, animé, original et s'élevant parfois
jusqu'aux plus hautes régions du lyrisme; rien de plus,
rien de moins. Je ne veux blâmer personne, mais, devant la manière d'agir de certains de nos plus grands
poëtes qui ont laissé traîner les beaux vêtements de la
Muse dans la fange des multitudes, qui, en vue de je ne
sais quelle honteuse popularité, dont ils souffrent les
premiers, ont abandonné les tranquilles sommets qu'ils
avaient atteints pour tomber dans les bas-fonds du ridicule, il est difficile de ne pas savoir un gré infini à
monsieur de Musset d'être resté poëte et

Grand seigneur, tel que Dieu l'avait fait,

ainsi qu'il le dit lui-même de *Rolla*. Le rossignol n'est
pas fait pour le carrefour. Les rossignols du temps présent ne me semblent pas suffisamment convaincus de
cette vérité.

Monsieur de Musset a débuté par un scandale. On se
rappelle le succès de curiosité qu'obtinrent, vers 1832,
ses *Contes d'Espagnes et d'Italie*, les luttes qui s'éta-
blirent autour de la *Ballade à la Lune*, de *Don Paëz*,
de *Mardoche* et des *Marrons du feu*. Le besoin d'attirer

violemment la foule au début n'est pas de notre goût,
il cache presque toujours une grande insuffisance. Les
gens qui escaladent les fenêtres et qui brisent les vitres en entrant nous ont fait trop souvent pénétrer à
leur suite dans une chambre vide pour que nous ne
nous en défiions pas. Heureusement ce n'était pas le
cas de monsieur de Musset : tout ce que contient ce premier recueil se ressent nécessairement du manque
d'habitude et de l'extrême jeunesse de l'auteur, mais
sous une forme à laquelle un goût même ordinaire
trouve trop souvent à blâmer ou entrevoit déjà une
force réelle et une véritable originalité. La scène où la
Camargo — dans les *Marrons du feu* — essaye par tous
les moyens possibles de rallumer dans le cœur de Rafaël un amour éteint, ne manque ni d'observation, ni
de justesse ; et, si les transitions des divers mouvements
de son cœur ne sont pas faites avec toute l'habileté
que l'on pourrait désirer, au moins chacun d'eux est-il
dessiné d'une manière très-nette et très-vive. La scène
où Rafaël raconte à l'abbé Desiderio l'histoire de ses
amours avec la Camargo porte déjà l'empreinte de cette
mélancolie qui tirera plus tard de magnifiques accords
de l'instrument du poëte. Ces vers ne sont-ils pas pleins
de charme et de vérité :

> — Un beau soir, je ne sais comment se fit l'affaire,
> La lune se levait cette nuit-là si claire,
> Le vent était si doux, l'air de Rome est si pur ;
> — C'était un petit bois qui côtoyait un mur,
> Un petit sentier vert, — je le pris, — et Jean, comme
> Devant, je m'en allai l'éveiller dans son somme.

Je ne dirai rien de *Don Paëz* et de *Mardoche*. Les

singulières libertés poétiques qu'a cru pouvoir se permettre l'auteur ne suffisent pas pour faire oublier la
banalité du sujet et le manque complet d'intérêt qui
le caractérise. Ce n'est pas là où il faut chercher monsieur de Musset; on le trouverait plutôt dans *Portia*,
et dans les *Vœux stériles*, dont plusieurs vers semblent
dictés par la voix qui animera *Rolla*. Seulement, nous
ferons remarquer que, dans *Mardoche*, le sujet tombe
tout à coup et ne finit pas; nous aurons à signaler ce
manque bizarre de conclusions dans plusieurs productions de monsieur de Musset, qui semble l'affectionner
quelquefois. Quant aux autres pièces, le *Lever*, l'*Andalouse*, *Madrid*, *Venise*, *Pepa*, elles ont trop bien et
trop justement fait leur chemin dans le monde pour
que nos éloges puissent y aider en rien. Pour continuer
notre comparaison, il faut reconnaître que, si monsieur
de Musset a cassé les vitres au début, la maison où il
nous a introduits était loin d'être vide, et qu'il était
d'ailleurs assez riche pour la meubler royalement.

Le pas fait entre les *Contes d'Espagne* et un *Spectacle dans un fauteuil* est très-considérable. Monsieur
de Musset s'est développé et a grandi dans la lutte; il
est moins l'esclave de sa fantaisie, et parvient souvent
à dominer complétement sa pensée. Sa voie est désormais tracée. Les souffrances et les joies intimes de
l'amour, l'immolation incessante à un être chéri, la
grandeur du sacrifice accompli secrètement pour le
bonheur ou la paix d'un autre, n'auront jamais trouvé
un meilleur interprète et un chantre plus ému. Une
critique sévère pourrait, je le sais, trouver bien des
taches dans les poésies du *Spectacle dans un fauteuil*;
mais les cœurs qu'il a touchés, les tristesses qu'il a

comprises et partagées, les larmes qu'il a fait répandre, en absoudront toujours l'auteur. Disons plus : de pareilles œuvres ne rentrent que bien difficilement dans le domaine de la critique ; quoi qu'on en ait, elles se lisent plus avec le cœur qu'avec l'esprit, et le cœur est, on le sait, un bien mauvais juge.

La préface, en forme de dédicace, pourrait passer pour la plus spirituelle apologie du doute ou de l'indifférence, si toutes les forces vives de l'auteur n'étaient pas concentrées dans les vers suivants :

> Doutez de tout au monde, et jamais de l'amour.
> Tournez-vous là, mon cher, comme l'héliotrope
> Qui meurt les yeux fixés sur son astre chéri,
> Et préférez à tout, comme le misanthrope,
> La chanson de ma mie et du bon roi Henri ;
> Doutez, si vous voulez, de l'être qui vous aime,
> D'une femme ou d'un chien, — mais non de l'amour même.

L'allure de monsieur de Musset est moqueuse, cavalière, le rire du doute lui plisse souvent la lèvre, mais c'est une allure empruntée ; il voudrait en vain empêcher son cœur de battre. Dès qu'il rencontre un sentiment vrai, dès qu'il touche l'amour sur sa route, sa démarche hésite, sa voix tremble, ses yeux s'humectent, l'émotion l'entraîne, et il trouve alors de magnifiques accords qui vont réveiller tristement, mais non sans charme, les cœurs blessés.

Le poëme, ou plutôt le drame de la *Coupe et les lèvres*, — car c'est bel et bien une pièce en cinq actes — est l'histoire d'un jeune chasseur que le désir insatiable et le besoin d'action font abandonner l'humble héritage paternel en maudissant sa patrie et sa famille,

2.

qui n'ont pu satisfaire ses appétits effrénés, pour courir
le monde et les aventures. Après avoir cherché dans
l'amour impur et dans l'ambition satisfaite à éteindre
la soif qui le dévore; après avoir, dans une sombre
mascarade, acheté à prix d'or l'infidélité d'une maîtresse sur le cercueil même où elle le croit enseveli;
instruit par les sévères leçons de l'expérience, il revient
au village où il retrouve une jeune fille qui l'aimait
avant son départ et qui lui a naïvement conservé son
amour. Il se prépare à l'épouser; il touche enfin au
bonheur qu'il a été chercher bien loin; il approche la
coupe de ses lèvres, lorsqu'un coup de poignard l'en
sépare : sa fiancée est assassinée par la femme qu'il a
jadis abandonnée pour se faire soldat. L'intérêt du
drame est tout entier dans le développement du caractère du chasseur Franck. Monsieur de Musset, on le
pense bien, n'a pas suivi les règles prescrites en pareil
cas, il ne prend pas un caractère au début, il n'en
étudie pas avec soin et patience les diverses transformations. Il n'analyse pas, il fait sentir. Ce sera au
lecteur à tirer les conclusions. Aussi, procède-t-il par
scènes qu'il laisse à qui de droit le soin d'enchaîner
entre elles. Plusieurs de ces scènes sont de toute beauté.
Celle où Franck vient d'incendier la maison de son
père, et, debout sur le seuil enflammé, jette la malé-
diction de son orgueil à toute sa ville natale, est empreinte d'un sentiment de terreur et de grandeur sauvage que rien ne peut rendre. La scène d'amour entre
Franck et Belcolore, où, dans l'ivresse d'une nuit de
plaisir, le jeune homme épuisé, croyant presser enfin
son idéal sur son cœur, est douloureusement ramené
au vrai par une parole de courtisane stupide, à des

élans de la plus sublime poésie. Tout le monde connaît
le monologue de Franck, et, malgré quelques exagérations de mauvais goût qui déparent les premiers vers,
ce n'en est pas moins un des gémissements les plus
sombres et les plus découragés de la littérature moderne, qui pourtant en a tant poussé. Le personnage
de Deidamia, à peine entrevu, à peine indiqué, traverse
tout le drame, en laissant sur sa trace une fraîche odeur
printanière qui repose et console. Si j'avais un reproche
à adresser à ce drame, ce serait celui dont je parlais
tout à l'heure, de ne pas avoir de conclusion. Le coup
de poignard de Belcolore ne termine rien, car l'intérêt
ne porte pas sur Deidamia, mais bien sur Franck, et
l'esprit, un instant détourné par ce gracieux épisode,
comprend bien que le héros n'est pas encore assez à
bout de ses forces pour ne pas entamer une terrible et
suprême lutte contre le destin, dont Belcolore n'a fait
qu'exécuter aveuglément les ordres.

A quoi rêvent les jeunes filles? ne peut s'analyser.
C'est une délicate fleur de fantaisie dont il faut prendre
garde de ternir les pétales en y touchant. Quelle pureté
virginale, quelle malice enfantine brillent dans la scène
où Ninon, avant de s'endormir, repasse dans sa mémoire les événements de la journée et ceux du lendemain, et fait voyager son esprit des panaches ridicules
de sa vieille tante à la beauté de ses bras! Et, dans un
ordre plus élevé, les vers suivants, que le jeune Sylvio
répond au vieux duc Laërte, ne sont-ils pas remplis
de noblesse et d'un attendrissement aussi bien rendus
que vivement sentis :

> Jamais les imbroglios, ni les galanteries,
> Ni l'art mystérieux des douces flatteries,

> Ce bel art d'être aimé, ne m'ont appartenu.
> Je vivrai sous le ciel comme j'y suis venu.
> Un serrement de main, un regard de clémence,
> Une larme, un soupir, voilà pour moi l'amour,
> Et j'aimerai dix ans comme le premier jour.
> J'ai de la passion et n'ai point d'éloquence.
> Mes rivaux, sous mes yeux, sauront plaire et charmer,
> Je resterai muet, — moi, je ne sais qu'aimer.

Comme Irus et ses deux valets, Spadille et Quinola, sont bêtes et amusants! Jamais un père, intercédant auprès de Dieu pour le bonheur de son enfant, a-t-il fait monter vers le ciel une plus noble prière que celle du duc, commençant par ces mots :

> Mon Dieu, tu m'as béni : tu m'as donné deux filles.

Jamais scène d'amour fut-elle plus savamment rendue que celle entre Ninette et Sylvio?

> Taisez-vous, j'ai promis de ne pas vous aimer,

répond la jeune fille à toutes les raisons que lui donne son amant pour se disculper, comme si elle avouait que sa volonté est trop faible pour lui résister, et qu'elle est obligée de faire intervenir une puissance supérieure à la sienne. De pareilles œuvres ne s'expliquent pas; on les lit, on les relit, et l'on en garde précieusement l'ineffaçable souvenir.

Dans la fable de *Namouna*, l'auteur a développé le caractère de don Juan, tel qu'il le comprend. Cette audacieuse témérité a eu un plein succès, et monsieur de Musset s'est montré digne de toucher à cette imposante figure. Comme dans le personnage de *Lélia* —

auquel une de ses strophes a eu l'honneur de servir
d'épigraphe — il en a fait une personnification du désir.
Selon monsieur de Musset, don Juan n'est plus ce dé-
bauché vulgaire, ce type de l'inconstance banale, qui
ne trompe ses victimes que pour les tromper et par
l'instinct d'une mauvaise nature; c'est un courageux et
infatigable explorateur, cherchant de bonne foi à travers toute espèce de fatigues, de luttes et de désespoirs,
à saisir le fantôme de son désir, et qui, faute d'y être
parvenu ici-bas, va bravement demander à une autre
vie le mot de l'énigme. Je ne sais si, en prenant ce personnage à ce point de vue, monsieur de Musset a scrupuleusement suivi le caractère que lui prête la tradition
littéraire; mais je crois pouvoir affirmer qu'il en a fait
une grande et originale création, et qu'il l'a plutôt
élevé qu'abaissé. Bien que l'auteur s'en défende fort
spirituellement, il est évident que le style de ce poëme,
dans les premières strophes et dans presque tout le
premier chant, rappelle de trop près celui de Byron
dans le poëme du même nom; mais il s'en écarte dès
qu'il tire ses idées de son propre fonds, et personne ne
peut avoir le droit de revendiquer comme sienne la
forme qu'il a su leur donner.

Par un singulier rapprochement, madame Sand aussi,
dans *Lélia*, a touché au personnage de don Juan, et,
bien qu'elle lui ait donné des proportions autres et
moins élevées que monsieur de Musset, en plusieurs
endroits pourtant elle a cru pouvoir se servir de la
forme du poëte et mettre en prose plusieurs de ses
strophes. Il est vrai qu'elle a fait ces emprunts avec
intelligence et qu'elle les a habilement dissimulés;
mais un œil un peu exercé ne s'y trompe pas, et re-

trouve bien vite, soit à la tournure de la phrase, soit
au mouvement de la période, des connaissances qu'il
peut saluer au passage. C'est un honneur, au reste, que
madame Sand a fait à peu de gens, et qui n'a rien que
de très-flatteur pour monsieur de Musset.

Les *Nouvelles* ont une portée moins haute et moins
ambitieuse. Ce sont de simples histoires des sentiments
que nous voyons se développer tous les jours sous nos
yeux. Nous ne les détaillerons pas les unes après les
autres, bien qu'une d'elles, *Frédéric et Bernerette*,
pût faire le sujet d'un travail étendu et intéressant.
L'histoire de l'amour d'une grisette pour un étudiant
paraît au premier abord tellement vulgaire, qu'il semble
impossible avec une pareille donnée de composer une
œuvre de quelque valeur. Le mérite de monsieur de
Musset, dans cette nouvelle, a été précisément la simplicité et la sobriété de la narration. C'est la nature
prise sur le fait. Il est peu d'œuvres plus douloureusement vraies que la lettre écrite à Frédéric par Bernerette avant de se tuer, et, je le dis sans crainte de passer
pour ridicule, il m'a toujours été impossible de la lire
sans pleurer.

Sous le titre de *Comédies et Proverbes*, monsieur de
Musset a réuni plusieurs pièces impropres à la représentation, dans lesquelles, à travers des réminiscences
de Shakspeare et de Schiller, une originalité de premier ordre se fait sentir et reconnaître. Cette forme
de roman dialogué, où la fantaisie a le champ libre,
se prête essentiellement aux talents où domine, comme
chez monsieur de Musset, l'instinct poétique. La scène
se passe habituellement dans un pays et à une époque
qui, pour n'être pas indiqués dans l'atlas de Brué ou

dans les chronologies élémentaires, n'en ont pas moins
une existence parfaitement constatée dans l'esprit des
poëtes. — Tout le monde connaît l'histoire de *Lorenzaccio*, ce neveu d'Alexandre de Médicis, qui,
après s'être fait le bouffon et le compagnon de débau-
ches de son oncle, finit par le poignarder. C'est ce fait
dont s'est emparé monsieur de Musset. Usant de la liberté accordée au poëte tragique d'interpréter l'histoire selon sa pensée, il a fait de *Lorenzaccio* un Brutus jeune, qui, enlevé à sa vie innocente et studieuse
par le désir d'arracher sa patrie à ce qu'il croit le despotisme d'Alexandre, poursuit cette pensée avec d'autant plus d'ardeur, que, pour la faire réussir, il a dû
dire un éternel adieu à la vie d'austérité et de vertu
suivie jusque-là. *Lorenzaccio* est évidemment fou :
c'est un fanatique placé sous l'obsession d'un rêve sauvage dont il lui serait facile de se réveiller ; mais alors
la vie factice qu'il s'est créée n'existerait plus pour lui,
et l'on comprend que chaque pas le rapproche nécessairement de son crime. Aussi peut-on regarder *Lorenzaccio* comme une fort curieuse étude sur la folie san-
glante de l'assassinat politique. Mais nous abordons ici
une question de psychologie sociale qui n'est plus de
notre compétence, et nous rentrons dans notre rôle en
disant que, en dehors de toute appréciation morale,
plusieurs scènes du drame de *Lorenzaccio* sont admirablement traitées. On peut citer celle où la marquise
Cibo avoue à son mari que, en son absence, elle s'est
livrée à Alexandre de Médicis plutôt que de rester sous
la dépendance du cardinal qui possède son secret, et,
grâce à cette arme, voudrait lui faire jouer à son profit
le rôle de maîtresse favorite.

L'histoire du malheureux *Andre del Sarto*, qui dé-
pensa l'argent confié par François Ier pour lui envoyer
des tableaux d'Italie à satisfaire les caprices et les exigences de sa femme Lucrezia del Fede, a été habilement exploitée par monsieur de Musset. Dans la pièce
de ce nom, Lucrezia trompe André pour son élève et
son meilleur ami Cordiani. Le caractère du vieux peintre est parfaitement indiqué. Ce vieillard qui sent
crouler autour de lui tous les sentiments de force et
de grandeur, qui voit toute une vie de gloire perdue
pour un moment de faiblesse et d'improbité auquel
l'amour de sa femme et l'amitié de son disciple manquent tout à coup, qui, en un mot, n'a rien ni au dedans, ni au dehors de lui à quoi il puisse se retenir
quelques instants encore, et meurt satisfait de penser
que la femme, si ardemment aimée, sera heureuse
avec son amant, est une grande et belle personnification de l'abnégation, cette grande force de l'amour.

Dans les *Caprices de Marianne, On ne badine pas
avec l'amour! Fantasio*, le *Chandelier*, la *Quenouille
de Barberine*, l'auteur a suivi sa propre inspiration; il
n'a rien demandé à l'histoire, et a raconté dans un
style animé de douces ou tristes histoires que l'on re-
lira toujours avec enchantement. Quel cœur généreux
n'a approuvé les paroles de Perdican à Camille, à la
fin du second acte de *On ne badine pas avec l'a-
mour?* Qui n'a compris le dévouement de Cœlio pour
Marianne, allant jusqu'à la mort lorsqu'il apprend
que Marianne ne l'aime pas! Qui ne pardonnerait
vingt fois à Jacqueline d'avoir un instant écouté cet
imbécile de Clavaroche, pour la voir ensuite s'excuser
avec l'effusion qu'elle met dans la scène avec l'humble

petit clerc Fortunio? Et, au milieu de tout cela, quel
esprit, quelle verve, quel entrain, quelle originalité
dans les scènes d'Octave et du conseiller, de maître
Bridaine et de dame Pluche, de l'oncle Van Buck et de
son neveu, de Marinoni et du prince de Mantoue!
Quelle mélancolie railleuse, quel pénible désenchantement dans le dialogue de Fantasio usant stérilement
toutes les facultés de son intelligence à la recherche
d'un bonheur impossible, et de ce brave Spark qui a
su le prendre tout simple et tout trouvé tel que Dieu
le lui envoyait! Le mérite de ces différentes pièces est
principalement dans la forme que revêt la pensée, et
dont il est bien difficile à une critique, même aussi favorable que la nôtre, de donner une idée précise et
exacte. Les sentiments qu'elles éveillent est tout. Il
faut les lire et rêver.

Le succès du *Caprice*, joué sur la scène du Théâtre-Français, a été pour le public et pour les gens du
monde une révélation de ce talent que les personnes
d'étude admiraient depuis dix ans. Ce succès était mérité, je ne le conteste pas; mais je ne voudrais pas,
comme je le vois faire souvent, que l'on jugeât monsieur de Musset sur cette pièce, qui ne montre que le côté
le moins intéressant de son talent : le marivaudage. Le
juger sur un *Caprice*, serait porter sur un jugement
faux. Monsieur de Musset a certainement beaucoup
d'esprit, personne ne le lui refuse, mais il a en même
temps de l'originalité et du naturel, et il a un meilleur
usage à faire de cet esprit que de le jeter dans le moule
de Marivaux. Il doit, lui qui aime tant à « boire dans
son verre, » le remplir d'un vin plus naturel et plus
généreux. De la passion faite sur une pointe d'aiguille,

5

les évolutions de la pensée sur une nuance imperceptible de sentiment, peuvent étonner et séduire un instant, mais on s'en lasse vite, et alors le poëte est encore plus fatigué que le public de ce stérile exercice.
Les passions et les sentiments sont trop forts par eux-
mêmes pour ne pas pouvoir se passer de l'esprit. Monsieur de Musset avait déjà tenté ce genre dans un petit
acte, joué, il y a bien longtemps, à l'Odéon, et intitulé : *Razetta* ou les *Noces de Laurette*. C'est ce que je
connais de plus singulier sous ce rapport; l'esprit y
est semé avec une profusion si fatigante, que l'on arrive à ne plus comprendre ce que veulent dire les
personnages. Cette longue conversation devait nécessairement tomber devant une foule habituée, à cette
époque surtout, à l'alcool du drame pris à haute dose.
Puis vint le *Caprice*, la plus jolie chose de ce genre,
où l'œil souriant des interlocuteurs semble toujours retenir une larme au bord de la paupière. *Il faut qu'une
porte soit ouverte ou fermée* eut déjà moins de succès
que le *Caprice*, l'attention se lassait ; et, enfin, *Louison*
échoua complétement. On était fatigué de ces sentiments entortillés, et, marivaudage pour marivaudage,
on préférait l'original à la copie. Avouons, du reste,
que monsieur de Musset en a usé avec modération, et
espérons que l'échec de *Louison* le rendra plus cir-
conspect encore à l'avenir.

La *Confession d'un enfant du siècle* obtint, lors de
son apparition, un succès que le temps ne parait pas
avoir ratifié. Ce livre est aujourd'hui le moins lu et le
moins apprécié des ouvrages de l'auteur. Je ne partage
pas cette indifférence, qui, d'ailleurs, à en croire le
mouvement qui s'opère dans l'opinion publique en fa-

veur de monsieur de Musset, aura peut-être un terme
plus prochain qu'on ne le pense. Je conviendrai, si
l'on veut, que cette œuvre manque d'attrait, mais j'y
trouve un mérite qui fait vite oublier cette imperfection : la vérité. C'est le douloureux récit d'un de ces
enfants au cœur jeune, mais à l'intelligence froide et
vieillie par cette perpétuelle contemplation d'elle-même
dont on a tant abusé il y a quinze ans. La plupart des
œuvres qu'a produites ce type sont tout simplement ridicules, parce qu'en voulant l'exagérer elles en ont
fait des caricatures ; mais la *Confession* est restée dans
les limites de la vérité, et par conséquent de l'intérêt.
Ce livre, d'ailleurs, ne cherche pas, comme ses pareils,
à glorifier cette hideuse maladie ; il en raconte les
phases et les péripéties : c'est au moraliste à les recueillir et à y chercher un remède. Les quelques lignes placées en tête de ce livre l'expliquent parfaitement : « Ayant été atteint, jeune encore, dit-il, d'une
maladie morale abominable, je raconte ce qui m'est
arrivé pendant trois ans. Si j'étais seul malade, je n'en
dirais rien ; mais, comme il y en a beaucoup d'autres
que moi qui souffrent du même mal, j'écris pour
ceux-là sans trop savoir s'ils y feront attention ; car,
dans le cas où personne n'y prendrait garde, j'aurai
encore retiré ce fruit de mes paroles de m'être mieux
guéri moi-même, et, comme le renard pris au piège,
j'aurai rongé mon pied captif. »

La fable du roman est d'une grande simplicité. Un
jeune homme, Octave, aime éperdument une femme,
qui le trompe pour un de ses amis. Octave se sépare
d'elle, et, dans la retraite où il est allé cacher sa douleur, il trouve une jeune veuve, Brigitte, dont il de-

vient l'amant, et à laquelle, par l'épouvantable loi
de la transmission de la douleur, il rend, sans le vouloir, les tortures que lui a fait éprouver sa première
maîtresse. Après une nuit de délire où Octave, épou-
vanté de la lourdeur de sa chaîne, veut tuer Brigitte
endormie, et s'arrête devant l'image du Christ, repo-
sant sur le sein de sa maîtresse, ils se séparent; et,
dans ces deux êtres dont l'amour a ravagé l'existence,
on sent doucement descendre l'amitié qui unit les nobles cœurs et les belles âmes.

Si je voulais entrer dans le détail du roman, je m'ar-
rêterais au caractère de Desgenais, si nettement tracé,
je parlerais du singulier épisode de la courtisane Marco,
des premiers aveux d'Octave et de Brigitte, et, enfin,
du personnage de Smith, placé à la fin comme pour
faire la contre-partie du Desgenais du commencement,
si doux, si simple, si triste, et qui ne paraît, pour ainsi
dire, qu'à travers le voile de larmes des derniers
adieux. Mais à quoi servirait une sèche critique ou des
phrases d'admiration banale devant l'émotion ressentie
en lisant ces pages douloureuses ?

Les *Poésies nouvelles*, si je ne me trompe, parurent,
réunies, en 1840, dans le volume édité par le libraire
Charpentier. Plusieurs des pièces qui le composent
avaient déjà été données dans la *Revue des Deux-Mondes : Rolla*, les *Nuits*, l'*Épître à monsieur de Lamartine*, les *Stances à la Malibran*, *Une bonne fortune*, et
l'originale et charmante idylle d'*Albert et Rodolphe*,
en sont les principales. L'auteur, ici, possède et gou-
verne en maître son talent ; il est arrivé à cette plénitude de force, à cette sûreté de soi-même qui fait prévoir et éviter tout écueil, émonder toute superfétation

de pensée ou de style; soit que, comme dans *Rolla*, on peigne l'effet d'un sentiment ou d'une idée chez un autre; soit que, comme dans les *Nuits*, on se prenne soi-même pour sujet d'étude, et qu'en ouvrant son cœur on en raconte les douleurs, les désespérances et les pardons. *Rolla* appartient encore, par le sujet, au genre exagéré, à la mode lors des débuts de l'auteur, et que sa sympathie pour lord Byron ne pouvait lui faire abandonner facilement; par le sujet seulement, et c'est beaucoup, car la forme est d'une élévation et d'une ampleur que l'on n'a pu égaler, mais auxquelles je ne connais pas de supérieures. Les cent premiers vers de ce poëme sont dans la mémoire de tout homme pour lequel la littérature moderne n'est pas un vain mot.

J'arrive enfin aux *Nuits*. Je ne connais rien de plus beau et de plus complet, style, pensée, hauteur de sentiment, que les quatre pièces qui portent ce nom. En les écrivant, monsieur de Musset a marqué sa place à côté de nos plus grands poëtes et de nos plus purs écrivains. Il s'est dégagé de toute influence étrangère, a pris son propre cœur pour sujet, et a trouvé les plus magnifiques accents que la douleur et l'abandon puissent arracher à une âme humaine. Ce que je dis des *Nuits* peut s'appliquer à l'*Épître à monsieur de Lamartine*, qui leur sert, en quelque sorte, de complément. Le poëte rappelle les déchirements de son cœur à la première trahison d'une maîtresse adorée, sa blessure mal fermée saigne encore du coup reçu, sa poitrine se soulève et sanglote au souvenir des douleurs passées; mais le fiel ne coule pas avec le sang, l'injure avec les larmes; le malheur a été pour cette âme une

épreuve dont elle est sortie victorieuse, le pardon y est
descendu avec le calme, et désormais, lorsque l'ange
du souvenir, soulevant d'une main curieuse le voile
des jours passés, lui montrera dans un lointain de plus
en plus tranquille l'image de son amour, il pourra la
contempler sans haine, et sans que la mémoire des
maux soufferts puisse lui en faire détourner les yeux
avec horreur.

Le volume publié en 1850 n'ajoutera rien à la gloire
de l'auteur. Les pièces détachées dont il est composé
se recommandent plus par la forme que par le
fond ; il serait inutile d'y chercher une nouvelle face
du talent de monsieur de Musset, car elles datent
de loin pour la plupart, et ont été faites sous l'influence de pensées dont nous connaissons maintenant
les diverses évolutions. Le galbe et la grandeur du vase
restent les mêmes, l'orfévre y a seulement ajouté quelques coups de ciseau pour en faire valoir certains détails et en creuser plus profondément les gracieux contours. *Georgina*, fragments d'un roman en vers qui
devait paraitre, il y a quelque quinze ans, sous ce titre : *Feuilles de saule*, et dont le manuscrit fut perdu,
marque assez bien la transition des *Contes d'Espagne*
au *Spectacle dans un fauteuil*. Mais l'œuvre capitale de
ce recueil est l'*Épitre à la paresse*, que quelques personnes connaissaient déjà depuis plusieurs années.
Monsieur de Musset, et pour notre part nous l'en féli-
citons bien sincèrement, a publié peu de pièces politiques, mais le peu qu'il a laissé échapper sont empreintes d'un sentiment profond de l'honneur et de la dignité de la France, et surtout d'une rectitude de jugement et d'une justesse de prévision à laquelle les

poëtes politiques ne nous avaient pas habitués. Les
Stances sur la naissance du comte de Paris, celles *sur
la mort de monsieur le duc d'Orléans*, la *Réponse à
monsieur Becker*, sont là pour le démontrer ; mais toutes ces qualités sont réunies, et, pour ainsi parler,
condensées dans l'*Épître à la paresse*. Lorsque l'auteur, après avoir énuméré quelques-uns des travers ou
des malheurs de notre époque, arrive à la fièvre politique et s'écrie :

Vieux galons de Rousseau, défroque de Voltaire, etc.

il semble vraiment que l'esprit de prophétie l'ait inspiré et lui ait fait voir les hontes que nous avons traversées et l'avenir qui nous attend. Je ne pense pas,
comme l'a dit un éminent critique, que la vocation de
monsieur de Musset le porte vers la satire. — Monsieur
de Musset a une valeur autrement supérieure à celle de
satirique, — mais je crois qu'il a tort de ne pas faire
résonner plus souvent la corde qui vibre d'une façon
si nerveuse et si mâle dans l'*Épître à la paresse*. Si,
pour nous servir de ses propres expressions, nous
avions à lui « jeter une lyre au nez, » ce serait précisément celle sur laquelle il a chanté la paresse. Quelques
sonnets doux, tristes et contenus, éparpillés dans le
volume, montrent clairement qu'il arrive enfin au
calme et à la plénitude de son talent, comme George
Sand après les *Lettres d'un voyageur*, comme Victor Hugo après *Ruy Blas* et les *Rayons et les Ombres*. S'il en est ainsi, et que monsieur de Musset
comprenne qu'il doit à lui-même, à sa gloire, aux
jeunes générations qui arrivent et sur lesquelles il a

eu plus d'influence qu'il ne l'imagine sans doute lui-
même, de ne pas rester inactif, la nouvelle phase où il
entre ne sera pas moins curieuse à étudier que celles
que nous venons d'apprécier.

Il est une pièce que je regrette infiniment de ne pas
voir figurer dans ce nouveau recueil, c'est l'espèce de
nouvelle intitulée *Suzon*. Cet oubli est d'autant plus
regrettable, que *Suzon* est peut-être la plus singulière
production de cet esprit déjà si original. Il semble, en
la lisant, que l'on soit soi-même sous l'influence de
cette poudre de Cassius qui joue un si grand rôle dans
Suzon, ou sous l'hallucination du magnétisme. C'est
une vision étrange d'abbés musqués et galants, de dan-
seuses à robes courtes, de jardins antiques éclairés par
la lune, de passions terribles, de raillerie froide, de
plaisirs fougueux. Les vers où Fortunio, cet impitoyable sceptique, reproche son scepticisme à Cassius
s'élèvent au lyrisme le plus puissant. — Je ne me rends
pas compte du motif qui a pu faire exclure *Suzon* du
nouveau recueil, et je crois que monsieur de Musset
aurait tort de ne pas réparer cette omission.

Il est une question que nous n'avons pu indiquer
que très-légèrement jusqu'ici : c'est la question du
style. Il faut avouer qu'en lisant monsieur de Musset,
sous le charme où il vous retient, on ne fait pas assez
attention à la forme dans laquelle a été coulée sa pensée, et qui mérite cependant que l'on s'y arrête et que
l'on l'examine avec quelque soin. De même qu'il y a
deux hommes chez l'auteur de *Rolla*, de même aussi
l'on peut remarquer les deux styles parfaitement distincts et parfaitement caractérisés. Quand, avec intention ou sans s'en rendre compte, il recherche Byron,

son tour de phrase prend une forme élégante, vive, railleuse, hautaine, et rappelle, d'une façon trop évidente pour qu'il puisse en nier la parenté, l'influence immédiate du chantre de Childe-Harold. Par une pente naturelle, la période, qui commence avec la raillerie aux lèvres, se détend peu à peu et finit par se laisser aller à la tristesse; mais le rôle oublié reparaît de suite, la phrase s'arrête net, et, au lieu d'un sanglot que l'on attendait, jette au lecteur étourdi un éclat de rire ou une plaisanterie aiguisée. C'est ce que j'appellerais volontiers la première manière de monsieur de Musset. C'est le style dans lequel furent écrits les *Contes d'Espagne et d'Italie*, et dont *Namouna*, sauf l'épisode de don Juan, est le chef-d'œuvre.

Dans la seconde manière, au contraire, la phrase se prête avec complaisance au développement de la pensée, qu'elle soit douloureuse, triste ou joyeuse, et, en s'abandonnant ainsi, elle rencontre des effets sans doute moins brillants, mais d'une puissance et d'une grandeur bien autrement remarquables. Les premières strophes de *Rolla*, les *Nuits*, l'admirable nouvelle de *Suzon* et *A quoi rêvent les jeunes filles?* sont traitées dans cette seconde manière. Les vers croisés irrégulièrement, adoptés par l'auteur dans ces diverses pièces, en ne forçant pas la pensée à tomber dans un moule fixe et précis, comme la strophe de six vers à deux rimes, laissent plus de liberté et d'ampleur à l'évolution de la pensée et au développement de la période. Ce que l'on peut reprocher à cette forme est son irrégularité de rime, qui trompe quelquefois l'oreille et déroute un instant la cadence. Mais ce défaut est racheté, et au delà, par le mérite que je viens d'indiquer.

Je me résume. Parmi les poëtes de la pléiade moderne, monsieur de Musset est un de ceux qui passera le moins et qu'on lira toujours avec le plus de plaisir et d'attrait, par la raison qu'il est un de ceux qui se sont le moins préoccupés de la défense ou de l'attaque de tel ou tel système poétique, qui ont le moins songé à faire de leurs vers des manches de marteaux ou des poignées d'épées. La réaction évidente qui s'opère en sa faveur est un commencement de preuve à l'appui de cette assertion. Tandis que plusieurs écrivains illustres d'ailleurs, et d'une valeur à laquelle je rends toute justice, disparaissent et s'effacent avec le bruit de leurs luttes, le succès de monsieur de Musset augmente tous les jours et acquiert en puissance et en solidité ce qui lui a manqué de violent et d'imprévu. Le temps a été pour lui le meilleur et le plus impartial des prôneurs. Les générations qui nous suivent, si elles ont le loisir de s'occuper du mouvement de l'art et de la littérature à notre époque, tiendront peut-être compte, plus qu'on ne le croit, à monsieur de Musset de cette dignité de poëte, de ce respect de lui-même qu'il a su garder au milieu des singuliers et pénibles changements de ses confrères. Elles lui sauront gré d'avoir conservé l'orgueil et abandonné la vanité aux autres. Plus calmes et plus impartiales que nous, elles ratifieront pour son compte ce qu'il dit d'un poëte dans les *Stances à la Malibran*, et lui appliqueront le plus bel éloge que l'on puisse faire d'un écrivain :

Du moment qu'on l'écoute, on lui devient ami.

HENRY MURGER

Je disais, en parlant de monsieur Alfred de Musset, que son influence sur la jeunesse était plus active qu'il ne le pensait peut-être lui-même, et que, sans s'en rendre exactement compte, il était le chef d'une école, l'école du cœur, destinée à remplacer et à faire oublier l'école de la phrase. Je me félicitais de ce changement et de ce progrès, mais je ne croyais pas que l'événement vînt me donner raison sitôt. Voici un livre dont le succès s'est chargé de démontrer ce que j'avançais, et dont j'accueille la bienvenue avec la sympathie que l'on éprouve pour un inconnu qui, dans une discussion, vient appuyer votre opinion d'arguments beaucoup plus forts que les vôtres.

Les *Scènes de la bohème* procèdent évidemment de *Frédéric et Bernerette*, des *Deux Maîtresses* et des *Nuits*. Elles en ont l'esprit, la grâce attendrie qui tourne si vite à la tristesse et au sanglot. En les lisant,

comme en lisant les œuvres de l'auteur de *Rolla*, lorsque
l'on n'est pas sous le charme agaçant de l'esprit, on se
sent frappé par une observation qui rend avec une in-
concevable fidélité ce que vous avez ressenti à de certains moments. L'auteur de la *Vie de bohème* doit nous
être sympathique à nous tous qui arrivons, parce que,
âgé du même nombre de jours, il a, comme nous, ri et
pleuré des mêmes joies et des mêmes douleurs. Né sous
des étoiles semblables, bercé par les mêmes rêveries,
souffrant des mêmes douleurs, s'abreuvant aux mêmes
sources, ce sont les beaux jours de notre jeunesse qu'il
évoque devant nos yeux, ce sont les doux et tristes secrets enfouis au fond de nos cœurs qui reviennent
frapper plus vivement votre mémoire, ce sont nos
belles années d'insouciance, de gaieté, d'ivresse, qui
agitent l'arc-en-ciel de leurs souvenirs, plus brillant et
plus vif à mesure que nous nous en éloignons. Salut,
ô Mimi! ô Musette! nous vous avons tous connues, filles
folles ou rêveuses, aimantes ou aimées, attrayantes bo-
hémiennes, joyeuses pécheresses, maîtresses adorées
dont nous ne savons plus les noms; salut, amis fidèles,
confidents sincères, compagnons inséparables qui avez
oublié les nôtres; salut, espérance, illusions, rêves
d'avenir, fleurs printanières desséchées maintenant,
mais dont le parfum se conservera dans nos cœurs
tant que la vie n'aura pas éteint la petite flamme que
Dieu y avait mise.

Le public ne s'est pas trompé en accueillant ce livre
avec empressement. Depuis vingt ans que l'on agitait
devant lui les oripeaux fanés de l'antithèse, il se lassait de toutes ces productions où l'élément humain entrait pour si peu, où l'absence de la pensée se déguisait

sous une phraséologie dont la confection n'est plus un
secret pour personne. Un sourire, un battement de
cœur, une larme, pourvu qu'elle soit vraie, ont, de
jour en jour, plus de prix à ses yeux. Il était étourdi,
surpris, mais rarement ému. On avait exécuté devant
lui des tours de force de style si fatigants, qu'il en était
dégoûté et demandait quelque chose de plus simple et
de plus naturel. C'est à cette lassitude, et, disons-le, à
cette révolte du bon sens opprimé, que l'on doit le
succès des *Scènes de la bohème*, où l'on sent sous une
forme légère se remuer et vivre des sentiments hu-
mains.

Voilà du reste quelque temps déjà que de jeunes
écrivains sont entrés dans cette voie, au bout de laquelle se trouve le vrai et légitime succès. Ces *Scènes*,
que tout le monde a lues, réunies en volume, paraissaient depuis plusieurs années en feuilletons, où les
avaient bien su remarquer un petit nombre d'observateurs frappés par l'originalité, l'esprit et l'attendrissement qu'elles contiennent. On l'a dit, rien ne réussit
comme le succès, et monsieur Mürger s'est vu en un
jour récompensé du travail de plusieurs années. Mais
il n'est pas le seul de son école. Il a auprès de lui un
émule dangereux auquel peu de personnes font encore
attention, mais contre qui il fera bien de se garder, et
dont les œuvres seront lues avec avidité quand le succès
aura fait son tapage autour de son nom. C'est monsieur
Octave Feuillet. Monsieur Octave Feuillet a une fermeté
de style et une précision de pensée qui manquent à
monsieur Mürger. Il tient plutôt de Mérimée que d'Alfred de Musset. La *Revue des Deux-Mondes* a publié de
lui plusieurs nouvelles dialoguées, la *Partie de Dames*,

4

la *Clef d'or* et la *Rédemption*, dont la dernière a certaines parties de la plus haute poésie. Ce qui distingue ce groupe de littérateurs, c'est, outre un esprit aiguisé sur lequel personne n'élève de doutes, une originalité se mêlant, dans une mesure étrange et charmante, à une facilité d'impression qui remue le lecteur amusé par l'esprit. Ils ont un autre mérite, mérite rare maintenant au milieu du dévergondage et du dépérissement de la langue, c'est une sérieuse recherche du style, une étude toujours active et toujours tendue de l'expression, un besoin de correction et de pureté que l'on suit facilement à travers leurs productions, dont les dernières sont d'une élégance remarquable quand on les compare aux premiers essais de leur plume.

La *Bohème* où se passent les scènes recueillies par Mürger ne figure sur aucune carte géographique. On en chercherait vainement la place dans Brué ou dans Malte-Brun. L'illustre caporal Trim, le fidèle serviteur de l'oncle Tobie, est un des premiers qui en ait parlé, et encore ne l'a-t-il fait que subsidiairement, en recommençant son interminable *Histoire du roi de Bohème et de ses sept châteaux*. Il ne donne pas d'autre indication. Le spirituel et paradoxal Nodier, qui avait fait, à la suite du caporal Trim, des recherches sur cette contrée, eût pu nous renseigner à cet égard, mais la mort, en coupant les ailes de ce génie si délicat, si fin et si bienveillant, nous a rejeté de plus belle dans le champ des conjectures, et la verve folle de Breloque, les savantes et puériles investigations de don Pic de Fanferluchio, semblent faites exprès pour obscurcir encore cette insoluble question. La Bohème, jusqu'à preuve du contraire, est donc un pays fantastique qu'é-

claire le soleil de l'imagination, où s'épanouissent en
paix, à l'ombre de la rêverie, dans l'air de l'espérance,
au murmure des illusions, bourdonnant comme un
essaim d'abeilles, les fleurs de l'esprit et de la fantaisie.

On entre et l'on sort, en *Bohème*, par tous les côtés;
et il n'est personne qui n'y ait touché par un bout.
Plusieurs de nos plus grands écrivains ont fait la physiologie de quelques-unes de ces subdivisions. Madame
Sand, dans la *Dernière Aldini*, a peint la bohème des
acteurs italiens, et elle est revenue à plusieurs reprises
sur ce sujet qu'elle affectionne. Balzac, dans *un Prince
de la bohème*, a donné des couleurs aussi amusantes
que fausses à la pire de toutes, à celle du boulevard de
Gand, et monsieur Alphonse Karr, dans *Geneviève*, a
esquissé quelques traits de celle des peintres et des ateliers. Mais celle que l'on distingue plus particulièrement sous ce nom, qui lui restera désormais, c'est cette
foule de jeunes gens sans fortune et sans vocation bien
décidée que notre déplorable éducation universitaire
jette sur le pavé de Paris, avec de la facilité pour tout
et de l'aptitude à rien ; classe chez laquelle tous les instincts, bons ou mauvais, sont éveillés ; se sentant supérieure à son origine et impuissante à se ranger à
force de persévérance dans une classe plus élevée ; faisant une fabuleuse dépense d'esprit, la seule qu'elle
puisse faire ; ayant de l'art un sentiment confus, mais
vrai ; vivant de l'air du temps deux jours sur trois, et
acquérant dans cette lutte perpétuelle contre les réali-
tés de la vie une agilité intellectuelle, une ironie fébrile
qui n'est plus de la gaieté et qui n'est pas encore de la
méchanceté, et dont la plupart finissent par s'enrégi-

menter parmi ces coupe-jarrets de la littérature militante, connus sous le nom de *journalistes*. C'est cette
bohéme dont Balzac a raconté le côté dramatique dans
un admirable roman : *Un Grand homme de province à
Paris*. La presse tout entière, qui s'était reconnue dans
ce miroir impitoyablement placé devant elle, poussa
d'abord les hauts cris, nia la vérité de l'image ; puis,
mieux avisée, garda un silence prudent sur l'œuvre ;
mais cette comédie ne trompa que ceux qui le voulaient bien, et la fidélité du tableau n'est plus un doute
maintenant pour qui que ce soit.

Je me hâte de le dire à la louange de monsieur Mürger, il n'a emprunté à cette bohéme que l'esprit jeté à
pleine main dans son livre, et il y a ajouté une mélancolie affectueuse et douce, puisée dans son propre cœur.
Son originalité est là et pas ailleurs. Il m'est toujours
pénible de parler de la personne même d'un écrivain
dont j'analyse les œuvres, et, si je sors d'une règle que
j'ai dû m'imposer, c'est afin de faire mieux comprendre
tout ce que je trouve d'honnête, de droit et de sain,
dans le talent de l'auteur des *Scènes de la bohème*.
Monsieur Mürger a évidemment vécu de la vie qu'il
raconte, il a frayé avec ces amusants condottieri de
l'art, il a jeté à tous les vents du hasard sa jeunesse,
ses amours, sa verve, ses rêves, ses tristesses, ses espérances ; il faut lui savoir gré, et un gré infini, d'être
sorti de cette existence folle sans un mouvement d'envie, sans un mot de haine et de blasphème contre cette
société en dehors de laquelle il s'était placé, et qui a
dû maintes fois peser de tout son poids, — et Dieu sait
s'il est lourd, — sur ses préoccupations d'avenir et de
gloire. Les longues journées de pauvreté, de doute et

de découragement qu'il a traversées n'ont pas arraché
du fond de son cœur une seule goutte de fiel ; dans son
livre on ne trouverait pas un seul de ces sophismes
faciles contre l'imperfection de l'état social qui se
trouvent maintenant dans toutes les bouches et au
bout de toutes les plumes ; et pourtant, avec son esprit,
il lui eût été facile d'en faire que tout le monde lui
eût pardonné. Il écrit comme l'oiseau chante, avec insouciance et bonheur. Ses héros sont pauvres, mais ce
sont des natures élégantes et fines, leur intelligence les
élève au-dessus de leur position, et ils ont trop d'esprit
pour être vains ou honteux de leur misère présente,
lorsque l'espérance leur construit de si beaux palais
dans l'avenir. L'un d'eux, dans un de ces jours de
pauvreté où l'on doute de l'existence des pièces de cent
sous, ne trouve pas d'autre moyen, pour acheter les
médicaments nécessaires à une pauvre fille qui s'éteint
de consomption, que d'aller vendre ses habits au fripier
du coin. Pour ne pas rentrer nu chez lui, il achète du
même coup un vêtement de toile. On est en plein cœur
de l'hiver. Ses amis remarquent ce changement de
costume :

— Ma foi ! dit-il, voilà longtemps que j'en avais envie, je me suis passé cette fantaisie.

Le sens du livre est dans ce mot : délicatesse tou-
chante, sentiment profond et pudique qui s'enveloppe
d'esprit.

Cette monographie d'une existence à part, où l'on
dépense, et pour cause, beaucoup plus de verve que
d'argent, a été une révélation pour quelques personnes
qui se sont demandé s'il y avait, en effet, campée dans
Paris, une bande de joyeux fantaisistes mettant ainsi

4.

l'esprit en coupe réglée. Que l'on se rassure. Des livres
semblables ne sont jamais qu'une collection de souvenirs déjà éloignés, et peuvent passer pour des oraisons,
seulement elles ne sont pas funèbres. Pour satisfaire
cette curiosité, nous devons dire qu'il a existé, en effet,
une réunion de jeunes gens, tous fort intelligents et
fort spirituels, qui, rassemblés par un lien commun,
l'amour de l'art, fatigués de la vie plate et monotone,
dégoûtés des idées communes au milieu desquelles ils
vivaient, s'imaginèrent de se laisser aller à l'imprévu,
au hasard, réparant à force de gaieté les mauvais tours
qu'il leur jouait, et, avec plus d'audace que de convenance, étonnant quelquefois Paris, — où l'étonnement
est si rare, — par leur singularité. C'était vers 1834,
et la plupart des membres de cette académie, qui devaient se faire dans l'art, dans la littérature, un nom
plus ou moins célèbre, ne parlent jamais des folles
équipées de leur jeunesse sans une émotion et presque
un regret, qui honorent chacun d'eux. Théophile
Gautier, Gérard de Nerval, Arsène Houssaye, Célestin
Nanteuil, Camille Rogier, Préault, Leleux, Ourliac,
étaient les principaux d'entre eux. Une vieille maison
de la rue du Doyenné, abattue maintenant, et l'atelier
de Nanteuil, recevaient tour à tour la joyeuse bande.
C'était l'époque de la ferveur romantique. On se moquait naïvement des classiques français qui imitaient
les Grecs et les Romains, et l'on imitait beaucoup plus
servilement les Allemands, les Espagnols et les Anglais,
mais la raillerie était faite avec un esprit, un *brio*, un
entrain qui trompaient tout le monde. On remplaçait
le dîner souvent absent par un feu d'artifice de bons
mots, ou par des plaisanteries au gros sel faites au

bourgeois, la victime éternelle de la bohème. De joyeuses filles un peu artistes, un peu courtisanes, prenaient souvent le chemin de l'atelier, qu'elles égayaient par leurs rires et leurs chansons. On travaillait par boutades et à bâtons rompus lorsque l'on avait épuisé l'arsenal des excentricités, ou, chose beaucoup plus facile, le sac aux écus, mais, à l'éternel honneur de cette jeunesse, sans fiel, sans haine, sans envie, sans songer à maudire ou à renverser un monde qui la regardait passer avec plus de sympathie que d'indifférence. C'est à cette époque que l'un des bohèmes, couvert d'un habit qui le faisait superbe par derrière, est rencontré par un ami beaucoup moins bien vêtu, et complimenté sur la richesse de son costume. Il se retourne alors, et, indiquant l'habit trop étroit par devant, lui dit ce mot d'une si charmante philosophie : « Quarante sous de plus, mon cher, et je le boutonnais. »

Cette effervescence dura peu, et ce courage à supporter la mauvaise fortune porta ses fruits. Aidés les uns par les autres, ils sont tous arrivés sinon à la richesse, du moins à la considération que le talent, doublé de persévérance, finit toujours par obtenir.

Les *Scènes de la bohème*, comme l'indique le titre, sont plutôt une suite d'études qu'un livre ordonné et réglé d'après les préceptes admis. C'est un roman *à tiroirs*, pour me servir d'une expression consacrée dans l'argot du théâtre. Quatre jeunes gens, Marcel, Rodolphe, Schaunard et Colline, l'un peintre, l'autre poëte, le troisième musicien, le quatrième savant, sont réunis par hasard. « En causant et en discutant, ils s'aperçurent que leurs sympathies étaient communes, qu'ils avaient tous dans l'esprit la même habileté d'es-

crime comique, qui égaye sans blesser, et que toutes
les belles vertus de la jeunesse n'avaient point laissé de
place vide dans leur cœur facile à mettre en émoi par
la vue ou le récit d'une belle chose. »

C'est à tous les détails de leur vie aventureuse, au
récit de leurs batailles contre la misère, de leurs belles
amours à ciel ouvert, que nous font assister les chapitres qui suivent. Au milieu de cette vie désordonnée
dont l'excuse est la nécessité même, le travail n'est pas
abandonné, et les dernières pages du roman, tout hu-
mides de larmes, apportent comme moralité que c'est
au travail que les bohèmes devront le pardon du désordre de leur jeunesse, et la sanctification des douleurs
qu'un âge plus avancé n'eût pas eu la force de supporter. Dirai-je que l'esprit, les situations bouffonnes, les
détails vulgaires poétisés avec une extrême originalité
et un véritable talent, sont semés à profusion dans ce
livre? Ce serait répéter des éloges qui sont dans toutes
les bouches, et une vérité devenue banale maintenant.
Ce que j'aime mieux faire remarquer, ce sont les deux
gracieuses figures de femmes, Mimi et Musette, qui se
détachent sur ce fond étincelant et lui donnent une valeur qu'il n'aurait pas sans elles. Au milieu de tous
les types de femmes que l'imagination des auteurs modernes a inventés, elles sont une véritable création
pour laquelle je me sens d'autant plus disposé à louer
monsieur Mürger, que pour les faire vivre il a eu, j'en
suis convaincu, plutôt à interroger son cœur et ses souvenirs que son imagination. Aussi Mimi et Musette sont-
elles empreintes d'un grand caractère de réalité. Certes,
je sais tout ce qu'une morale même peu sévère peut
reprocher à ces deux types, chez lesquels la chasteté, le

sentiment du devoir, le respect de soi-même, tiennent
bien peu de place ; mais il ne faut pas oublier que ce
sont ici des peintures de la vie de jeune homme, et que
les femmes auxquelles ils s'adressent, par leur manque
complet d'éducation, par les tristes exemples qu'elles
ont incessamment sous les yeux, sont moins coupables
que d'autres et ne peuvent pas être jugées avec la
même sévérité. Natures abruptes et sans culture, les
instincts du cœur, quand elles en ont, parlent obsolu-
ment seuls chez elles, et, sœurs de Madeleine, pécheresses humbles et ignorantes, elles ont trop aimé pour
qu'il ne leur soit pas beaucoup pardonné.

Mimi est douce, modeste, résignée, aimante ; la vanité, le grand ressort des femmes, ne joue presque
aucun rôle chez elle. Elle a de l'esprit, mais plus de
cœur encore, et ne peut se résoudre à se livrer à qui
n'a pas su toucher son cœur. Aussi, après s'être séparée
de Rodolphe, son amant, et avoir vainement essayé de
la vie de courtisane, la pauvre fille revient-elle se pu-
rifier et mourir dans ses bras. C'est la cousine ger-
maine de la *Bernerette* d'Alfred de Musset. Musette, au
contraire, a la tête devant le cœur, il faut s'emparer de
l'une pour arriver jusqu'à l'autre. Organisation vive et
fiévreuse, elle ne sait pas résister à qui l'a amusée un
instant. Ce n'est ni le cœur, ni l'instinct, ni à plus forte
raison la réflexion qui la guide, c'est son caprice. C'est
là la suprême loi de son existence. Loi inflexible dont
elle souffre par moment, mais que sa gaieté lui fait vite
oublier. Au fond elle apprécie et aime Marcel, mais son
caractère inconstant et léger donne de fréquents démentis à cet amour. Elle a beaucoup de cet attrait malsain
dont Manon Lescaut sera le type éternel et magnifique.

C'est à ces deux figures que les *Scènes de la bohème* doivent leurs plus émouvantes pages. Une surtout m'a frappé : c'est celle où Rodolphe, seul, la nuit, dans sa chambre désormais déserte, évoque un à un tous les souvenirs dont elle est pleine, interroge et fait retentir une dernière fois tous les échos qu'elle a conservés. « Veille douloureuse et terrible, et comme les plus railleurs et les plus sceptiques d'entre nous pourraient en retrouver plus d'une au fond de leur passé. »

« O petite Mimi, s'écrie-t-il, joie de ma maison, est-il bien vrai que vous êtes partie, que je vous ai renvoyée, et que je ne vous verrai plus, mon Dieu ! O jolie tête brune qui avez si longtemps dormi à cette place, ne reviendrez-vous plus y dormir encore ? O voix capricieuse, dont les caresses me donnaient le délire, et dont les colères me charmaient, est-ce que je ne vous entendrai plus ? O petites mains blanches aux veines bleues, vous à qui j'avais fiancé mes lèvres, ô petites mains blanches, avez-vous donc reçu mon dernier baiser ? » Que chacun de nous mette à la place un nom aimé, et ces lignes si vraies, si simples, si tristes, le frapperont comme un souvenir personnel. J'indiquerai encore le douloureux épisode de Francine, auquel on peut reprocher sa longueur, et la mort de Mimi, chef-d'œuvre d'attendrissement où la sensibilité ne tombe pas un moment dans la sensiblerie.

Au milieu de l'époque ennuyeuse où nous vivons, lorsque les jeunes gens quittent les heureux sentiers de l'art pour les stupides préoccupations de la politique, lorsque personne encore n'a osé flétrir la honteuse désertion d'hommes qui devaient à la littérature la seule gloire de leur nom, c'est une inap-

préciable rencontre que celle d'un livre exclusivement
littéraire — et les *Scènes de la bohème* en sont un.
Il est peut-être rempli de défauts, je n'en sais rien,
mais il a ému, mais il a excité des sourires et tiré des
larmes, mais le cœur a battu en le lisant, et je n'en
demande pas davantage au poëte. Il y a plus d'enseignement et plus de moralité dans une larme répandue
silencieusement que dans les sèches et envieuses récriminations que les apostats de l'art jettent aux badauds
qui les écoutent. Monsieur Mürger, qui connaît si bien
son Alfred de Musset, peut y lire les vers suivants; ils
s'adressent à lui :

> Ton livre est ferme et franc, brave homme, il fait aimer.
> Au milieu des bavards qui se font imprimer,
> Des grands noms inconnus dont la France est lassée,
> Et de ce bruit honteux qui salit la pensée,
> Il est doux de rêver avant de le fermer,
> Ton livre, et de sentir tout son cœur s'animer.

OCTAVE FEUILLET.

Les esprits chagrins et méticuleux qui, sous prétexte d'analyser leurs impressions, cherchent tout bonnement chicane à leurs plaisirs, ceux qui regardent à la loupe l'eau destinée à étancher leur soif, la race des abstracteurs de quintessence, comme les appelle Rabelais, trouveront sans doute à exercer leur critique contre le livre de monsieur Octave Feuillet. Pour nous, malgré les défauts sur lesquels nous ne nous aveuglons pas, et que nous signalerons, nous lui ferons un accueil aussi bienveillant qu'au livre de monsieur Mürger, avec lequel il a plus d'une affinité. Les *Scènes et Proverbes*, comme la *Vie de bohème*, ont remué en nous les cordes déjà silencieuses, mais toujours tendues, toujours impressionnables, de la jeunesse, de la gaieté, des rêves de vingt ans, des bons élans de cœur, dont l'âge emporte tous les jours un lambeau. — On raconte qu'à la première représentation du *Dépit amoureux* un in-

connu du parterre s'écria, malgré la froideur du public : « Courage, Molière, c'est de la vraie comédie! »
Inconnu aussi, possédant à peine notre place au parterre, nous dirons à monsieur Feuillet: «Courage! c'est
du véritable esprit; courage! c'est de la véritable émotion; courage! après bien des efforts inutiles vous avez
peut-être trouvé la véritable forme dramatique du dix-
neuvième siècle; courage! »

L'esprit est le principal mérite des *Scènes et Proverbes*. Monsieur Octave Feuillet en a beaucoup, et il
l'a jeté avec prodigalité, ne calculant jamais, comme
un fils de famille nouvellement émancipé qui éventre
gaiement son patrimoine et se repose sur ses oncles ou
ses tantes pour refaire les brèches de sa légitime. Monsieur Feuillet, j'en suis convaincu, a par devers lui
beaucoup d'oncles et de tantes intellectuels; j'eusse
préféré pourtant plus de mesure dans ses premières
dépenses, et qu'il se fût bien persuadé de cette vérité :
que l'esprit, comme l'argent, profite seulement par la
manière dont on le dépense et par la portée qu'on lui
donne.

Sans juger mon pays d'une manière trop défavorable,
je n'ai cependant jamais pu admettre que nous fussions
le peuple le plus spirituel de la terre. L'autorité qui
nous a déféré ce titre était trop intéressée pour n'être
pas sujette à caution. Le plus léger, c'est possible; mais
la légèreté n'est pas l'esprit, tant s'en faut, et personne
ne la confondra avec la finesse. Depuis quinze ans surtout, ce que l'on appelait jadis l'esprit français est devenu un je ne sais quoi tellement grossier, que c'est à
dégoûter les gens tant soit peu délicats. Le paradoxe
banal, le manque de naturel, le bavardage de style et

de langage, qui est à la conversation ce qu'une pie est
à une fauvette; la lourde infatuation de soi-même, le
gros calembour, l'épais jeu de mots, les mots longtemps frottés ensemble et qui finissent par rendre cette
espèce d'étincelle que nos aïeux avaient dans l'intelligence, du trait quelquefois, mais qui blesse au lieu
de piquer; par-dessus tout, une ignorance complète
des convenances, qui vient d'une complète ignorance
du respect de soi et des autres; toutes choses si faciles
à prendre que l'on s'étonne qu'elles aient été ramas-
sées, c'est là ce que l'on appelle l'esprit de nos jours;
et il y a entre lui et le véritable esprit la différence de
l'eau-de-vie de cabaret au vieux vin de Bordeaux. Pour
le nommer d'un nom aussi trivial que la chose : c'est
de la charge, ce n'est pas de l'esprit. Il est pourtant,
quoique beaucoup plus rare, un autre genre d'esprit
qui saisit le côté ingénieux des choses et dédaigne le
côté goguenard, qui prend sa source dans la connaissance des hommes et a pour auxiliaires la raison et le
bon sens, qui s'allie à la grâce, à l'élégance, et apporte
avec lui ce parfum de distinction que l'on retrouve dans
les Mémoires du chevalier de Grammont. Cet esprit
dont je veux parler, un homme dans la littérature
l'a poussé à un haut degré, c'était Charles Nodier.
Cachant une remarquable finesse sous une bonhomie
apparente, plein d'urbanité, affable avec tout le monde
et familier avec personne, il savait donner aux choses
les plus vulgaires une saisissante originalité. Rempli
de cette bienveillance que les natures d'élite acquièrent
dans un long commerce des hommes, il guérissait d'une
main les blessures qu'il faisait de l'autre, et l'on en
voulait presque aux sots qu'il avait persiflés de lui gar-

der rancune de son ironie. C'est ce genre d'esprit que semble rechercher monsieur Octave Feuillet; et, si j'en fais ici un éloge sans restriction, ce n'est pas que je pense qu'il s'acquierre — l'étude la plus persévérante est incapable de le donner quand on ne le possède pas — mais c'est qu'il est susceptible de modifications, et que je lui sais un gré infini de n'avoir pas, comme tant d'autres, pris le chemin de la banalité, et, en résumé, fait des défauts de qualités incontestables.

Les *Scènes et Proverbes* rappellent les comédies d'Alfred de Musset, je ne me fais aucun scrupule de l'avouer. En littérature comme en physiologie, je ne crois pas à la génération spontanée. La première œuvre se ressent toujours des premières sympathies : ce n'est pas de l'imitation, c'est du patronage. C'est cette filiation non interrompue, mais dissimulée aussi soigneusement que possible, qui donne du piquant à l'examen de presque tous les ouvrages de début.

On est, dit Brid'oison, toujours fils de quelqu'un. Et, comme il n'y a pas à douter que monsieur Feuillet ne soit bientôt assez fort pour se passer de l'appui de son père, nous lui ferons compliment de celui qu'il s'est choisi. Il ne pouvait en prendre un plus spirituel, plus ému, et qui réfléchit d'une plus attachante façon les instincts moitié railleurs et moitié mélancoliques de notre époque. Mais ce qui appartient bien en propre à notre jeune auteur, c'est une pensée ferme et fine; c'est une sensibilité vraie, qu'il sait tenir en réserve et dont il ménage les effets avec justesse et bon goût; c'est surtout un style vif, clair, étincelant, prompt à la riposte et rappelant quelquefois, mais avec plus d'ampleur, la forme concise de monsieur Mérimée; c'est

enfin une rare habileté à se servir de la forme dialoguée
et du canevas dramatique, habileté qui doit être autant
le résultat de longs et sévères travaux que celui d'une
aptitude naturelle, et qui peut faire présager l'auteur
comique pour lequel notre siècle prépare une si belle
et si amusante moisson.

Le *Fruit défendu* est une réminiscence des scènes de
fantaisie de l'auteur de *Rolla*. Corisanda, Rosalba, le
valet, Anselme, sont, sous d'autres noms, les types de
Fantasio, de Perdican, de Marinoni, de maître Blazius,
de Camille, que nous avons tous tant aimés. Le *Pour
et le Contre* est calqué sur un *Caprice*. Ces productions
ne peuvent donc pas arrêter l'examen, bien qu'un œil
attentif puisse déjà distinguer les qualités personnelles
de monsieur Feuillet et faire la part du modèle et celle
de la copie. L'originalité se dégage peu à peu dans la
Crise, qui contient des longueurs, dont la marche est
embarrassée de scènes inutiles et mal amenées, dont
le principal personnage, le docteur Pierre, me paraît
attaqué de la maladie dont il ne peut guérir son malade, ce qui va directement contre la donnée de la pièce;
mais ces faux pas viennent précisément de ce que l'auteur a abandonné son guide et s'essaye à marcher seul.
— Dans *Rédemption*, il ne relève plus que de sa propre inspiration, et l'on n'a pas à craindre de louer ou
de blâmer chez lui les fautes ou les qualités d'un autre. Une actrice, Madeleine, belle, jeune, riche, intelligente, applaudie, adorée en particulier et en public,
s'ennuie au milieu de ce monde qui ne lui apporte que
ses délicatesses les plus exquises, et, le maudissant de
ne lui avoir jamais fait battre le cœur, arrive à douter
de l'âme. Elle n'a jamais aimé, et jure qu'elle n'ai-

mera jamais, lorsque, dans une fête, elle est frappée
par l'indifférence d'un convive qu'elle a déjà rencontré
d'une façon fortuite et mystérieuse : jeune homme simple, bon, spirituel, froid, mais non austère, sur lequel
viennent s'émousser les traits les plus aigus de sa coquetterie. Après avoir usé de tous les moyens pour lui
faire comprendre qu'elle aime pour la première fois de
sa vie, et qu'il est l'objet de cet amour, se voyant ac-
cusée de jouer un rôle indigne d'elle, elle va s'empoisonner, quand Maurice, qui n'attendait plus que cette
preuve suprême, lui ouvre ses bras et lui fait racheter
par une vie de bonheur et de dévouement la platitude
et l'inutilité de son existence précédente. Cette donnée,
qui n'est pas neuve, c'est celle de la *Courtisane amoureuse*, a pris, sous la plume de monsieur Feuillet, des
développements d'un charme tout nouveau. Madeleine
est un caractère de femme que l'auteur se plaît à étudier et à orner de toutes sortes de façons. C'est l'émotion, la sensibilité vraie se cachant sous une apparence de sécheresse railleuse, comme sous une armure
dont il faut du soin et du tact pour dénouer les pièces.
Le curé Miller, qui ne paraît que dans une scène, est
indiqué par quelques traits, mais si réels, si vivants,
que c'est la figure qui frappe le plus dans *Rédemption*.
Quelle onction, quelle indulgence, quel esprit, dans sa
conversation avec Madeleine l'incrédule! Avec quelle
délicatesse il indique à cette nature rebelle le joug sous
lequel elle passera un jour! J'aime moins Maurice, au-
auquel je reproche de manquer de naturel. Maurice
aime Madeleine, et vise à l'excentricité pour en être
remarqué. En affectant de la dédaigner, il joue un rôle
qui serait charmant chez un vieux diplomate, mais qui

5.

ne l'est pas chez un jeune homme dont l'entraînement
et l'ardeur sont les principales séductions. Quant au
juif Zaphara, outre que ce personnage est parfaitement
inutile à l'action, je m'étonne que monsieur Feuillet,
dont le bon goût est souvent poussé fort loin, ait laissé
passer sans rire cette grotesque fantasmagorie d'un ma-
gicien alchimiste enfouissant son or, et composant, à ses
moments perdus, des poisons et des philtres. Cela peut
être bon pour les habitués du boulevard, mais n'est
pas convenable pour le public d'élite auquel s'adressent
les *Scènes et Proverbes*. Cette fantasmagorie enfantine,
répétée à vingt ans de distance de la *Peau de chagrin*,
est fâcheuse et dépare, sans motifs plausibles, cette délicate étude.

Je comparerais volontiers la *Partie de Dames* à ces
bijoux grands comme l'ongle, que nous ont laissés les
orfévres de la Renaissance, et qui offrent plus d'intérêt
et de grandeur véritable qu'un groupe gigantesque du
Bernin ou qu'une toile de Luca Giordano. La *Partie de
Dames* peut faire pressentir ce que sera le talent de
monsieur Feuillet quand il aura atteint tout son développement. Il y a là une légéreté de nuances, une habileté à suivre un sentiment dans ses détours les plus
adroits, qui promettent d'intéressants travaux pour
l'avenir. Quelle scène, celle où le docteur Jacobus,
pensant quitter madame d'Hermel pour jamais, revient
auprès du lit où il croit que sa vieille amie sommeille,
et lui adresse ses derniers adieux ! et comme le style se
ressent de suite du charme de l'idée : « Elle s'est endormie : les derniers sommeils sont des sommeils d'enfant ! Son lit de vieillesse a retenu la paix de son ber-
ceau ! Honnête et douce créature ! âme toute prête pour

le ciel! le Dieu de justice et de bonté a déjà fermé la
blessure dont je l'avais frappée; mais celle que j'ai ouverte du même coup dans mon cœur saignera jusqu'à
ce que la mort l'ait cicatrisée : ainsi je payerai bien cher
la triste victoire de mon orgueil... Adieu, adieu, madame! que le bon ange de vos nuits vous répète les
vœux de l'ami que vous n'entendrez plus. »

(*Il fléchit le genou et pose ses lèvres sur la frange
des rideaux.*)

Madame D'ERMEL, se soulevant et lui mettant la main
sur la tête : « Courbe-toi, vieux Sicambre, et adore ce
que tu as brûlé. »

Que l'on me permette une remarque. Monsieur Feuillet, en faisant dépasser la soixantaine à ses deux personnages, s'est évidemment trompé. Ces délicates pensées d'amour, les mots harmonieux qui les expriment,
jurent dans la bouche de deux vieillards aussi âgés. Ce
ne sont certainement pas deux jeunes gens qui s'aiment,
mais ce ne sont pas des sexagénaires non plus, et nous
pensons qu'en retirant une vingtaine d'années à chacun
d'eux, l'auteur eût été tout aussi vraisemblable, et eût
débarrassé le lecteur d'une arrière-pensée pénible qui
le poursuit pendant toute la scène. Nous ne citerons
Alix et la *Clef d'or* que pour mémoire. *Alix* est sans
doute l'œuvre d'une extrême jeunesse, et, dans la
Clef d'or, le changement de forme, qui, de dramatique
dans la première partie, devient épistolaire dans la seconde, est un défaut dont la rapidité de l'action souffre
forcément. D'ailleurs, l'idée première et les développements qu'elle a reçus sont tellement embrouillés, qu'a-
près plusieurs lectures, et en rendant justice à certains
détails remplis de fraîcheur, nous avouons ne pas l'a-

voir complétement saisie. Raoul d'Athol est quelque
peu parent de Maurice de *Rédemption*, et c'est un tort.
Werther, René, Obermann, ces oisifs curieux et incon-
solés, sont, de notre temps, des figures aussi peu comprises et aussi bizarres que les bottes molles, les ca-
denettes et les spencer de 1802. Il est un écueil dont
monsieur Feuillet fera bien de se garder, et contre
lequel la *Clef d'or* s'est fort endommagée : c'est la
subtilité dans la pensée et le marivaudage dans le style.
C'est l'envers de la délicatesse et de l'esprit; que monsieur Feuillet ne l'oublie pas.

Malgré ces taches, malgré ces défauts, défauts précieux après tout, défauts de la jeunesse que les qualités
de l'âge mûr font souvent regretter, monsieur Octave
Feuillet possède une originalité incontestable, une grâce
d'esprit, un charme d'imagination, remarquables, et une
qualité de style sur laquelle j'appuie encore en terminant. Sous ce rapport, les progrès faits depuis trente ans
sont de toute évidence. Quelle différence, comme flexibilité dans la phrase, comme bon goût dans l'expression, comme fermeté dans la trame sur laquelle les
ornements du langage viennent s'appliquer entre l'école
qui débutait sous la Restauration et celle qui la remplace maintenant! Comparez le style ampoulé, faux,
plein de métaphores douteuses, d'antithèses exagérées
de *Han d'Islande* et de tous les romans à sa suite, et
celui si sobre, si ferme, si gracieusement imagé, de
Rédemption ou de quelques scènes de la *Clef d'or*. Il
y a entre eux la différence du langage bégayé par un
enfant à celui d'un homme fait. Cette proportion, cette
progression, n'en restera pas là, et la jeune école, in-
struite par l'exemple de sa devancière du danger qu'il

y a de parler sans penser, se persuadera de jour en
jour que, pour avoir le droit de parler, il faut préala-
blement avoir des idées à exprimer.

Ajoutons enfin, en terminant, que, tout en la restrei-
gnant dans de justes bornes, la faculté prédominante
de monsieur Feuillet, comme de tous les véritables
poëtes, est l'imagination. La fantaisie l'attire et lui prodigue ses plus doux sourires, ses plus décevantes chimères. Il se promène avec ivresse dans les espaces toujours inexplorés, toujours nouveaux de la verte bohême.
Ils ont raison, cent fois raison, tous ces heureux rê-
veurs, tous ces gracieux poëtes, tous ces gais enfants
de la fantaisie, qui jettent l'esprit et l'émotion à pleines
mains. De près ou de loin, ils sont tous un peu parents,
et c'est ce qui les sauvera du vieux Lélio, dont parle
quelque part George Sand. Ils pleurent quelquefois,
mais un éclair de jeunesse et de gaieté traverse bien vite
leurs larmes, ils ont derrière eux une vie de travail,
autour d'eux de bonnes amitiés, l'avenir qui leur sourit, et comme Lélio, soulevant leurs verres, ils peuvent
s'écrier d'une voix ferme et pure : Vive la bohême !

ALPHONSE KARR.

A quelque distance du Havre, tout près de la mer, dans un étroit vallon formé par le versant des falaises de la Hève et le dernier renflement de la côte d'Ingouville, à l'ombre de beaux arbres que le vent de l'Océan ne vient jamais agiter, dans la partie la plus silencieuse et la plus cachée, on suit un mur égayé par quelques giroflées sauvages et dont la crête est couronnée de jolies gerbes d'iris. Si, par la porte placée à l'extrémité de ce mur, on jette un regard dans le jardin qu'il entoure, on pourra se croire transporté dans un de ces heureux ermitages, comme l'esprit en rêve aux heures de quiétude et de bienveillance. La maison, basse et petite, disparaît sous les feuillages et sous les grappes embaumées des glycines ; les fleurs, non pas les plus rares, mais les plus charmantes, éclatent dans les gazons que des acacias préservent du soleil. Un mince filet d'eau, formé par la réunion de deux ou trois sources,

traverse ce paradis, et se donne beaucoup de tracas et
d'agitation pour avoir l'air d'un ruisseau. Cette gracieuse oasis est bel et bien une réalité. Ce jardin, cette
glycine, ces acacias, ce ruisseau, vous les connaissez
comme moi, vous les avez visités comme moi ; comme
moi vous vous êtes enivré de leur odeur, reposé à leur
ombre, bercé de leur murmure, pour peu que vous
ayez parcouru les ouvrages d'un des écrivains les plus
fins, les plus spirituels et les plus originaux de notre
époque, de monsieur Alphonse Karr.

Ce n'est pas une chose facile que de porter une appréciation générale et motivée sur le talent de l'auteur
que nous entreprenons d'étudier ici, talent tout de
détail et de demi-teintes, et chez lequel la pensée s'inquiète peu de suivre une ligne conséquente et directe.
Appliquer à l'auteur de *Sous les Tilleuls* les lois sévères
de la critique, serait méconnaître tout à fait la valeur
de cet esprit délicat et flexible, qui s'échapperait par
sa flexibilité même. On peut répéter pour lui les paroles
de monsieur de Sainte-Beuve à propos de Charles Nodier : Il a le mouvement, l'entrain, la verve au départ, la main prompte, le coup d'œil juste ; mais il
manque d'une chose importante, le quartier général
où l'on revient toujours, où l'on s'appuie si l'on hésite,
où l'on reprend des forces après une défaite, et d'où
l'œil embrasse l'étendue des opérations et les dirige vers
un but unique. L'appréciation, par conséquent, sera
flottante et devra, comme ses œuvres, suivre des sentiers
divers, et dont l'un n'aboutit pas nécessairement à
l'autre. Ces courses à bâtons rompus deviendraient fatigantes, si l'auteur n'en égayait pas la longueur par une
verve intarissable et une finesse des plus ingénieuses.

Par la nature même de son talent, monsieur Alphonse Karr échappe aux classifications littéraires indiquées dans un précédent travail. Lui et quelques autres font, dans la réunion des écrivains contemporains, l'office de ces enfants perdus qui accompagnaient les anciennes armées, guerroyant pour leur propre compte, voltigeant autour d'elles, tantôt devant, tantôt derrière; salués, aimés, enviés même quelquefois par les chefs, au fort de la mêlée, mais incapables de discipline, ne reconnaissant pas de lois, et n'obtenant, victorieux ou vaincus, ni regret, ni apothéose. Si cependant il fallait à toute force les faire entrer dans une division quelconque, on pourrait les regarder comme les représentants les plus directs de l'esprit, non pas que leurs œuvres manquent d'intelligence, d'imagination ou de cœur, mais l'esprit est la qualité la plus saillante et, après tout, la meilleure de leur talent. Or, tout en rendant justice à cette faculté, nommée plus particulièrement l'esprit, qui consiste à saisir promptement et à exprimer sous une forme vive le côté imprévu et singulier des idées, des hommes ou des choses, tout en étant sensible aux délicates jouissances qu'elle fait éprouver, il faut bien reconnaître que sa valeur est fort minime quand elle n'a pas d'autre base qu'elle-même. Je ne sais qui a dit que, dans la famille des dons de l'intelligence humaine, l'esprit n'était qu'un collatéral. Cet aphorisme est d'une remarquable justesse, et la lecture des œuvres dont l'esprit est le principal mérite le démontre toujours davantage. Je reconnais de suite, afin que l'on ne donne pas à mes paroles une portée différente, que ce n'est pas le cas de monsieur Alphonse Karr. L'esprit, chez lui, est poussé fort loin, tout le

monde l'avoue, assez loin même pour que le public
peu délicat en fait de sensations, et ne cherchant pas
à s'en rendre compte, n'ait vu que ce mérite, et n'ait
pas été frappé des défauts qui en résultent, comme des
autres qualités qui le distinguent; mais il n'est pas le
seul, et nous en rencontrerons de plus sérieux et de
plus solides qui donnent un nouveau lustre à celui-ci.
Comme filiation littéraire, monsieur Karr procède de
Sterne, dont il a l'*humour* et la raillerie plutôt que le
naturel et l'attendrissement, et auquel il ajoute une
rêverie empruntée aux écrivains allemands, qu'il affectionne plus particulièrement. Ces divers éléments mêlés
et confondus ensemble forment une personnalité qu'il
est impossible de ne pas reconnaître et de ne pas apprécier. Mais, tout en rendant justice à la verve et à
l'abondance de l'esprit de monsieur Karr, en sachant
tout ce que sa misanthropie railleuse et son indifférence
affectée plutôt que réelle lui a fait trouver d'aperçus fins
et singuliers, je ne puis m'empêcher de regretter
l'excès même de cet esprit qui, pour se soutenir, a mis
en circulation plus de paradoxes que de vérités, et,
effleurant la surface des idées, en trouve de plus spé-
cieuses que profondes. Monsieur Karr amuse plus qu'il
n'intéresse, et, si je lui fais ce reproche, c'est qu'il a
donné des preuves, malheureusement trop rares, d'une
élévation de talent qui, moins retenue, lui eût assuré
une gloire plus pure et plus durable. Je connais parfaitement toutes les amusantes plaisanteries que monsieur Karr lui-même pourrait se permettre sur la renommée et le jugement des hommes; je les connais,
et je ne les crois pas faites de bonne foi. Quand un
écrivain, et surtout un écrivain de mérite, prend la

6

plume et cherche à imposer le silence, ce n'est pas
dans le vain but d'écrire des contes qui passeront avant
ou après lui. Quelques-uns l'ont dit, mais ils n'ont
jamais trompé personne. Un espoir plus noble et plus
élevé le soutient. En racontant sous des noms supposés
et dans des circonstances dont l'imagination ne fait
pas toujours les frais, les douleurs et les joies dont il a
été spectateur ou dans lesquelles il a souvent joué le
premier rôle, il veut que son nom ne périsse pas tout
entier, et que, s'il doit faire partie du glorieux héritage transmis d'un siècle à l'autre, il y arrive avec ce
qu'il eut de meilleur et de plus généreux. L'examen
des principaux romans de monsieur Karr pourra donner
une idée de ce que sera ce jugement.

Son premier ouvrage, celui qui dès l'origine attira
l'attention de la foule et força la critique à compter
avec lui, *Sous les Tilleuls*, est aussi l'œuvre qui contient, sous l'enveloppe la moins discrète, les qualités
et les défauts dont ses productions ultérieures sont empreintes. Aussi demande-t-il à être étudié avec quelque
attention. La forme de roman adoptée par l'auteur est
la forme épisodique. Le roman philosophique, celui qui
prend plusieurs personnages pour en faire des types,
puis, les mettant en présence et développant leurs passions, d'après les préceptes de l'observation ou les lois
de l'expérience même, fait jaillir de ce contact des situations émouvantes dans tous les genres, n'a pas tenté
monsieur Karr, et, sans vouloir le blâmer de son choix,
l'on doit cependant le regretter. Quoi qu'il en soit,
examinons le parti qu'il a tiré de la forme adoptée.

Un jeune homme, Stephen, aime Madeleine Müller
et est payé de retour. Les premiers mois de leurs

amours se passent tranquillement, dans un riant jardin
que termine une avenue de tilleuls, témoins de leurs
longues causeries et de leurs premiers serments. Stephen demande Madeleine en mariage à son père, et se
voit repoussé à cause de sa pauvreté et de son manque
de position dans le monde. Jusque-là il avait mené une
vie de contemplation et de rêverie, mais il trouve dans
son amour assez d'énergie pour quitter Madeleine et
aller, par son travail, se faire une carrière qui le mette
à l'abri d'un second refus. Les premiers moments de
la lutte sont douloureux, mais héroïquement supportés.
La pauvreté, les privations de toute sorte, d'ingrats
travaux, des dissensions avec sa famille, viennent as-
saillir Stephen, qui trouve toujours dans le souvenir
de Madeleine une force nouvelle pour résister et poursuivre vaillamment la lutte. Madeleine, de son côté,
tient d'abord noblement la parole donnée à Stephen;
puis, peu à peu, circonvenue par les conseils d'une
amie d'enfance, elle commence à comprendre que les
serments qu'elle a faits pourraient bien avoir été surpris à son inexpérience, et repousse avec moins d'énergie la proposition d'un riche mariage. Deux circonstances, dont la futilité ne le cède qu'à l'invraisemblance, achèvent de la déterminer. Elle épouse un ami
de Stephen, pendant que celui-ci, devenu riche et sûr
désormais du consentement de monsieur Müller, s'occupait à embellir pour elle un ermitage dont ils avaient
fait le plan lors de leurs premières amours. Stephen, à
cette nouvelle, tombe dangereusement malade, et ne
se relève que pour chercher dans la débauche et dans
une existence fiévreuse l'oubli de sa douleur. Cette vie
dure peu; il ne tarde pas à l'abandonner pour s'occu-

per du soin de sa vengeance contre Édouard, le mari
de Madeleine, et contre Madeleine elle-même. L'occasion
ne tarde pas à se présenter. Édouard, après avoir ruiné
sa femme, se sauve et est rejoint par Stephen, qui le
force à se battre, et le tue. Débarrassé du mari, il retourne auprès de Madeleine, dans le cœur de laquelle
il a réussi à réveiller le souvenir de son ancien amour,
et qui se livre à lui à l'ombre de ces mêmes arbres où
elle lui avait autrefois juré d'être sa femme; mais, dans
un des soupirs que son trouble lui arrache, Stephen
reconnaît les mots adressés à Édouard lors de leur
première nuit de noces. Tout son passé lui revient alors
en mémoire, — il repousse Madeleine et s'éloigne
d'elle en l'accablant de reproches et d'injures. Madeleine, anéantie, ne survit pas à cet affront; folle de
douleur et de honte, elle rentre chez elle et se tue. Je
ne parlerai pas du dernier chapitre et de l'équipée de
Stephen au cimetière. Monsieur Karr a trop de bon
sens pour ne pas juger maintenant cette malencontreuse
idée beaucoup plus sévèrement que je n'oserais le faire.

Toute la première partie, celle des amours de Stephen et de Madeleine, et la lutte de celui-ci contre les
embarras de la vie, est pleine de vérité, de naïveté et
d'intérêt. Le dévouement, l'énergie, la puissance de
volonté, ces forces que la jeunesse puise si largement
dans l'amour et qu'elle livre avec un si adorable abandon à la femme aimée, y sont reproduites et racontées
avec une grande fraîcheur d'impressions. Si, à ce mérite réel, on ajoute le mérite relatif du roman, c'est-à-
dire si l'on veut bien se reporter au genre exagéré et
souvent repoussant, à la mode vers 1834, et qu'on lui
compare cette histoire naïve, tranquille et calme, ce

récit des douleurs et des combats de tous les jours, on
aura la raison du succès auquel était infailliblement
destiné le premier roman de monsieur Karr. Je signalerai
encore comme mérite secondaire, mais pourtant remarquable, une singulière facilité à rendre les scènes
les plus familières de la vie, non-seulement sans tomber dans la vulgarité, mais encore en leur donnant un
caractère d'originalité qui les grave à tout jamais dans
la mémoire. La vie d'Édouard et de Stephen dans leur
chambre commune est un exemple à l'appui de ce que
j'avance. Parmi les scènes qui remuent doucement le
cœur, j'indiquerai celle où Stephen et Madeleine réa-
lisent par la pensée le plan de leur habitation quand
ils seront mariés. Il était difficile de rendre d'une plus
gracieuse façon cette robuste confiance dans l'avenir
qui est le caractère distinctif de tous les amours nais-
sants.

Le second volume, malheureusement, ne tient pas
les promesses du premier. Il est rempli par les extravagances de Stephen, qui me paraissent suscitées bien
plutôt par la vanité blessée que par l'amour malheureux, et par des idées de vengeance aussi blâmables
comme principe que comme moyen littéraire. En effet,
je reconnais, avec tous ceux pour qui le cœur humain
est un continuel objet d'étude, qu'il n'y a que les nobles
cœurs qui sachent donner sans compter, et par le seul
besoin d'enrichir l'objet de leur affection de tout ce
qu'ils tirent de leur propre fonds; que ce sont eux,
par conséquent, qui ont le plus à souffrir d'un abandon; mais je suis convaincu aussi qu'il n'y a que les
cœurs faibles qu'aigrissent les souffrances de l'amour
malheureux, et que les natures généreuses et vaillantes

6.

en trouvant dans leur douleur l'austère enseignement
que Dieu y a mis, savent pardonner à la main qui les
frappe, et trouveraient trop au-dessous d'elles l'affreux
plaisir d'insulter l'idole qu'elles ont jadis encensée
avec tant de bonheur. Oui, les douleurs de l'amour
trompé sont immenses, mais c'est le courage avec lequel elles sont supportées qui en fait la grandeur et la
noblesse; et, dans le pardon qu'on laisse tomber sur
une maitresse oublieuse ou infidèle, ce n'est pas elle
seulement que l'on respecte, c'est soi-même, c'est le
sentiment de sa propre dignité auquel on rend hommage, c'est le vivant, c'est l'impérissable souvenir de
son amour, que l'on vénère à jamais. La douleur est
une initiation où la faiblesse succombera toujours. Ce
n'est pas chez de semblables natures que je veux voir
le développement de la passion; elles ne peuvent pas
m'intéresser. Monsieur Karr, en développant le personnage de Stephen en dehors de ces conditions, lui a
non-seulement enlevé de l'intérêt, mais encore il en a
fait un être méchant, sans grandeur et sans générosité,
et, n'était la lettre de la fin, où l'on retrouve la mémoire des beaux jours passés, nous dirions odieux.
Monsieur Karr, en cherchant à faire de Stephen un
caractère fort, en a fait un caractère forcé.

Madeleine ne soutient pas mieux l'examen. Bonne,
tendre, pleine de foi et d'exaltation dans la première
partie, elle donne dans la seconde d'incroyables démentis à ces qualités, sans que rien puisse autoriser ce
brusque changement, si ce n'est la fantaisie de l'auteur,
que nous ne saurions approuver. Que ce portrait ait été
copié sur la nature et qu'une personnalité quelconque
ait offert l'exemple de cette brusque volte-face dans son

caractère, je le veux croire ; mais on conviendra avec
moi que c'est une rare exception ; et, du moment qu'un
écrivain choisit une exception pour thème de ses études, il faut au moins qu'elle offre des chances d'intérêt, et Madeleine en est dépourvue dès qu'elle oublie
ses serments. On sent qu'elle n'est plus là que pour
donner la réplique à Stephen, et que sans sa présence
le roman n'en continuerait pas moins. Deux causes font
surtout oublier ses promesses à Madeleine, les propos
d'une servante et une lettre de Stephen écrite dans un
moment de découragement. En vérité, est-ce donc là où
devaient aboutir les solennelles promesses de la jeune
fille ? ou manquait-elle assez d'amour et de réflexion
pour qu'un bon mouvement ou une pensée sérieuse ne
lui fît pas repousser les uns et pardonner l'autre ? Monsieur Karr a écrit des choses très-délicates, très-ingé-
nieuses, souvent très-vraies, sur l'amour et sur les
femmes ; il est seulement à regretter qu'il ne les appuie
jamais sur des exemples plus sérieux que l'histoire de
Madeleine.

Quant au personnage d'Édouard, il n'est évidemment
placé que comme accessoire, et pour donner une apparence de raison aux paradoxes, moitié graves, moitié
plaisants, de l'auteur sur l'amitié et les amis. Je dis
une apparence de raison, car, en y réfléchissant un instant, il n'entrera dans l'esprit de personne que l'on
puisse conserver comme compagnon un écervelé pareil
à Édouard, quand il habite la même petite chambre
que Stephen. Toute cette partie du roman, je le répète,
est écrite avec beaucoup d'esprit et d'entrain ; mais, si
monsieur Karr n'a jamais eu d'autres plaintes à adresser
à ses amis, ce n'est pas le cœur de ceux-ci qu'il faut

blâmer, mais bien sa patience à lui-même. Quelque
amoureux que l'on soit, on vit encore assez dans les
choses de ce monde pour pouvoir jeter par les fenêtres
des fous pareils à Édouard. C'est pourtant sur l'inanité
de l'amitié aussi gravement soutenue qu'est construit
un autre roman, — un des moins bons, il est vrai, —
Une heure trop tard. Après l'avoir lu, comme après
avoir parcouru l'histoire des méfaits d'Édouard, on est
tenté de penser que monsieur Karr a voulu faire de la
coquetterie avec ses amis, et que, heureux de ceux qu'il
a su se faire, il a essayé de créer la solitude autour de
lui pour se livrer entièrement à eux. Monsieur Müller,
le vieil oncle, le frère Eugène, ne font que traverser le
récit, comme ces acteurs des pièces mal faites qui en-
trent et disparaissent sans que l'on sache ni d'où ils
viennent, ni où ils vont.

Si de l'appréciation des caractères on passe à celle de
l'action, et à la manière dont les scènes sont liées entre
elles, on retrouvera entre les deux parties la même
différence, tout à l'avantage de la première. Autant,
dans celle-ci, elles sont vraies, simples, vivement sen-
ties, autant le mauvais goût et l'exagération dominent
dans la seconde partie : depuis les douteuses plaisanteries sur le nez de mademoiselle Clara, jusqu'à la façon
ampoulée employée par Stephen pour forcer Édouard
à se battre. Mais, là où les bornes de l'exagération sont
poussées jusque sur le domaine du ridicule, c'est quand
Stephen va froidement violer la tombe de Madeleine
pour donner un baiser à un cadavre que la décompo-
sition envahit déjà. Sans parler des sentiments les plus
vulgaires, qui se révoltent à cette inutile profanation,
monsieur Karr est tombé dans une erreur matérielle

qu'il n'a eu garde de laisser échapper chez les autres, et dont, par conséquent, il est plus blâmable. Il ne doit pas ignorer que l'horrible et repoussante métaphore des vers du tombeau est une niaiserie inventée par l'ignorance, et que la terre au contraire garde avec sollicitude les dépôts sacrés que nous lui confions. En vérité, on ne peut admettre cette bizarre idée qu'en ne la prenant pas au sérieux, et en y voyant un malencontreux hommage à la littérature de charnier et de croque-mort mise un instant à la mode par le roman de *Han d'Islande*, et dont il avait su se préserver au commencement de *Sous les Tilleuls*. Ce disparate s'explique par la différence même qui existe entre les deux parties du roman. Dans la première, et l'auteur du reste ne s'en est pas caché, il raconte des impressions reçues, des sentiments éprouvés; il n'invente rien, il se rappelle. Dans la seconde, au contraire, il a voulu faire un roman et n'a pas pesé la valeur des moyens employés. Il s'est trop hâté d'écrire. La douleur était trop vive encore pour que son imagination n'en fût pas troublée et ne le fît pas tomber dans de répréhensibles écarts. A ce point de vue, les défauts de *Sous les Tilleuls* sont plus excusables, et, si nous y avons longuement insisté, c'est afin de faire plus grande la part de l'éloge en parlant des autres romans.

Mais, là où il se relève, là où il a mis toute son originalité et tout son esprit, c'est dans les chapitres où il prend la parole et tourne en ridicule les préjugés, les lieux communs, les banalités qu'il rencontre sur son chemin. Ces plaidoyers en faveur du bon sens sont amenés quelquefois hors de propos et contiennent, je l'ai déjà dit, autant de paradoxes que de vérités; mais leur forme est si séduisante, que l'on est tout disposé à pardonner même l'erreur présentée d'une façon si pleine d'attraits. Pour n'en citer qu'un, on sait que monsieur Karr a eu un instant l'idée d'une croisade contre les proverbes, en prétendant que dans cette masse d'aphorismes, décorée du nom de sagesse des nations, il n'en est pas un qui ne soit catégoriquement démenti par un autre. Ce n'est pas d'aujourd'hui qu'un esprit ingénieux a défendu cette opinion, et, tout en constatant la vérité de cet adage « qu'il n'y a rien de neuf sous le soleil, » on pourrait lui répondre par ce proverbe, que « les beaux esprits se rencontrent, » et réduire ainsi sa théorie à néant.

Le Chemin le plus court doit être regardé comme une œuvre de transition. On y distingue encore le bouillonnement des souffrances personnelles, mais plus affaibli et mêlé déjà à plus d'habileté dans la disposition et l'usage des effets. On ne peut refuser à l'écrivain ou au poëte le droit de prendre dans ses propres souvenirs le sujet de ses livres ; il serait même puéril de chercher à prouver que là seulement il trouvera le secret d'émouvoir et d'attendrir ; mais il est pourtant une limite que l'on ne doit jamais franchir : c'est celle qui sépare le récit des impressions de celui des actes mêmes. Les confessions, les confidences, les aveux, ont toujours ceci de pénible, qu'en racontant son histoire au public on raconte aussi celle de personnes qui, la plupart du temps, n'ont nulle envie de se confesser.

Le Chemin le plus court nous introduit au milieu de ces pêcheurs d'Étretat et de Trouville dont monsieur Karr s'est fait le poétique et éloquent historien, et mieux encore l'ami. Ces austères familles, ces personnages

rudes et affectueux passant leur vie entre les soins de
leurs filets et les préoccupations de la tempête, semblent, dans ses livres, réfléchir la grandeur du spectacle qu'ils ont incessamment sous les yeux. Ce charme
naïf est surtout empreint chez le vieux musicien Kreisherer et chez sa fille Thérèse. Thérèse aime un jeune
homme, Hugues, nature faible et légère, qui se laisse,
par nonchalance, marier avec une femme qu'il n'aime
pas. Maître Kreisherer meurt, et Thérèse seule, sans
appui, succombant sous la réprobation publique, qui
voit dans Hugues un séducteur, va mourir elle-même,
lorsqu'un ami de son père et de Hugues, Wilhem Girl,
en fait sa femme et la sauve ainsi. Thérèse est pleine de
fraîcheur, de naïveté, de cette grâce mélancolique dont
monsieur Karr a su embellir ses figures de jeunes filles
avec assez de mesure pour en faire un type original.
On peut reprocher au vieux Kreisherer de rappeler de
trop près les rêveuses créations d'Hoffmann, mais en
ajoutant aussi que cette réminiscence n'est pas sans
charmes, et que certaines soirées passées à écouter Thérèse jouant au piano les airs de son père, tandis qu'au
dehors la nuit se remplit de la grande voix de l'Océan,
sont de ces tranquilles et heureux tableaux que la mémoire n'oublie pas. L'auteur a tiré le meilleur parti
possible du personnage de Hugues, nature banale, in-
complète, aussi faible pour le mal que pour le bien,
chez laquelle les bonnes intentions se répandent en
mauvaises actions, mais profondément vraie, et dont
malheureusement les portraits n'intéresseront jamais
plus que les originaux. Wilhem Girl fait opposition avec
Hugues, et, à vrai dire, c'est le principal héros du
roman. Calme et fort, il voit s'agiter au-dessous de lui

les passions et les intérêts en lutte avec la tranquillité
de l'indifférence et le sourire du dédain. Monsieur Karr
affectionne ce type, et l'a reproduit dans *Clotilde*, sous
le nom de Robert Dimeux. C'est toujours Stephen, après
la trahison de Madeleine, ayant usé sa force dans son
premier amour et ne voyant plus de but qui vaille la
peine de dépenser le peu qui lui en reste encore. Wilhem et Hugues sont les deux faces de cette physionomie,
comme, dans *Clotilde*, Tony et Robert. Ce type eût pu
donner lieu à de beaux développements; mais il est fâcheux que monsieur Karr n'ait pas su rester dans les
limites de la nature humaine et l'ait en partie effacé
en voulant l'exagérer. Wilhem Girl, comme Robert Dimeux, tombe dans la boursouflure et l'étrangeté; il
manque de naturel et de simplicité, et le mal qu'ils se
donnent tous deux pour paraître désabusés leur fait
souvent commettre des actes auxquels l'affectation a
bien certainement plus de part que l'indifférence. Pour
nous servir d'une expression empruntée au langage des
peintres, ils *posent* trop, et finissent par fatiguer.
Puisque j'ai parlé de *Clotilde*, je signalerai un portrait
de vieux prêtre tracé avec une délicatesse qui fait un
heureux contraste avec celui de Robert.

Geneviève me paraît le meilleur roman de monsieur
Karr. Chacun des caractères se développe régulièrement, et sans déviation de la ligne tracée au début. On
y retrouve la fraîcheur et l'abandon des premières pages
de *Sous les tilleuls*, sans les extravagances de la fin.
L'intérêt, s'il n'est pas vif, est toujours tenu convenablement en haleine, et ce n'est pas chose facile dans le
récit des amours de deux jeunes gens pour deux jeunes filles, sujet dont le mérite est tout entier dans la

délicatesse des teintes employées. Là, comme toujours, monsieur Karr s'est livré à son goût pour les digressions; et, si elles ne sont pas plus spirituelles que les autres, c'eût été difficile, au moins rentrent-elles plus directement dans l'ensemble du sujet. La verve des scènes de l'atelier du peintre Huguet, et les aventures amoureuses d'Abert Chaumier, les ont justement vulgarisées. Ce n'est pas un moyen bien original que la mystérieuse intervention d'Anselme, et il n'a pas dû coûter de grands frais d'imagination à l'auteur; cette intervention n'est pas d'ailleurs assez bien déguisée pour que le lecteur puisse être incertain un instant sur la conclusion à laquelle elle aboutira; mais il serait fastidieux d'insister sur ce point, surtout après l'émotion franche et naturelle de la reconnaissance finale. Il n'y a pas de mauvais moyens quand le résultat est aussi bien réussi que celui-ci.

Feu Bressier est une suite de nouvelles reliées entre elles par une idée des plus originales. Avec la légèreté de talent de monsieur Alphonse Karr, cette forme, qui n'exige pas des caractères longtemps soutenus comme le roman, lui offrait l'incontestable avantage de pouvoir laisser et reprendre son sujet sans choquer l'esprit par ce manque de cohésion. Un vieillard, sec, avare, désagréable en tous points, meurt de regret de s'être vu dévalisé par des voleurs. Son âme s'échappe gaiement de son corps, et, fatiguée d'avoir habité cette laide enveloppe, se promet de ne plus revenir sur terre qu'en prenant naissance dans les baisers de deux amants sincèrement épris. Elle commence donc ses voyages, et, après une année de recherches infructueuses, au mois de mai, lorsque tous les parfums de la

7

terre montent dans l'air avec les brises du printemps,
elle s'envole dans un rayon de soleil sans vouloir continuer plus longtemps ses inutiles épreuves. C'est,
sous une forme ingénieuse, une critique de l'amour
partagé. Monsieur Karr, on peut s'en rapporter à lui,
fait assister l'âme de feu Bressier à des comédies bien
tristes et bien bouffonnes, en tête desquelles il faut
placer celle de Louis de Wierstein et d'Arolise, non
point tant à cause du sujet même, où la vraisemblance
est traitée trop légèrement, que par les gracieux détails dans lesquels elle est enveloppée.

Il est un genre de mérite sur lequel je n'ai appuyé
que fort peu jusqu'ici, me réservant d'y revenir à propos de l'ouvrage auquel je suis arrivé : le *Voyage autour de mon jardin*. Je veux parler du sentiment exquis de la nature qui, plus encore que son esprit, distingue monsieur Karr parmi tous les écrivains modernes. Sous ce rapport, je ne lui connais pas d'égal,
et je le préfère à Rousseau et à Bernardin de Saint-
Pierre. Chez lui, ce sentiment n'a rien de factice, il
fait corps avec lui, il lui est complétement identifié ; il
aime la grande mère comme un autre respire. Mais
monsieur Karr n'a pas laissé se développer au hasard
cette heureuse faculté ; elle a été cultivée, au contraire,
avec sollicitude, et tournée vers l'étude constante de
l'objet de ses affections. Aussi en connaît-il et en a-t-il
admirablement exprimé tous les effets, depuis les plus
grandes jusqu'aux plus petites métamorphoses, et peut-
il vous dire à deux pages de distance, sans se tromper
d'une nuance ou d'un animalcule, toutes les teintes
qui s'allument dans le ciel quand le soleil s'endort
dans l'Océan, ou toute la vie des imperceptibles hordes

de pucerons qui s'agitent sur la feuille du rosier. Lorsqu'il aborde ce sujet, son style change tout à coup d'une façon très-remarquable, sa phrase perd la pointe acerbe qui la quitte rarement, elle s'assouplit et se purifie, et, si je puis m'exprimer ainsi, se pénètre du parfum des bois, de la brise et des fleurs. Que l'on relise l'hymne au printemps dans *Geneviève*, et la scène d'amour entre Tony et Clotilde dans ce dernier roman. Monsieur Karr est fier de ce sentiment et des connaissances qu'il lui a dû de posséder, et ce n'est pas moi qui aurai le courage de l'en blâmer au milieu des œuvres de tous ces bavards, faisant de la nature par mode, comme on faisait du cimetière, il y a vingt ans, parlant des fleurs avec outrecuidance, leur donnant des produits impossibles, le bleu aux camélias, par exemple, et une odeur enivrante aux dalhias, et qui n'ont peut-être jamais possédé un pot de giroflées de six sous sur l'appui de leur fenêtre.

Le *Voyage autour de mon jardin* est composé avec la meilleure partie de cet amour et de cette science. Un ami part pour un long voyage. Il abandonne sans regret ses joies, ses amours, ses chères accoutumances de tous les jours, pour aller à travers mille fatigues chercher le droit de raconter des mensonges au retour. Il promet à l'ami qu'il laisse derrière lui de lui écrire les scènes étranges ou singulières qu'il rencontrera ; tandis que celui-ci, sans quitter son jardin, lui fait le récit de spectacles autrement curieux et intéressants, et auxquels il assiste presque du pas de sa porte, en remerciant Dieu d'avoir placé près de lui tant et de si pures richesses. Avec le récit des amours des fleurs, de leur naissance, de leur épanouissement et de leur

mort, avec l'histoire des mille choses charmantes qui
les entourent et vivent d'une vie commune; sans tomber un seul instant dans la fadeur ou le remplissage,
monsieur Karr a su intéresser assez vivement pour
que l'on ferme le livre en regrettant de le trouver si
court.

Il est pourtant une remarque que je n'ai pas été
seul à faire, et que, malgré toute ma sympathie pour
ce livre, je dois consigner ici. Dans son naïf amour
pour les fleurs, monsieur Karr poursuit de ses sarcasmes les plus aiguisés, d'abord les pédants qui leur ont
donné des dénominations repoussantes, hérissées de
terminaisons ridicules et d'assonances barbares; puis
va rechercher, dans les passages les plus inconnus des
auteurs contemporains, les impossibilités horticultura-
les échappées à l'entraînement de l'improvisation. Il
semble que monsieur Karr eût dû être plus indulgent
et ne pas encourir tout le premier le reproche de pédantisme adressé à bon droit aux prétentieux parrains
des fleurs. Cette indulgence eût été d'autant plus convenable, qu'il serait facile, en usant de ce procédé mi-
croscopique, de rencontrer chez lui les mêmes erreurs
qu'il relève si vertement chez les autres.

Dans *Geneviève*, par exemple, les roses tardives, qui
fleurissent en même temps que les chrysanthèmes, ne
répandent aucune odeur, ce qui pourrait faire croire
que l'automne a une fâcheuse influence sur son sens
olfactif, et que l'été, au contraire, le développe outre
mesure, puisqu'il lui fait trouver un parfum aux fleurs
du nénuphar. (*Clotilde*, ch. III.) N'a-t-il pas, au chapitre XLIV du même roman, fait épanouir du jasmin
et des violettes sous des acacias en fleur, confondant

ainsi les saisons et les floraisons les plus diverses?
Que prouvent ces critiques peu dignes d'un homme de
goût? Absolument rien, sinon qu'un écrivain doit être
jugé avant tout au point de vue littéraire, et qu'il faut
tenir compte, quand il ne commet pas de trop grossières erreurs, de l'espèce d'étourdissement qui s'em-
pare de lui en prenant la plume. Cela n'empêchera
personne de subir le charme des passages mêmes de
monsieur Karr où nous avons reconnu ces impossibilités physiques. Mais je serais mal venu de blâmer longuement sous l'impression que me fait éprouver la lecture de cet ouvrage ; et, pour en revenir à l'éloge,
j'indiquerai deux des plus intéressants épisodes qu'il
contient. Le premier est l'histoire de cet oignon de tu-
lipe qui, la vanité aidant, finit par coûter cent mille
écus à son propriétaire. Là, monsieur Karr a su être
fin sans prétention, spirituel sans recherche, et amusant sans fatigue. Quant au second, je le regarde
comme un chef-d'œuvre de condensation. Une vieille
femme, à laquelle un vieillard vient de faire le récit de
ses premières amours, ouvre en tremblant un bouquet fané qu'elle conserve depuis quarante ans, et y
trouve une lettre, qui, aperçue un demi-siècle plus
tôt, eût autrement décidé de sa vie. Cette nouvelle,
écrite doucement, simplement, est une des plus heureuses rencontres de l'auteur. Toute une vie de bonheur, tout un passé d'amour qu'un hasard a détruit,
s'élèvent pleins de regrets entre ces deux vieillards.
L'émotion et la sensibilité que monsieur Karr a su mettre dans cette courte nouvelle font regretter qu'il n'ait
pas touché plus souvent ces cordes-là.

Il serait injuste à une étude consciencieuse sur les

7.

œuvres de monsieur Karr de ne pas parler de son mérite comme publiciste. Que les divers partis, souvent
piqués au vif par les *Guêpes*, portent sur cette revue
le jugement que leur rancune leur dictera, il n'en
est pas moins vrai qu'elle assurera à son auteur une
place des plus honorables parmi les écrivains politiques de ce temps. Ce n'était pas chose facile, en n'ayant
pour armes que le bon sens et l'esprit, de venir dire
tous les mois la vérité à ceux qui s'agitaient alors
dans le monde étrange de la politique et de continuer ce rôle pendant huit ans, sans faiblir et sans
reculer un seul instant. L'audacieux écrivain devait
s'attendre à avoir pour ennemis ceux dont sa fran-
chise dévoilerait l'incapacité, et Dieu sait si le nombre en est grand ; mais il était fait à d'autres luttes,
et cette perspective ne pouvait l'arrêter un instant.
« Certes, dit-il à la fin de la première année, un
homme qui s'avise de dire aux hommes et aux choses :
Vous ne me tromperez pas, et voilà qui vous êtes ;
cet homme devait être considéré comme un ennemi
public. Aussi tout d'abord, injures et menaces anony-
mes, coups d'épée par devant, coups de couteau par
derrière, on a tout essayé. » Quant à l'entreprise elle-
même, on ne peut en expliquer le succès que par son
étrangeté même et par l'attrait de la nouveauté qui
faisait entendre au public des paroles de raison dites
par un homme de cœur. Ce qu'il faut répéter aussi,
c'est que jamais le sens commun, le plus rare de tous
les sens, dit quelque part monsieur Karr, n'emprunta
pour s'exprimer un langage plus vif et plus mordant.
Les *Guêpes* resteront non-seulement comme critique
amusante et instructive de nos ridicules, mais encore

comme un exemple de ce que peut l'esprit quand il
s'appuie sur l'indépendance du jugement.

« Mon indépendance, dit-il encore, n'est pas une
de ces vertus chagrines et furieuses qui, dans leur haine
contre le vice, ont toujours l'air de crier au voleur. Ce
n'est pas une vertu, c'est une condition de mon tem-
pérament. A une époque de ma vie, je me suis senti
ambitieux parce qu'il y avait un front pour lequel je
voulais des couronnes, de petits pieds sous lesquels
je voulais étendre les tapis les plus précieux, une
existence que je voulais entourer de toutes les joies,
de tous les orgueils, de tous les luxes de la terre.

« Mais un jour mon rêve s'est évanoui, et je suis
resté seul. Cependant je me sentais fort et courageux ;
j'ai cherché quelle route je devais suivre et où je voulais arriver, et alors j'ai vu les routes de la vie, em-
barrassées de ronces et d'épines, conduisant péniblement à des buts que je ne désirais pas. J'ai vu les
luttes acharnées de toute la vie pour s'arracher des
choses dont je n'avais pas besoin. J'ai vu dans ces luttes certaines choses, qui avaient quelque grandeur et
quelque prestige entre les mains qui les tiraillaient,
tomber dans la boue et dans le sang brisées en éclat,
comme une glace de Venise dont on fait, en la cassant,
des miroirs à deux sous. J'ai évité ces chemins, et je
ne me suis pas mêlé à ces luttes, et j'ai découvert en
moi que le ciel m'avait richement partagé, car j'avais
une fortune toute faite et une liberté assurée dans
l'absence des désirs et dans la modération des besoins. »

Ces petits livres, d'ailleurs, n'étaient pas exclusivement consacrés aux matières politiques; les arts et la
littérature y occupaient la place qui leur revient dans

toute œuvre qui a la prétention de réfléchir notre époque.

Si, pour apprécier le style de l'auteur de *Sous les Tilleuls*, on admet les deux ingénieuses divisions faites par monsieur de Balzac entre la littérature à images et la littérature à idées, il sera rangé évidemment parmi les écrivains de la seconde catégorie. Sa phrase est claire, incisive ; elle rend bien la pensée sans chercher à l'orner, et, sauf le cas dont j'ai parlé plus haut, où elle acquiert une pompe et une majesté singulières, ne trace pas autour d'elle ces folles arabesques dont la littérature à images a poussé, de nos jours, l'usage jusqu'à l'abus. Aussi son style gagne-t-il en souplesse ce qu'il perd en somptuosité, et se prête-t-il, avec une facilité que l'on n'a pas assez remarquée, à la forme vive et prompte du dialogue. Monsieur Karr n'ignore pas cette propriété ; il interrompt souvent la narration pour se servir de cette forme dramatique, et l'on ne peut nier qu'il ne l'ait toujours fait avec bonheur. Malgré ce mérite, il est certain que ce n'est pas ses œuvres que l'on choisira pour chercher les secrets de la langue, étudier le maniement des mots et les ficelles de la phraséologie. Les figures et les images ne sont chez lui qu'un corollaire de la pensée. Mais on y trouvera toujours une étude ingénieuse du cœur humain, des aperçus neufs et vrais des sentiments, de mordantes railleries de nos travers, de la pitié pour la faiblesse, de généreuses colères contre les lâchetés de l'homme, et de l'indulgence pour ses fautes. Ce mérite vaut bien l'autre.

Depuis quelques années, monsieur Karr semble s'être retiré de l'arène littéraire. Un dernier roman, la *Fa-*

mille Alain, annonçait déjà, il faut l'avouer, de la fatigue, et était loin d'égaler *Feu Bressier* et *Hortense*. Après Février, monsieur Karr a essayé de fonder un journal quotidien, et a complétement échoué. Que ceci soit dit à sa louange. Un journal, en effet, pour espérer le succès, doit, avant tout, se faire le défenseur aveugle, systématique, d'un parti ou d'une opinion. Il ne peut accorder du sens commun qu'à lui et à ses amis, et doit frapper aveuglément sur tout ce qui s'agite au dehors. Ne s'adressant qu'à des passions, il n'est fort qu'en raison de son injustice ou de son intolérance; et, en m'exprimant ainsi, je ne prétends nullement faire une critique, mais constater seulement un fait. Or, on a vu, par ce que nous avons dit des *Guêpes*, que la polémique de monsieur Karr réunissait des conditions d'impartialité et d'indépendance tout à fait opposées à celles exigées pour la direction d'un journal. En second lieu, il faut convenir que le moment était mal choisi pour faire entendre le langage de la modération et du bon sens. Les mouvements comme celui qui suivit Février peuvent se diriger quelquefois; mais le temps seul les calme, et, comme dans une attaque de nerfs, personne n'est assez fort pour les arrêter. Puis, enfin, il y a dans le travail quotidien du journaliste une similitude avec l'exercice d'un écureuil en cage auquel le libre esprit et la constitution intellectuelle de monsieur Karr se refusaient irrévocablement. Avec tant de chances contre lui, il était impossible au journal de monsieur Karr de réussir. Il tomba, et depuis lors il a dit adieu à toute espèce d'entreprise littéraire.

Retiré près du Havre, dans l'habitation où nous avons

jeté un regard indiscret, sous l'œil de cette grande nature pour laquelle il a un amour si profond et si vrai,
il vit de cette vie nonchalante dont il a animé ses héros.
Il n'est pas dans tous les environs un pêcheur qui ne
lui adresse en passant un salut d'ami, et ne s'estime
heureux de ses conseils et fier de ses éloges. Son embar-
cation et son jardin l'occupent plus que ne l'ont jamais
fait les gracieux personnages de Madeleine, de Geneviève et de Stephen. Si, par un mauvais temps, lorsque
toutes les barques sont rentrées, l'on découvre à l'horizon à travers les hachures de la pluie une embarca-
tion filant comme un goëland dans l'écume des vagues,
il est inutile de demander le nom de son audacieux
patron. On ne vous répondrait pas, tant il est évident
qu'un homme seul dans le pays est capable de cette
bravade. Dans les beaux soirs d'été, au moment où le
soleil, avant de disparaître, allume dans le ciel ces belles teintes vert pâle et saumon clair, le désespoir éternel des peintres, si, en tournant la falaise de la Hève,
on aperçoit, assis devant une chaumière accrochée sur
la cassure d'un rocher, un homme immobile devant ce
splendide spectacle, et ne s'interrompant que pour envoyer dans l'air de légères spirales de fumée, on peut le
nommer à coup sûr : c'est monsieur Karr qui distille
sa voluptueuse paresse, et vient se convaincre une fois
de plus qu'il vaut mieux employer son temps à jouir
de ces magnificences que le perdre à les décrire. A le
voir oublier avec tant de bonheur les travaux auxquels
il doit pourtant une réputation méritée, il faut bien
reconnaître la vérité du jugement qu'il a porté sur lui-
même, quand il dit : « Aujourd'hui, au milieu de ce
tumulte, où tous se ruent les uns sur les autres pour

s'arracher l'argent et le pouvoir, et quel pouvoir! je ne
vois rien, dans le butin qu'auront les vainqueurs, qui
vaille à mes yeux les magnificences gratuites dont se
pare l'automne, les courtines de pampre qu'étend la
vigne sur les murailles de mon jardin, le bruit du vent
dans les feuilles jaunies des bois, et les rêveries, les
pensées, douces fleurs d'hiver qui vont éclore à la chaleur du foyer rallumé. Dans ces combats, je ne vois
aucun triomphe qui flatterait mon orgueil autant que
mes luttes avec la mer en colère sur la plage d'Étretat. » Seulement, le public sera-t-il aussi indulgent
que lui pour ce silence obstiné? Je le désire vivement.

ARSÈNE HOUSSAYE.

Monsieur Houssaye occupait, en 1840, un petit appartement à balcon, au cinquième, situé rue du Bac. Le logis avait beaucoup d'air, de soleil, de lumière, et une vue admirable, heureuses compensations de ces greniers de Paris dont la jeunesse et la gaieté font si souvent des paradis. Il était meublé avec ce luxe et cette négligence affectionnée par les poètes : singulier mélange de superflu et de manque du nécessaire qui s'explique chez ces natures que l'art, cette indispensable superfluité, a nourries de ses rêves et de ses espérances. Quelquefois, le feu manquait dans l'âtre, mais les jardinières étaient toujours pleines de fleurs fraîches, et les potiches de tabac sec. La pendule n'avait jamais pu marquer l'heure, et les horlogers avaient dû y renoncer, mais personne ne songeait à l'interroger; c'était un cartel incrusté de cuivre et d'écaille, d'une fort belle forme; que demander de plus à une pendule? Les

murs étaient tendus d'une tapisserie, où des Galatées
et des Tircis, dessinés par Detroy ou Paterre, gardaient,
dans des vertugadins de satin rose, des moutons en-
rubanés comme des saint Jean. Ces bergerades en tapisserie ont donné à monsieur Houssaye les faux airs d'un
poëte des bords du Lignon. Chez lui, comme chez Flo-
rian, il ne manque qu'un loup. Un fort beau tableau
de Vanloo — *une Dame à sa toilette* — acheté vingt
francs chez un charbonnier, était suspendu au-dessus
d'un canapé à pieds contournés, et répandait dans la
chambre un vague parfum de poudre à la maréchale.
On riait beaucoup dans cette chambre, on causait encore
plus, on avait des discussions interminables sur l'art,
sur la poésie, on se moquait des tragédies tout en ad-
mirant les tragédiennes, on ne parlait plus des classiques
qui étaient morts, et l'on parlait peu des romantiques
qui se mouraient; enfin, quelquefois, quand la pluie en
frappant les carreaux ne rendait pas un son trop sinistre,
quand le soleil du printemps n'envoyait pas un rayon trop
gai danser dans la chambre, quand un marronnier placé
dans un jardin en face ne secouait pas dans l'air l'odeur
de ses petites pyramides de fleurs, quand une certaine
robe ne faisait pas entendre un frou-frou trop attrayant,
on y travaillait. On y travaillait sans beaucoup de
méthode, par secousses et par bonds, comme on travaille quand on est jeune et que les hémistiches vous
bourdonnent dans la tête comme un essaim d'abeilles,
quand les vers vous tombent tout faits du ciel, comme
les alouettes, sans système surtout, comme il convient
à des poëtes, avec un sentiment encore indéfini, mais
incontestable, de l'émotion, de la nature, de la vérité.
J'avoue que je ne pense pas à cette époque sans plaisir,

8

et que j'en évoque les phases successives, comme on
tourne les feuillets d'un livre lu à deux, autrefois.

Mais c'était surtout les réunions du soir qui étaient
intéressantes. Je m'en rappelle une, entre autres,
comme bien des maîtresses de maison ne peuvent se
vanter d'en avoir vu dans leurs salons. Ce jour-là, je
ne sais pourquoi, on était riche; — quelque éditeur
imprudent et brave qui avait acheté un roman à venir.
— Les deux petites chambres avaient un air de fête
insolite; les bougies étincelaient partout; les jacinthes
et les narcisses des jardinières, renouvelées, épandaient
partout leur pénétrant arome. Le piano faisait rage
dans ce que nous appelions le salon, où sautaient une
demi-douzaine de belles filles. Dans la chambre à
coucher, la fumée des cigares empêchait presque de
voir le quatrain suivant collé sur la glace de la che-
minée :

> Dans la bergerie où je couche,
> Fumez, si vous voulez, vos pipes à deux sous;
> Mais n'faites pas de bruit, car la femme d'en d'sous
> Accouche !

Là étaient réunis les gens réputés sérieux, c'est-à-
dire ceux qui ne savaient pas danser. Jules Sandeau,
Théophile Gautier, Édouard Ourliac, qui, entre deux
contredanses — il n'était pas encore néo-chrétien —
venait lancer dans la conversation un mot vif et profond comme un sarcasme de Voltaire; Alphonse Esqui-
ros, « le ministre des relations extérieures du roi de
Monaco; » Préault, Gérard, Lafayette, Malitourne,
Hédouin, L'Hote, tant d'autres encore dont les noms

ne nous reviennent pas : feuilles de l'arbre que le vent
du hasard éparpille et emporte tous les jours.

Les opinions littéraires de ce cénacle, je n'ai pas
besoin de les dire : on était romantique, mais romantique dans un sens plus élargi que le groupe dont je
parlerai à propos de monsieur Théophile Gautier. Le
panthéisme attirait ces jeunes esprits, qui ne voulaient
pas, autour d'une poétique nouvelle, des barrières de
l'ancienne, si joyeusement et si promptement escala-
dées. On ne repoussait systématiquement personne.
L'on n'appartenait ni à un parti ni à une école : on
était une république, et l'on ne voulait pas tomber
dans la faute de talents illustres procédant par exclusion
au lieu de procéder par agrégation. On avait proclamé
le droit et la liberté de l'admiration, et l'on admirait
l'un pour sa poésie, l'autre pour son style ; celui-ci
pour son génie, celui-là pour son esprit, pour son
émotion, pour sa gaieté, pour son bon sens. On pensait
et l'on disait très-haut que Voltaire avait du bon, que
Diderot n'était pas à dédaigner, que le cardinal de
Bernis, lui-même, avait, sous ses sourires, rencontré
quelques idées gracieuses ; que les muses de Watteau
et de Boucher n'étaient nullement repoussantes ; que
les roses, toutes fanées qu'elles fussent, valaient bien
les cyprès de l'école pleurarde, et qu'enfin il fallait
reconnaître au dix-huitième siècle, contre lequel on
criait maintenant *raca*, quelque esprit sous sa manière
et quelque pensée sous son fard. C'est là un des côtés
par lequel on faisait schisme avec les adeptes exclusifs
du romantisme, — et, si j'insiste sur ce point, c'est
que monsieur Houssaye a été le premier représentant
de ce schisme. — Il est le premier devant les admira-

teurs de l'ogive, de la cotte de mailles et des byzantins, qui ait contemplé avec joie les trumeaux peints, les habits brodés et les pastels de la Rosalba.

Mais cette originalité n'est pas la seule. Il y a en outre, chez lui, un sentiment intime et ému de la nature, absent trop souvent chez ses prédécesseurs. Tandis que beaucoup n'en comprenaient que le côté pittoresque, et n'en rendaient, dans leurs strophes admirablement ciselées, que la couleur et les effets physiques, lui et quelques autres, loin des grands horizons, égarés dans les bois, assis près d'une source, ils écoutent, recueillis et silencieux, quelques notes choisies du chant de la grande mère. « L'auteur, dit monsieur Houssaye, s'est isolé dans ses chers sentiers, sous ces bois ténébreux, avec quelque chasseresse aux pieds nus. » Ils ont vu, mais ils ont écouté, mais surtout ils ont senti. Ce n'est pas une impression si vaste et si magistrale que la sensation des coloristes dont nous parlons, mais c'est un sentiment et non une sensation. C'est la flûte antique qui répète les airs au lieu de la palette qui reproduit les tons; mais elle est harmonieuse, du moins, et il faut se rappeler que, pendant un temps, elle fut seule.

Ces deux tendances se retrouvent dans les *Poésies complètes* de monsieur Arsène Houssaye. Ce volume, sauf quelques vers retranchés, se compose de trois recueils publiés pendant une période de dix ans, de vingt à trente. Dix années les plus belles de la vie, dix années de paresse, d'insouciance, de gaieté, d'espoir. Heureux temps, où l'on se trouve souvent si malheureux, et dont, plus tard, avec un vieil ami, on ne peut évoquer la mémoire sans avoir les yeux baignés de lar-

mes, sans avoir l'âme attristée de regrets. Trois figures
de femmes ont inspiré ces trois recueils. Cécile, un
bouquet de violettes au corsage, une brindille de pampre dans les cheveux, est le symbole de la poésie agreste;
Ninon, les pieds et les reins cambrés, la gorge orgueil-
leuse, couronnée de ses beaux cheveux noirs, représente
la poésie du monde et de la passion; et enfin la belle
Violante, aux cheveux d'or, est la dernière muse du poëte,
la muse de l'art. Dans les *Sentiers perdus*, les deux
pièces intitulées *Madame de Parabère* et les *Faneurs
de foin* s'adressent, chacune en son genre, à l'ordre d'i-
dées que je signalais tout à l'heure. Les *Faneurs de foin*
montrent que l'idylle antique peut être heureusement
appropriée au sentiment du naturalisme moderne. Les
acteurs de cette scène, Hyacinthe et Suzanne, sont sans
doute des paysans de convention, et l'auteur eût dû ne
pas craindre de copier plus exactement la réalité; mais
les personnages de Bion, de Moschus et de Théocrite,
ceux même de Virgile, n'ont pas la prétention, non plus,
d'être des moissonneurs, des bergers et des pâtres réels,
et le charme qu'ils éveillent en nous n'en est ni moins
profond ni moins durable. L'émouvante élégie intitulée
Vingt ans prouve que l'auteur a su conserver à la mémoire de ses impressions toute la fraîcheur et toute la
grâce d'autrefois. L'ode au Panthéisme est un plaidoyer
plus adroit et plus attrayant que les démonstrations de
Spinosa ou les ironies de Voltaire. Mais, dit-il en terminant :

> Mais tu t'égaras, ô mon âme!
> Est-ce ainsi qu'il faut chanter Dieu ?
> J'ai chanté le sublime drame,
> Le sentier vert sous le ciel bleu,

8.

> Jeanne dénouant sa ceinture,
> Les seins de la mère nature,
> Le travail et la liberté,
> L'enfant qui joue avec son père,
> L'amante dont le cœur espère...
> Mon Dieu, ne t'ai-je pas chanté?

La *Poésie dans les Bois* indique une plus intime et plus profonde communion avec la nature. Le poëte ne se jette pas au hasard dans les bras de la belle consolatrice; il y revient, au contraire, comme à une amie longtemps désirée qui séchera les larmes et pansera les blessures de l'enfant prodigue. L'expression se ressent de la pensée. Dès le début, des vers, comme les suivants, se pressent en foule :

> Je suis allé revoir les chaumières qui fument,
> Aux bords silencieux des bois qui les parfument.
> O vieux rochers déserts où j'aimais à rêver !
> Étang silencieux que l'hirondelle effleure !
> O beaux arbres, témoins des printemps que je pleure !
> Je vous retrouve encore, mais sans me retrouver.

C'est un tableau complet comme Ruysdaël, Lorrain ou Corot savent en faire.

Viennent enfin les *Poëmes antiques*. Là, la poésie, après avoir été indécise comme un pastel, vague comme un désir, vibrante comme une harmonie, devient précise et ferme comme un bas-relief, ample et colorée comme un Titien. La *Maîtresse du Titien* en est un exemple :

> O fille de l'Antique et de la Renaissance !
> Espoir des dieux nouveaux, souvenir des anciens,
> Païenne par l'éclat et la magnificence,
> Histoire en style d'or des amours vénitiens.

On trouve rarement des vers mieux frappés que ceux-là [*].

Si cette pièce semble tracée avec le pinceau éclatant du maître de Cadore, l'invocation qui ouvre le volume, à *Diane chasseresse*, est ciselée dans le plus pur pentélique :

> O fille de Latone ! idéale habitante
> Des halliers où jamais ne passent les hivers ;
> Blanche sœur d'Apollon à la lyre éclatante,
> Diane aux flèches d'or, inspire-moi des vers.

Quelques pages de prose sont répandues dans ce recueil : les *Syrènes*, la *Source*, l'*Hélène*, de *Zeuxis*, la *Chanson du vitrier*. Je n'approuve pas ce mélange de vers et de prose, quoique la dernière, la *Chanson du vitrier*, soit un modèle d'émotion simple et terrible et de narration précise. Mais l'oreille, accoutumée au rhythme poétique, ne s'habitue pas, surtout pour peu d'instants, à la forme sévère de la prose. Il en résulte une dissonance, que nous engageons monsieur Houssaye à faire disparaître.

Plusieurs petites pièces, décorées par l'auteur du nom d'*Isolines*, doivent être notées ici, parce qu'elles prou-

[*] A ce propos, nous adresserons une remarque à M. Houssaye. Lui, qui a été à Venise, a pu s'assurer sur place de ce que valent les traditions, et n'ignore pas, sans doute, que la belle Laura de Dianti, du tableau du Musée, n'a jamais été la fille de Palme le Vieux, et que rien ne justifie ce titre de *maîtresse du Titien*, que Lépicié, je crois, est le premier à lui avoir donné dans son catalogue. Cette admirable créature fut la maîtresse d'Alphonse de Ferrare, qui l'épousa après la mort de sa première femme, Lucrèce Borgia, en lui faisant changer son nom de Laura contre celui plus savant d'Eustochia.

vent que monsieur Houssaye a eu aussi le goût des ci-
selures.

La beauté, coupe d'or pleine de mauvais vin !

Qu'elle était belle à cette promenade !
Quand les oiseaux chantaient leur sérénade !

Pris à son sourire divin,
Moi, confiant comme un poète,
J'allais, au chant de l'alouette,
Rêver d'elle au fond du ravin.

Rêves perdus ! O ma sœur ! ô ma mère !
Croyez, croyez ma bouche encore amère :

La beauté, coupe d'or pleine de mauvais vin !

Monsieur Houssaye a inventé cette gracieuse forme
poétique, et, jusqu'ici, je ne crois pas que personne en
ait fait usage.

Je n'essayerai pas d'analyser le dernier ouvrage de
monsieur Houssaye, le *Voyage à ma fenêtre*, livre de
pure fantaisie, relation d'impressions personnelles,
dans laquelle il s'est souvenu aussi de Sterne, de Diderot et de Charles Nodier. Ici, la critique perd ses droits
et ne peut faire usage des lois, dont elle est la dépositaire. Devant une impression de plaisir, de tristesse et
de gaieté, la critique serait mal venue de dire à l'esprit : « Tu as raison de rire, tu as tort de pleurer. »
Le *Voyage à ma fenêtre* est un pèlerinage au cimetière
des illusions mortes, des souvenirs éteints, des rêves
envolés en compagnie du *moi* d'alors, de ce *moi* qui
vivait de 1835 à 1845. « Sa pâle figure me sourit encore çà et là, comme celle d'un ami mort : les vrais
revenants sont les fantômes de la jeunesse. » Il est fa-

cile d'imaginer tout ce que ce canevas peut recevoir
d'ornements. Monsieur Houssaye y a fait entrer quelques contes, où l'on retrouve, avec plaisir, ce mélange
de réel et d'idéal, de rêve et de vérité, de larmes et de
sourires, qui constitue son originalité. Mais, là où le
récit, qui se jouait à l'aventure tout à l'heure, qui
sautait comme un oiseau chanteur, de branche en branche, sur l'arbre de la fantaisie, prend des proportions
d'austère beauté, c'est dans les pages consacrées à la
mémoire d'un ami, Édouard Ourliac, emporté, par la
mort, à la moitié de sa route. Le style prend de la concision et de l'éloquence, chaque mot porte. Ce n'est
plus un poëte qui parle, c'est un cœur qui bat, c'est
un homme qui pleure, c'est un ami qui se souvient.
Il y avait, en effet, chez Ourliac, des facultés dont le
développement avait été long et retardé par des circonstances contraires, qui, au moment où la mort l'a
pris, subissaient une dernière et affreuse transformation,
mais qui, ces épreuves passées, eussent brillé d'un éclat
remarquable. Balzac, qui s'y connaissait, ne s'y était
pas trompé, et son éloge du beau roman de *Suzanne*
est une preuve des ressources qu'il avait découvertes
dans l'intelligence de notre pauvre camarade. En redi-
sant ce nom presque oublié, en essayant de lui donner
une gloire qui lui a manqué, monsieur Houssaye a fait
plus encore que de belles pages, il a fait une belle
action.

Dans le chapitre consacré aux souvenirs d'enfance,
il n'y a pas un mot de trop, et le portrait du grand-
père est tracé comme une esquisse d'Adrien Brauwer.

Je me demande, en terminant, si ce que j'ai dit de
ces deux volumes peut en donner une idée impartiale

et exacte à un lecteur indifférent? Je l'espère; mais, si
je m'étais trompé, ma justification serait bien simple.
J'ai été mêlé de loin, et par intervalles, aux rêves, aux
désirs, aux projets, que rappellent ces vers et cette
prose. Les illusions qu'ils regrettent, les espérances
qu'ils ressuscitent, ont été mes illusions et mes espérances, et il est bien difficile de garder le sang-froid et
la rigidité indispensables au critique, lorsque l'imagination voit s'élever devant elle les flottantes et chères
images qu'évoque du passé la muse du souvenir.

PROSPER MÉRIMÉE.

L'un, comme Calderon et comme Mérimée,
Incruste un plomb brûlant sur la réalité,
Découpe à son flambeau la silhouette humaine,
En emporte le moule, et jette sur la scène
Le plâtre de la vie avec sa nudité.
Pas un coup de ciseau sur la sombre effigie.
Rien qu'un masque d'airain tel que Dieu l'a fondu.
Cherchez-vous la morale et la philosophie?
Rêvez, si vous voulez. — Voilà ce qu'il a vu.

C'est ainsi que monsieur Alfred de Musset apprécie monsieur Mérimée, et on ne saurait mieux caractériser, et en moins de mots, le talent de l'auteur de *Colomba*. C'est, pour le dire en passant, une faculté accordée à presque tous les écrivains remarquables de juger du mérite de leurs confrères d'une façon très-nette et très-précise. Depuis le succès de *Colomba*, monsieur Mérimée n'a donné que de rares productions qui n'ont rien

ajouté à sa valeur. Il peut donc être jugé dès à présent,
sans crainte de voir l'avenir modifier sensiblement le
point de vue de la critique.

Le principal mérite de monsieur Mérimée est sa net-
teté d'observation. Doué d'un grand sang-froid moral,
il dissèque un sentiment avec l'apparente indifférence
d'un chirurgien consommé. Ce qu'il montre est souvent
pénible à voir. Dans le mélange de bien et de mal qui
fait le fond de toute âme humaine, le mal l'emporte
sans doute de beaucoup sur le bien; l'égoïsme, la vanité, s'y rencontrent sans doute plus souvent que l'abnégation et la modestie; ce n'est pas sa faute; le lecteur
conclura. Narrateur consciencieux, sceptique peut-être
au fond (mais ce scepticisme est un gage même de son
impartialité), il pose les prémisses, c'est à vous à tirer
les conséquences. Cette impartialité a fait accuser monsieur Mérimée de sécheresse. Je ne dissimule pas tout
ce que ce reproche a de spécieux; je crains pourtant
que l'écrivain ne porte la peine de ses qualités, et que
l'on ait rendu l'observateur solidaire de ses observations. L'esprit, je le sais, est porté à donner sa forme à
tout ce qu'il touche, et une intelligence élevée doit
chercher à faire rentrer toute chose dans le système
qu'elle croit la vérité; mais il faut appliquer cette loi
avec une extrême réserve, et se défier de cette propen-
sion à imputer à un auteur les vices ou les vertus de
ses créations. A ce compte, Shakspeare, Corneille, Molière, Lope de Vega, auraient à se reprocher un nombre fabuleux d'incestes, d'assassinats, d'empoisonne-
ments. Ceux qui accusent monsieur Mérimée d'être
désillusionné et de *désillusionner* les autres, — c'est un
mot qui n'a plus grand cours maintenant, mais dont

on se servait fort agréablement vers 1835, — ne remarquent pas que c'est à ce scepticisme que l'on doit la pointe d'ironie qui donne de l'intérêt à ses ouvrages.

Un autre mérite qui découle du premier, c'est le style. Monsieur Mérimée se rattache, par son âge et par ses débuts, à l'école romantique, cette école qui a fait plus de bruit que de besogne, et dont le principal défaut, on pourrait presque dire la première qualité, est l'absence de pensée. Malgré l'aveuglement de ceux qui l'entouraient, monsieur Mérimée a su résister, et n'a pas pensé que la langue française, qui n'avait pas paru trop pauvre à Pascal, à Molière, à Bossuet, à Rousseau, à Voltaire, pour rendre leurs idées, fût insuffisante pour exprimer les siennes. Je le loue de ce bon sens, cette vertu éminemment française, dont il recueille maintenant les fruits. Son style est clair, nerveux, concis, et rend avec précision les idées ou les faits. Il dit ce qu'il veut dire sans obscurité, sans confusion et en même temps sans aridité. Il est économe, mais non pas pauvre, et coule sur la pensée comme une eau limpide sur le sable du fond. Sans jamais chercher l'effet, il le rencontre souvent, et du plus saisissant que je sache. Bien des auteurs modernes, avec toutes leurs phrases sonores, n'ont jamais produit l'impression de l'*Enlèvement de la Redoute*, de *Matteo Falcone*, et surtout de la *Vénus d'Ille*, un chef-d'œuvre de narration.

Enfin, monsieur Mérimée a pour lui une science très-étendue et très-diverse. Il ne sait pas, à la manière des savants qui digèrent mal leur science, et que l'on a comparés justement à des bibliothèques renversées, la

9

sienne est classée avec régularité et méthode. Grâce à
cette science dont on ne voit jamais et dont on devine
toujours la présence, il a pu aborder les sujets les plus
divers, et mettre dans tous la même dose d'intérêt, depuis les chroniques du quatorzième siècle jusqu'aux
ballatas corses, depuis les *pantoums* de la Malaisie
jusqu'aux légendes espagnoles ou aux rapsodies dal-
mates. Sans tomber dans la prolixité, il s'arrêtera pour
discuter, avec l'autorité d'un antiquaire, l'exergue
d'une médaille ou l'inscription d'un bas-relief, et le
lecteur captivé n'aura pas le temps de songer que cette
érudition est étrangère au sujet. Il a demandé des inspirations à toutes les littératures de l'Europe ; il a été
jusqu'en Suède par la *Vision de Charles XI*, et, dernièrement, il publiait une nouvelle, traduite du russe, du
malheureux Pouschkine. Il est bien entendu que je
considère la science de monsieur Mérimée dans ses rapports avec la littérature, car, au point de vue spécial,
personne n'ignore que monsieur Mérimée est un de nos
antiquaires les plus érudits, et que ses rapports font
autorité à l'Académie des inscriptions. Son *Histoire de
don Pèdre de Castille* et son livre sur la *seconde guerre
punique* ne sont pas de notre ressort, mais ont reçu depuis trop longtemps l'approbation de gens trop compétents pour que nous ne nous inclinions pas devant
elle.

Le premier ouvrage de monsieur Mérimée, la *Jacquerie*, parut sans nom d'auteur. Dans ce livre, il a essayé de rassembler les divers renseignements que l'on
trouve éparpillés sur cette révolte de paysans dans les
chroniques du quinzième siècle, et principalement dans
Froissard, auquel — suivant ses expressions — elle in-

spirait un profond dégoût. Monsieur Mérimée s'est ef-
forcé d'être impartial et de raconter sous une forme
dramatique plutôt les faits de cette guerre que les
idées qui y donnèrent lieu, et, pour qui a lu les ouvrages des historiens de cette époque, on conviendra
qu'il a plutôt adouci que rembruni les couleurs du tableau. Mais là est précisément le défaut de la *Jacquerie*.
En ne prenant fait et cause pour aucun des deux partis, en ne se prononçant ni pour les oppresseurs ni
pour les opprimés, il laisse flotter dans l'indécision
l'esprit du lecteur, avide avant tout de conclusion. Puis
l'éparpillement des scènes, dont le lieu change à chaque page, et qu'un intérêt général ne relie pas entre
elles, ôte à la *Jacquerie* toute unité, première condition
des ouvrages de cette nature. Ce sont plutôt des matériaux d'une œuvre qu'une œuvre même, et l'opinion
est trop universelle pour ne pas être une vérité. La
Famille Carvajal lui est préférable. Ce don Jose, dans
les veines duquel coule le sang ardent de ses ancêtres,
et qui, pour satisfaire son incestueuse passion pour sa
fille, n'hésite pas à empoisonner sa femme, et meurt
poignardé par sa fille, cette espèce de glorification de
la fatalité antique, cette peinture des mœurs désordonnées des Espagnols au dix-septième siècle en contact
avec les mœurs sauvages du nouveau monde, sont des
tableaux dramatiques que, plus tard, monsieur Mérimée
eût peut-être hésité à peindre, mais auxquels on ne peut
refuser une remarquable originalité et un intérêt toujours croissant.

En 1828, parut le théâtre de Clara Gazul. C'était la
belle époque de l'ardeur romantique. La tragédie tom-
bait d'épuisement et de ridicule, les Grecs et les Ro-

mains devenaient grotesques, et, par haine de cette
imitation, on se jetait dans une imitation, plus servile
encore et guère plus intelligente, des Anglais, des Espagnols et des Allemands, qui avaient le précieux avantage d'être beaucoup moins connus. Il fallait faire de la
couleur locale à tout prix. Au fond, on eût été fort embarrassé de définir ce que l'on entendait par ce mot;
mais on était jeune, on raisonnait peu, et, au nom de
la couleur locale, on se permettait les exagérations les
plus étranges et les pastiches les plus serviles. Monsieur Mérimée était sincèrement romantique et savait
l'espagnol; il voulut apporter son contingent à l'œuvre
commune. Par une supercherie fort spirituelle, il fei-
gnit, sous le nom de *Joseph l'Estrange*, de n'être que
le traducteur d'une comédienne espagnole, mademoiselle Gazul, qui, fatiguée des entraves apportées par les
règles scéniques, s'était mise à écrire des pièces au courant de la plume et avait fini par rencontrer le succès
en n'écoutant que la passion. Monsieur Mérimée, pensant que l'école qu'il soutenait avait besoin d'aïeux, et
ne lui en trouvant pas, lui en fabriquait de faux. Était-
ce fort adroit? Je ne le crois pas, car la supercherie devait être découverte tôt ou tard, et nuire plutôt que
profiter à la cause qu'elle cherchait à défendre. Mais là
n'est pas la question. Tous les yeux étaient tournés vers
l'Espagne; Alfred de Vigny avait sonné la charge;
Victor Hugo en rapportait, dans son bagage d'écolier,
la moitié des *Orientales* et *Hernani;* Alfred de Musset
les *Contes* d'Espagne et d'Italie. On s'inspirait en secret
du Romancero, des légendes du Cid et de Bernard del
Carpio, et l'on oubliait nos romans nationaux du cycle
d'Artus ou du cycle carlovingien. Le théâtre de Clara

Gazul contribua beaucoup à faire pencher la balance
de ce côté. Je ne sais si je me fais illusion, et si la
connaissance du véritable auteur influe sur mon jugement ; mais je crois que c'est précisément par la couleur locale que pèche le théâtre de Clara Gazul, — si,
par couleur locale, on entend cet ensemble qui existe
entre les œuvres, les mœurs et les faits d'une époque
et d'un pays. Il n'a rien de commun que le nom et
quelques détails insignifiants avec les pièces de Calderon et de Lope de Vega ; il me semble, en outre, que,
puisque ces pièces avaient la prétention de défendre la
liberté de la scène, c'était un assez mauvais moyen que
de prendre précisément pour arguments des œuvres
impossibles à la représentation. Les critiques faites, et
en considérant le théâtre de Clara Gazul d'une façon
abstraite, je reconnais l'intérêt de cette lecture. Plusieurs personnages sont esquissés avec une grande originalité, et il faudrait bien peu de chose pour leur
donner une réputation que monsieur Mérimée a vu infliger à plusieurs de ses inventions par les vulgarisa-
teurs brevetés. De ce nombre est *Madame de Coulanges*, des Espagnols en Danemark, et celui de la
Perichole, dans la pièce anecdotique du *Carrosse du
Saint-Sacrement*. Les nuances du caractère de madame
de Coulanges sont ménagées avec un art infini. Habituée par sa mère au métier d'espion, et à ne considérer sa beauté que comme un appât de plus offert à
ceux qu'elle doit surveiller, elle n'est pas née vicieuse
cependant, et l'opprobre du métier qu'elle exerce lui
apparait peu à peu, à mesure que la passion entre
dans son cœur. La notion du bien pénètre avec l'a-
mour, comme la lumière avec la chaleur, et, lorsque

sa mère croit pouvoir donner le signal convenu, la conspiration éclate, mais dans un sens contraire. Don Juan, prévenu par madame de Coulanges, a pu prendre ses précautions et contre-miner les plans de madame de Tourville. Les Espagnols rentrent dans leur patrie, et don Juan épouse madame de Coulanges, purifiée par l'amour. Courtisane aux gages de la police au premier acte, madame de Coulanges, au dernier, devient une épouse aimante et dévouée, et il fallait, pour faire accepter cette métamorphose, savoir ménager et graduer les nuances avec une grande délicatesse. Le caractère odieux de madame de Tourville est beaucoup moins acceptable. Une femme d'une dépravation aussi habile sait toujours conserver un certain prestige sur les instruments dont elle se sert, et ne se divulgue pas d'une manière aussi inutile qu'elle fait dans ses entretiens avec sa fille.

On a essayé de transporter à la scène le *Carrosse du Saint-Sacrement*, et cet essai a complétement échoué. Cet échec n'a rien que de très-flatteur pour monsieur Mérimée. La finesse d'observation, la recherche attentive des retraites les plus cachées que les sentiments et les passions trouvent dans notre cœur, sont mal à l'aise au milieu du bruit des planches et devant la lumière d'une rampe. Il faudrait un public littéraire, réfléchi, un peu moins routinier que le nôtre, pour prendre plaisir à de pareilles représentations, et notre public français n'est rien moins que cela. Le théâtre de Clara Gazul, comme les proverbes de monsieur de Musset, est fait pour être lu, non pour être représenté.

Les *Ames du purgatoire* (1834) sont un emprunt fait aux légendes de l'Espagne, pays dont la langue est fa-

milière à monsieur Mérimée, et qui partage sa prédi-
lection avec la Corse ; les *Âmes du purgatoire* ne sont
pas une œuvre de polémique littéraire, c'est un récit
dont le but est d'intéresser le lecteur et qui y atteint à
merveille. C'est l'histoire des amours, des duels, du
repentir et de la conversion du personnage populaire
en Espagne, de don Juan de Marana. Comme monsieur
de Musset et madame Sand, monsieur Mérimée n'a pas
considéré ce type au point de vue philosophique, il n'y a
pas vu une personnification du désir cherchant le bonheur sous le voile de la volupté, essayant d'éteindre sur
les lèvres de ses maîtresses la soif qui le dévore, il n'a pas
cherché à lui donner la forme selon laquelle il le rêvait.
Son but était tout autre. En voyant dans le don Juan
espagnol une légende, il a voulu faire la part du personnage, bien marquer ce qui lui appartenait et ce qui
était le fait d'un autre, et donner enfin une chronique
pure de tout alliage étranger. Monsieur Mérimée commence par établir un point peu important pour la philosophie, mais intéressant pour la chronique : à savoir
que don Juan de Marana n'a rien de commun que le
prénom et le même amour des femmes avec don Juan
Tenorio, connu en France par les drames de Molière
et de Mozart, et auquel arriva la singulière aventure de
la statue du commandeur. Cette question vidée, il entre
en matière. Je ne prétends pas analyser cette charmante histoire après monsieur Mérimée. Ce qui m'en
plaît, c'est la rapidité du récit qui ne laisse pas un seul
instant le lecteur dans l'attente et donne un intérêt
toujours actif et toujours nouveau au seul sujet qui en
forme le fond : la séduction des femmes. Un narrateur
consommé pouvait seul tourner cet écueil sans s'y briser.

C'est encore à l'Espagne, mais dans un tout autre
genre, qu'est emprunté le sujet d'une de ces nouvelles
si courtes, si remplies, morceau de cœur humain découpé à l'emporte-pièce dont monsieur Mérimée a le
secret. Je parle de *Carmen*. Carmen est une grisette
espagnole — je crois que cela s'appelle une manola —
chez laquelle se confondent la duplicité de la nature
juive, l'ardeur sauvage du sang moresque et la pétu-
lance andalouse. La civilisation n'a pu mordre sur ce
caractère excentrique, qui a pour la liberté un amour
farouche. Elle trompe les chrétiens avec la haine des
races maudites de Bohême et de Judée, et ne se laisse
pas attendrir un instant par le dévouement de son
amant, pauvre soldat qui s'est jeté dans ses bras et
qu'elle entraîne comme le vertige. Ce caractère est
dessiné comme un bronze antique. Le type de l'amant
de Carmen n'est pas moins remarquable. Les diverses
transformations qui amènent ce soldat si esclave de
ses devoirs, si religieux de la discipline et de la hiérarchie, à se faire contrebandier, voleur, assassin, pour
ne pas quitter Carmen ; ces phases terribles par lesquelles passe cette âme emportée comme une plume par
la tempête de la passion ; cet anéantissement d'une
volonté sans ressort sous une volonté de fer, sont rendus avec une habileté de gradations qui indiquent chez
monsieur Mérimée une étude singulièrement attentive
des phénomènes moraux. Ce sont les petites nouvelles
comme *Carmen* et quelques autres : *Matteo Falcone*,
Tamango, la *Partie de trictrac*, le *Vase étrusque*, la
Double méprise, qui donnent à monsieur Mérimée sa
véritable valeur littéraire, et non pas des supercheries
comme le théâtre de Clara Gazul, ou des mystifications

comme la *Guzla*, dont je vais dire quelques mots.

Guzla est le nom d'un instrument de musique, dont se servent les rapsodes de la Dalmatie et de la Croatie pour accompagner les chansons qu'ils récitent à la mort ou au mariage d'un de leurs compatriotes. C'est l'instrument national comme la guitare espagnole, le pibroch écossais ou le biniou breton. Sous ce nom générique, monsieur Mérimée réunit plusieurs ballades de sa composition, qu'il publia une première fois comme authentiques et composées par un Morlaque nommé *Hyacinthe Maglanovich*. Le tout était accompagné de la vie d'Hyacinthe, faite avec le même soin que celle de mademoiselle Gazul. On voit que monsieur Mérimée est coutumier du fait. Dieu merci, le public n'en a gardé aucune rancune au spirituel auteur! Monsieur Mérimée, dans une seconde préface, a dit, pour s'excuser, qu'il avait voulu faire de la couleur locale dans la *Guzla*. En vérité, si c'est de cela dont on se contentait en 1829, on n'était pas fort difficile, car, sauf quelques noms propres et quelques mots techniques placés adroitement, la plupart de ces poésies ressemblent à toutes les ossianeries connues. Mais, en laissant de côté l'originalité des chants morlaques, je crois que monsieur Mérimée s'est vanté dans sa seconde préface; que, pour faire ce recueil, il a travaillé beaucoup plus qu'il n'affecte de le dire; qu'il s'est livré à de nombreuses recherches; qu'il a compulsé, en un mot, comme il sait le faire quand il le veut bien.

Il prétend que l'ouvrage de l'abbé Fortis lui a été fort utile. J'en doute, car, sauf la ballade de la femme d'Assan Aga, l'abbé Fortis ne donne aucun échantillon de poésie morlaque, et dans tout son ouvrage, du reste

fort remarquable, il n'y a pas cent pages consacrées
aux mœurs des Morlaques, et encore sont-elles suc-
cinctes. Tout le reste est consacré à la métallurgie, à la
flore, à la géologie des provinces et des îles illyriennes.
Jusqu'à preuve évidente du contraire, je demeure convaincu que monsieur Mérimée a cédé au plaisir de paraître avoir mystifié le public, et qu'il a travaillé beaucoup plus qu'il ne le dit. — La *Guzla* n'est donc pas
une œuvre qui mérite une attention sérieuse, c'est une
plaisanterie qui perd tout son sel, du moment que l'on
en a le secret, et monsieur Mérimée s'est rendu justice
dans les lignes qui terminent sa seconde préface : « Je
pourrais me vanter d'avoir fait de la couleur locale;
mais le procédé était si simple, si facile, que j'en vins
à douter du mérite de la couleur locale elle-même, et
que je pardonnai à Racine d'avoir policé les sauvages
héros de Sophocle et d'Euripide. »

Maintenant que nous en avons fini avec les mystifications de monsieur Mérimée, examinons ses œuvres
sérieuses, en tête desquelles se place la *Chronique de
Charles IX*. De tous les romans historiques composés
sous l'influence de Walter Scott, la *Chronique de
Charles IX* est certainement le meilleur. *Cinq-Mars*,
si vanté lors de son apparition, est beaucoup moins es-
timé maintenant, et monsieur de Vigny n'a obtenu
un succès passager qu'en se permettant avec l'histoire
des libertés fort contestables, qu'en amoindrissant la
grande figure de Richelieu, le plus grand homme d'État
de la France, pour augmenter celle du marquis d'Effiat,
traître subalterne, envieux ridicule, courtisan sans
cœur et sans intelligence, qui vendait sournoisement
son pays à l'Espagne sans peut-être s'en rendre compte

lui-même. L'auteur de la *Chronique de Charles IX*
n'a pas commis cette faute. Les figures historiques de
Charles IX, de l'amiral de Coligny, de La Noue, n'y
apparaissent qu'au second plan, assez près pour pouvoir être nettement indiquées, assez loin pour ne pas
gêner la marche de l'action. Bernard de Mergy, chose
rare pour un héros de roman, n'est ni fade, ni niais,
ni exagéré. Placé, dès son entrée en scène, en face de
Comminges, la plus fine lame du royaume, et de Diane
de Turgis, la plus séduisante femme de la cour, il accepte les provocations de l'un et les avances de l'autre
avec l'émotion d'un débutant et le courage d'un
homme de cœur, mais sans fatuité et sans faiblesse; et,
lorsqu'il a tué son adversaire, lorsque la Turgis, affolée
de lui, veut, dans la fatale nuit du 24 août, le retenir
au nom des souvenirs les plus enchanteurs et de
l'amour le plus ardent, Mergy retrouve assez d'énergie
pour repousser ce charme amollissant et aller venger
l'assassinat de ses coreligionnaires. — Diane de Turgis
est, après Colomba, la plus charmante création de monsieur Mérimée. Elle mêle et confond dans une mesure
des plus heureuses l'élégance spirituelle de la France
et l'impétuosité italienne, rapportée et mise à la mode
par Catherine de Médicis. La pruderie de notre époque
peut s'effaroucher de ses amours avec Mergy; mais il
faudrait ne pas connaître une seule chronique du
seizième siècle pour prétendre qu'ils ne sont pas dans
les mœurs du temps, et c'est principalement là le but
de l'auteur. Je ne puis adresser le même éloge au capitaine George, et, tout en reconnaissant l'habileté avec
laquelle ce personnage est dessiné, je dois dire qu'il
fait tache au milieu de la vérité historique, de la *cou-*

leur locale des autres acteurs. George est un libre pen-
seur du dix-huitième siècle; il a été élevé à l'école
de Voltaire et de Diderot; ce n'est pas un homme du
seizième. Il y avait peut-être quelques athées alors;
mais certainement, au milieu des luttes de religion,
avec l'ardeur de prosélytisme dont tout le monde était
saisi, il ne pouvait se trouver un indifférent, et George
en est un.

Le roman est coupé en deux parties d'une façon qui
nuit à l'intérêt général. La première partie finit au
moment où Bernard s'arrache des bras de la Turgis, et
la seconde à la mort du capitaine George, sans que rien
puisse, selon moi, justifier cette diversion d'intérêt qui
passe tout à coup de Bernard et de Diane au capitaine
George, personnage secondaire jusque-là. La mort de
George est répugnante et de mauvais goût : c'est peut-
être la seule faute de ce genre dans tout l'œuvre de
monsieur Mérimée, et c'est en outre un épisode qui n'a
pas de relation intime avec le roman, dont il pourrait
fort bien être détaché. Le roman finit ou plutôt s'arrête à
la Saint-Barthélemy; car l'esprit s'inquiète toujours du
sort de Diane et de Mergy. Monsieur Mérimée pourrait
répondre à ces critiques qu'il a voulu faire une chronique et non un roman dont toutes les parties se suivent bien entre elles; mais la première partie affecte
au roman des prétentions trop bien justifiées pour que
cette raison satisfasse les esprits difficiles, parmi lesquels je me fais gloire de me ranger.

Examinons maintenant l'œuvre la plus importante
de monsieur Mérimée : *Colomba*. La scène est en Corse,
et l'on connaît la sympathie de l'auteur pour ce pays,
dont les habitudes sauvages bravent la douceur des

mœurs de la civilisation moderne. L'Espagne et la
Corse se partagent les affections de monsieur Mérimée.
Il a voyagé dans ce dernier pays, et l'a étudié comme
il étudie; et il faut lui savoir gré des détails qu'il en a
rapportés, car on ne s'imagine pas les singulières idées
que l'on se formait sur la Corse il n'y a pas encore
longtemps. J'ai sous les yeux un ouvrage publié en 1807,
et intitulé : *Voyages de Lycomède*, sans nom d'auteur.
Dans cette indigeste compilation, les hommes s'appellent : Viriate, Lycophron, Xantippe; les femmes : La-
vinie, Leucothoé, Pallas; et les idées sont en rapport
avec les noms. Cela dure pendant deux volumes.

On comprend qu'un explorateur intelligent n'ait
pas eu de peine à faire du nouveau avec un sujet connu
de cette façon, et que monsieur Mérimée ait dû trouver
dans la vérité, observée avec intérêt et racontée simplement, une originalité que la convention et le faux goût
seront toujours impuissants à donner. La *vendetta*
forme le fond du roman. Sous l'Empire, un jeune
homme, Orso della Rebbia, fils du colonel della Rebbia,
a suivi son père au régiment, et a fait avec lui une
partie des guerres de cette époque. A la Restauration,
Orso, arrivé au grade de lieutenant licencié, et privé
de son père, assassiné en Corse deux ans auparavant,
revient vivre chez lui, où il retrouve une sœur, Colomba, femme de tête et d'énergie quoique jeune encore, et qui seule a conduit les affaires de la famille
pendant la longue absence des deux chefs.

Ici commence l'intérêt par une opposition entre le
caractère d'Orso, auquel ses promenades à travers
l'Europe ont enlevé l'âpreté primitive, et celui de Colomba, qui a conservé la nature à demi sauvage de

10

son pays. Dès les premiers entretiens, la jeune fille
impose à son frère le devoir de se venger des Barricini,
qu'elle accuse, non sans quelques preuves, d'avoir tué
son père. Orso, fatigué par les obsessions journalières
de sa sœur, ébranlé par des demi-preuves, jugeant en
outre les Barricini fort capables d'avoir fait le coup,
se résout à leur demander, les armes à la main, et dans
le seul combat que puisse se permettre un soldat, satisfaction du sang versé, lorsque, dans une promenade
solitaire, il reçoit à l'improviste deux coups de feu,
auxquels il riposte par deux autres coups dont chacun
jette par terre un de ses assassins, les deux fils Barricini. Après ce magnifique coup double, Orso, le bras
traversé d'une balle et craignant les suites de son
aventure, se sauve dans le maquis, où il retrouve deux
bandits de ses amis, et où il attend que l'instruction
de son affaire, dont la justice s'est emparée, ait bien
démontré son innocence. Quand il est certain de ne pas
être poursuivi, il reparaît, sa blessure cicatrisée, met
ses affaires en ordre, et se décide à quitter la Corse en
compagnie d'une jeune et riche Anglaise qui s'est éprise
de lui, et de Colomba, qui, heureuse d'être vengée,
devient une charmante femme, et donne accès dans
son cœur à un sentiment moins violent que la haine.

Ce qui frappe le plus dans ce roman, c'est la concor-
dance parfaite des actes et des personnages. Il en résulte une unité logique, serrée, qui donne de la rapidité
au récit et tient le lecteur captif. Une fois le caractère
de chaque personnage dessiné, il ne se dément pas un
instant; chaque fait en est un corollaire naturel, et
l'intérêt ne s'éparpille pas. Ce qui ne me semble pas
moins remarquable, c'est la vraisemblance, l'absence

complète de tout moyen extraordinaire et superficiel.
Orso, Colomba, miss Nevil, le colonel Nevil, sont des
êtres comme nous ; ils vivent d'une même vie ; il
semble que nous les ayons vus quelque part, et nous
retrouvons chez eux des traits observés maintes fois
autour de nous. Avant d'être des créatures littéraires,
ce sont des créatures humaines ; et cette remarque,
qui devrait être une banalité quand on parle d'un romancier, trouve si rarement de nos jours une application, qu'elle devient une louange adressée à monsieur
Mérimée. Le personnage de Colomba se détache de tous
les types de femmes dus à l'imagination des auteurs
contemporains. Monsieur Mérimée affectionne ces types
où la décision et l'énergie dominent plus que la douceur. Madame de Coulanges, la Périchole, Carmen,
Diane de Turgis, ne brillent pas précisément par la
douceur de leur nature ; mais Colomba leur est supérieure, en ce que l'auteur a pris soin de donner plus
de vraisemblance à cette énergie inaccoutumée, et
qu'en second lieu il a su observer, avec une rare sa-
gacité, la nuance qui sépare la vérité de l'exagération.
Lorsque Colomba a vengé le meurtre de son père ; lorsque, comme elle le dit elle-même, après deux années
d'attente et de souffrances, elle a la tête qui a pensé,
l'œil qui a visé, la main qui a frappé, elle redevient
une gracieuse et élégante femme, et finit par manier
l'éventail aussi bien que le stylet jadis.

J'arrive enfin aux études purement morales, qui
tiennent une place trop petite dans l'œuvre de monsieur Mérimée. Dans toutes celles qu'il a publiées, il a
prouvé, de façon à donner du regret aux lecteurs, qu'il
était un analyste profond et clairvoyant du cœur hu-

main, et j'avoue ma sympathie pour ces recherches.
La *Double Méprise* est la plus importante de ces études
et par l'étendue et par l'observation. C'est le récit des
regrets et des malheurs auxquels donne lieu l'amour
de tête. Monsieur Gustave Planche, dans un de ses
meilleurs articles, a analysé cette œuvre de façon à
rendre la tâche impossible à qui serait tenté de
marcher sur ses brisées. Je ne veux pas essayer de
le faire : je me bornerai à signaler la longueur des dia-
logues que monsieur Mérimée conduit, sans doute, avec
un art et un esprit infinis ; mais qui, dans une œuvre
de ce genre, pourraient être remplacés par des observations beaucoup plus intéressantes. Puis j'ajouterai,
en examinant le fond du sujet, que, quel que soit
l'entraînement de l'amour de tête, quelle que soit la
violence des désirs qu'il fait naître, il est inadmissible
qu'une femme dans la condition de Julie de Chaverny,
bien élevée, femme du monde, chaste jusque-là, éprise,
je le veux bien, mais accoutumée, comme femme du
monde, à se commander à elle-même, puisse se livrer
avec cette promptitude, et, disons le mot, cette impu-
deur. Une méprise des sens peut seule le faire comprendre, et Julie n'en a pas. Je crois donc que monsieur
Mérimée et monsieur Planche se sont trompés, l'un en
croyant faire, et l'autre en voyant dans la *Double Méprise* une étude sur l'amour de tête. Les développements appartiennent à cet ordre d'idées, mais le fond
rentre dans l'amour physique. Monsieur Mérimée eût,
je crois, donné plus d'intérêt à son œuvre, en nous
montrant madame de Chaverny amoureuse, et se compromettant pour un homme auquel la fermeté de ses
principes défend de rien accorder, souillée aux yeux

du monde, chaste pour lui. C'est cette opposition dont
Balzac a senti toute la valeur et dont il a si bien profité dans la *Duchesse de Langeais.*

Ainsi que je le disais en commençant, j'ai quelquefois entendu reprocher à monsieur Mérimée d'être un
auteur sans émotion, qui n'entend rien aux choses du
cœur. Ce sont de ces jugements banals que l'on est en-
chanté de rencontrer tout faits, afin de n'être pas obligé
de s'en faire un, et que l'on répète sans avoir pris la peine
d'en contrôler la justesse. Je crois pouvoir affirmer
que les personnes qui émettent cette courageuse opinion
n'ont lu ni le *Vase étrusque,* ni *Arsène Guillot,* ou, si
elles les ont lues, n'ont pas compris ces deux nouvelles.
Elles sont exemptes, il est vrai, de ces vulgarités senti-
mentales, de ces phrases exagérées et niaises, de ces
effets communs et faciles qui remplacent, aux yeux de
beaucoup de gens, l'émotion absente; mais, si le cœur
n'est pas dans les mots, il est dans les faits, ce qui vaut
mieux. Saint-Clair et la comtesse de Courcy s'aiment
sans phrases. Ce sont des gens comme tout le monde,
que vous ou moi avons pu rencontrer hier ou que nous
rencontrerons demain, et la passion parle chez eux
le langage de la vérité. Lorsque madame de Courcy,
en brisant son beau vase étrusque, a prouvé à Saint-
Clair, par ce sacrifice si petit, et si important cependant,
à quel point il était aimé, et combien était sotte sa jalousie, les scènes qui suivent sont des plus charmantes
et des plus douces pour l'esprit : non pas qu'elles soient
longuement développées; mais cette brièveté est un
mérite, en ce qu'elle fait penser et rêver beaucoup plus
qu'elle ne dit. — *Arsène Guillot,* que je préfère au
Vase étrusque, est l'histoire d'une courtisane saisie

10.

par un amour vrai, profond, et qui, n'ayant pas d'armes
pour lutter contre un ennemi si nouveau pour elle,
finit par mourir en assurant le bonheur de celui qu'elle
aime avec une rivale. Que ceux qui accusent monsieur
Mérimée de sécheresse lisent cette nouvelle ; et, s'ils
persistent dans leur accusation, on pourra la leur renvoyer à bon droit et avec plus de justice.

Monsieur Mérimée avoue, quelque part, qu'il était
romantique vers 1828. Je ne pense pas à lui en faire
un reproche, du moment qu'il n'est pas resté dans cette
voie sans issue. On passe par le romantisme, mais on
n'y demeure pas. Et d'ailleurs, il faut dire toute la
vérité, le romantisme était un mouvement antinational
dont l'impulsion venait de l'étranger ; et, par la nature
de son esprit très-net et légèrement railleur, monsieur
Mérimée est un talent tout à fait français, un écrivain
gaulois qui se rattache à la tradition nationale et ne
pouvait suivre longtemps cette bande sans drapeau,
cette génération sans ancêtres. La langue dont se sert
monsieur Mérimée est sobre, précise, mâle, nerveuse.
Elle est la fille, et la fille bien légitime de celle de
Pascal, de La Rochefoucauld, de Molière et de Bossuet.
Elle reprend à Voltaire, à Diderot, la trace glorieuse
de la littérature nationale interrompue sous l'Empire
et presque perdue sous la Restauration. Les hommes
de notre époque ont quelque peu désappris ces chemins,
et le sentiment qu'ils éprouvent en y revenant peut se
comparer à celui de fils rentrant dans l'héritage paternel. Monsieur Mérimée ne s'est jamais répandu en
phrases inutiles : il cherche, avant tout, à exprimer ses
pensées en peu de mots clairs et précis, et ses œuvres
sont contenues en trois ou quatre volumes ; la concision

sera son principal mérite. La diffusion est devenue si commune, que cet éloge court risque d'être peu compris ; mais ceux qui étudient encore soigneusement la littérature française pourront apprécier tout ce que monsieur Mérimée a gagné à ne pas sacrifier au goût du jour. Qui se contient s'accroît.

GUSTAVE PLANCHE.

Le mouvement qui suivit la Révolution de février fut très-favorable à la critique, dont il élargit le domaine en même temps qu'il en élevait les vues et qu'il en légitimait la sévérité. Avant de rechercher les causes de ce succès et de cette régénération, j'ai besoin de citer des faits dont l'existence ne soit révoquée en doute par personne, et qui puissent servir de base à mes observations. Il est évident que, depuis 1848, les écrivains qui tenaient le sceptre de la critique ont donné à leur talent une trempe et une élévation qu'ils n'avaient jamais possédées à un degré si éminent. Maîtres souverains de leur pensée, sûrs de l'obéissance aveugle de leur style ; sachant, avant d'écrire le premier mot, le but auquel ils tendent et les chemins qu'ils veulent parcourir, ils ont offert, dans les articles publiés par le *Constitutionnel* et la *Revue des deux mondes*, monsieur Sainte-Beuve des preuves

d'une délicatesse de jugement, d'un charme d'observation inconnus avant lui, monsieur Planche un exemple de ce que peut la fermeté de la raison s'appuyant
sur l'étude et sur la logique. A ces deux remarquables critiques il faut en joindre un troisième, qui s'est
manifesté depuis deux ans, et qui, sans posséder la
tranquillité acquise par ses confrères au prix de vingt
ans de travaux et de luttes sans cesse renouvelées,
dont le style se prête encore difficilement à l'agilité
de l'attaque, a eu pourtant la bonne fortune de trouver, dans une vigoureuse colère contre les vainqueurs
du lendemain, une clairvoyance que tant d'autres demandent vainement à la modération. Certains articles
de monsieur Cuvillier-Fleury sont nets et mordants
comme un coup de fouet. L'intérêt qui s'attache à la
critique n'est donc pas douteux. Examinons sommaire-
ment les causes de ce succès.

Après l'ébranlement de Février, devant le déchaîne-
ment des fantaisies et des rêves les plus singuliers, en
face de cette triste confusion de tant d'opinions incohérentes, individuelles, absurdes, violentes, farouches,
horribles, qui réclamaient le droit de vivre avec une
audace d'autant plus grande que le devoir de toute société normale était de leur imposer impitoyablement
silence, lorsque les lois les plus simples de la morale
étaient remises en question, les règles les plus élémentaires du bon sens impudemment violées, les ensei-
gnements les plus expressifs de l'expérience méconnus,
l'esprit public, justement effrayé, fit un retour sur lui-
même et se demanda si son indulgence n'entrait pas
pour beaucoup dans ce bouleversement; et si, cette
mine éclatant sous ses pieds, il n'avait pas souvent

fermé les yeux sur ceux qui transportaient les ton-
neaux de poudre. Il se reconnut coupable et prêt à
accueillir avec faveur ou ceux qui les premiers lui
avaient indiqué le danger, ou ceux qui, marchant sur
leurs traces, s'efforçaient de reprendre la discussion au
point où l'avaient laissée leurs devanciers. Car je ne
pense pas que personne songe à nier l'influence latente
mais active qu'une littérature peut avoir sur son époque, et surtout le trouble qu'a jeté dans les esprits l'é-
cole de la Restauration. Tout se tient ici-bas, chaque
ordre d'idées est solidaire de l'autre ; et les illustres,
mais aveugles chefs du mouvement romantique, en re-
jetant toute règle, en laissant au caprice individuel
le soin de se borner lui-même, en proclamant cette
anarchie intellectuelle qui cachait chez beaucoup l'absence de la pensée, précédaient et autorisaient les extravagances politiques de ces derniers temps. *Hernani*
et la *Préface de Cromwell* ont amorcé les armes qui
ont fait feu en 1848. Tout le monde, sans s'en rendre
compte, sentit cette vérité, et fut disposé à prêter l'appui de son attention aux esprits qui l'avaient indiquée.
De ce jour, la critique des détails et de la forme, la
critique matérialiste fut blessée à mort; la puissance,
l'avenir passa à la critique spiritualiste, à la critique
des idées, à la véritable critique.

Maintenant l'école est fondée, elle tire son droit
d'existence de l'instinct de conservation que doit défendre tout peuple libre; elle répond au besoin d'apprendre, qui est l'essence même de l'esprit humain,
et l'avenir lui prépare, je crois, une glorieuse carrière.
Le premier venu n'aura plus le droit d'imposer au
public les plates élucubrations d'un esprit impuissant,

la médiocrité ne devra plus franchir le cercle en dehors duquel elle ne peut avoir qu'une influence per-
nicieuse ; et le talent lui-même, quand il se permet-
tra de ces écarts que l'on peut pardonner quelquefois,
mais dont une trop grande indulgence ne doit pas
faire une règle générale, trouvera des esprits respectueux mais fermes qui, au nom de la raison, de la logique qui n'abandonne jamais la passion dans ses sou-
bresauts les plus furieux, le forceront à rentrer en
lui-même, à s'y reconnaître, à s'y retrouver, et à y reprendre des forces pour de nouvelles œuvres. Cette
critique commence, elle est née d'hier, ses formules ne
sont pas encore bien dégagées, elle ne présente pas encore un corps de doctrine complet et bien déterminé,
elle doit être réservée dans ses appréciations ; mais, je
le répète, l'avenir lui appartient.

En second lieu, cette faveur tient aux écrivains eux-
mêmes. Frappés de ce besoin de recherches sérieuses,
ils se sont mis à l'œuvre avec résolution, et, pour com-
mencer, ont été demander à l'étude une science, à l'observation une autorité, indispensables à toute analyse.
Puis, retirés en eux-mêmes, comparant les travaux
dont ils s'étaient nourris, ne craignant pas de suivre
jusqu'au bout l'âpre chemin de la réflexion s'ils avaient
l'espoir de soulever un coin du voile de la vérité, la
maturité que leur intelligence avait acquise dans cet
exercice s'est réfléchie dans leur style, et lui a donné
la première qualité de toute critique : la clarté. Ainsi
préparés, ayant tous les matériaux nécessaires pour
alimenter le flambeau qu'ils tenaient en main, ils ont
commencé leurs investigations ; et la bienveillance qui
les accueillit fut un sûr garant qu'on leur tenait compte

de leurs efforts, et qu'ils avaient répondu à un besoin général.

Le chef de cette nouvelle école, celui auquel reviendra l'honneur de l'avoir fondée, est monsieur Gustave Planche.

Si nous avions voulu faire une étude bibliographique sur monsieur Gustave Planche, nous eussions recherché avec soin ses premiers travaux, ses premiers écrits; nous eussions, au milieu des recueils du temps, essayé de découvrir les premiers bégayements de sa pensée, et d'en suivre ensuite les différentes modifications. Mais telle n'est pas notre intention. Nous laisserons ces recherches, dont nous reconnaissons tout l'intérêt, à d'autres, et nous arriverons de suite à l'ouvrage qui a établi d'une manière irrécusable son autorité critique, au seul de cette importance comme quantité qu'il ait jamais produit : au *Salon de* 1831.

Le moment était admirablement choisi pour écrire un livre sur l'art. La société française venait de se renouveler et de rentrer dans les voies d'où l'avait fait sortir le gouvernement de la Restauration. L'art reprenait possession de lui-même; et, au début de cette ère nouvelle, lorsque tant de jeunes courages se pressaient à la barrière, il y allait de l'intérêt de tous qu'une voix calme et sympathique essayât de prévoir l'avenir de cet art, d'indiquer, autant que possible, la route à suivre, et de faire le dénombrement des forces, des aptitudes et des tendances de chacun. Il fallait organiser toutes ces ardeurs, pour qu'elles ne se perdissent pas dans un funeste éparpillement. Monsieur Planche fut à la hauteur de la tâche qu'il s'imposait. Ses articles sur le Salon de 1831 forment un ensem-

ble complet, supérieur aux critiques de Diderot, qui
laisse bien loin derrière lui les Salons de Landon et de
Jal, et qui, depuis vingt ans, n'a pas encore trouvé
d'égal, bien que ce genre de littérature ait fait des
progrès incontestables. Monsieur Paul Mantz, dans ses
Salons de 1847 et de 1851, est le seul qui s'en soit
approché.

Ce qu'il faut reconnaître tout d'abord, c'est la bonne
foi avec laquelle procède monsieur Planche, et qui lui
fait donner la raison de ses jugements sur telle ou telle
œuvre, qu'il la critique ou qu'il la loue; c'est surtout
la valeur de ces raisons et la lucidité avec laquelle
elles sont exprimées. On peut certes ne pas les accepter
toutes aveuglément, et plusieurs de ses arrêts ne sont
pas sans appel; mais du moins une œuvre ou un artiste n'aura jamais été frappé par derrière par un bon
mot ou par une assertion que rien ne soit venu justifier; une platitude ou une ineptie n'aura jamais été
préconisée dans un langage admiratif qui ne prouve
absolument rien, et qui n'a même pas, la plupart du
temps, la valeur d'une opinion individuelle, tellement
les phrases en sont connues et stéréotypées à l'avance.
M. Planche, dans la préface de son livre, s'en explique
catégoriquement : « Ce qu'on lit aujourd'hui, dit-il,
sur l'état des arts en France, loin de former le goût,
loin d'apprendre aux lecteurs à construire eux-mêmes
et à leur profit un avis personnel sur une statue ou un
tableau, ne sert qu'à populariser quelques idées vagues
et superficielles, généralement inintelligibles pour
ceux qui s'en servent, quelquefois même pour ceux qui
les ont mises en circulation. On dit d'une composition
pittoresque ou sculpturale : « Cette page imposante est

11

« pleine de magie; » ou bien : « Ce groupe, gracieux
« et remarquable par l'harmonie de ses lignes, ajou-
« tera un nouvel éclat à la réputation justement ac-
« quise par l'auteur. » A coup sûr, à moins d'être un
Œdipe, il est impossible de trouver dans ces phrases
d'usage le pourquoi et le comment de l'admiration.
Avec de pareilles formules, la critique n'est plus qu'un
catéchisme. »

La tendance du *Salon de* 1831 était évidemment favorable à l'art moderne, et nous en féliciterons monsieur
Planche, d'autant plus qu'elle était chez lui parfaitement
raisonnée, exempte d'entraînement irréfléchi. Son premier mouvement était de soutenir et d'encourager
ceux qui débutaient alors ; mais il avait voulu soumet-
tre ce mouvement au *criterium* de sa raison, et son approbation apportait à la défense de cette opinion une
force d'argument que l'enthousiasme eût été impuissant à trouver. Il y avait, du reste, à rompre en vi-
sière à l'école de l'Empire, à prédire de glorieuses destinées à l'école dont Géricault était le précurseur et
Delacroix et Decamps les chefs, autant de courage qu'il
en faut maintenant pour la défendre contre elle-même,
pour ne pas désespérer d'elle au milieu des fautes
qu'elle commet et des attaques qu'elle soulève. La *Liberté* de Delacroix, la *Patrouille turque* de Decamps, les
Animaux de Barye, sont les œuvres auxquelles s'a-
dresse de préférence monsieur Planche, et qu'il désigne
le plus volontiers à l'admiration et surtout à la méditation publiques. « Gros, Géricault, Delacroix, dit-il,
après avoir parlé de la *Liberté* du dernier, voilà les
grands noms que notre siècle va donner à l'histoire de
la peinture, voilà ce que l'écume de toutes les réputa-

tions qui bouillonnent autour de nous laissera surna-
ger; voilà les phares imposants qui serviront à rallier
nos souvenirs, et dont la lumière éclatante se réflé-
chira sur d'autres noms pour les sauver du naufrage.

« Quand toutes les œuvres qui s'entassent chaque
jour auront cessé de nous préoccuper par leur nouveauté d'hier; quand les perpétuels rajeunissements
des mêmes idées, que l'ignorance ou l'inattention veulent bien prendre pour des créations, n'auront, pour
survivre à leurs auteurs, d'autre droit que leur mérite; quand toutes les amitiés seront devenues silencieuses et muettes, alors l'oubli fera justice de toutes
les gloires factices, de toutes les immortalités si facilement promises et acceptées, et le flot, en se retirant,
ne laissera debout qu'un petit nombre de cimes élevées : le reste aura disparu, et l'œil en cherchera vainement la trace. »

Ces lignes ne sont pas seulement un remarquable
morceau de style, c'est encore l'expression d'une vérité à laquelle les vingt ans qui nous séparent du jour
où elles furent écrites ont donné une puissante con-
sécration. Monsieur Gustave Planche, par une contradiction trop fréquente, est peut-être le seul à douter
aujourd'hui de la vérité de cette *vérité*; et le travail
publié dernièrement sur Géricault, tout en rendant
justice à son incontestable mérite, revient cependant
sur ce jugement et place le peintre du *Naufrage de la
Méduse* fort au-dessous de l'auteur des *Pestiférés de
Jaffa*. Monsieur Planche, en écrivant ces lignes, ne se
rappelait certainement pas celles du *Salon de* 1831; et
à quelqu'un qui les lui eût remises en mémoire il
eût répondu, pour se justifier, que l'étude, la commu-

nion journalière avec les chefs-d'œuvre de l'école italienne, avaient modifié ce que ses opinions de vingt
ans avaient de trop hardi. Soit; mais reste à savoir de
quelle façon monsieur Planche s'est trompé. Est-ce en
trop, est-ce en moins? Géricault est-il égal ou supérieur
à Gros? Les trois tableaux qui nous restent de lui, le
Naufrage de la Méduse, le *Cuirassier blessé* et le *Hus-
sard chargeant*, les innombrables esquisses que les riches amateurs se disputent maintenant à prix d'or,
sont-elles empreintes d'une plus grande élévation,
d'une plus sereine égalité que la *Peste de Jaffa*, la *Bataille d'Aboukir*, la *Bataille d'Eylau*, le *Plafond du
Panthéon* et celui du *Louvre?* Pour notre part, nous
croyons qu'en effet vingt ans d'études eussent dû modifier les opinions de monsieur Planche, et que, comme
inspiration, et surtout comme exécution — cette qualité si importante dans la peinture — Géricault est supérieur à Gros.

Comment se fait-il d'ailleurs que monsieur Planche,
qui a étudié la philosophie de l'histoire, ne se soit pas
aperçu que Géricault avait sur Gros l'inappréciable
avantage d'être venu après lui et d'avoir pu à ses qualités personnelles joindre l'enseignement et l'étude de
son devancier? Je ne prétends pas que les œuvres de
l'esprit humain soient supérieures à celles qui les ont
précédées, par cela seul qu'elles sont plus nouvelles. Je
sais que les beautés d'Homère et celles de la Bible ne
seront jamais égalées. Mais il ne faut pas confondre le
génie et le talent. Et Gros et Géricault n'avaient que
du talent. Je crois que, dans un même siècle, lorsque
deux natures sont portées vers le même but et mar-
chent dans le même chemin, l'exemple de l'une doit

nécessairement profiter à l'autre, qui forcément amé-
liorera sa manière de toutes les erreurs dans lesquelles
sera tombée celle qui la précédait. Rubens, tout en
suivant les préceptes d'Otto Venius, ne l'a-t-il pas sur-
passé? Raphaël n'est-il pas supérieur à Pérugin, Michel-Ange à Ghirlandajo? Insister sur ce point serait,
je crois, superflu.

Monsieur Planche, en encourageant les débuts de la
jeune école, avait très-nettement envisagé la question,
et compris de suite que cette école tirait son droit
d'existence de principes contraires à ceux que l'école
de David avait fait accepter sans discussion. Aussi pé-
nètre-t-il jusqu'au vif et montre-t-il toute l'insuffisance
de cette école. Mais la question n'était déjà plus là :
l'agonie de l'école de David était trop évidente pour
que monsieur Planche, qui n'aime pas à perdre ses
phrases, se donnât la peine de s'y arrêter ; un danger
plus pressant l'appelait : c'était de signaler l'écueil de
l'école intermédiaire, qui, affectant de choisir ce qu'elle
regardait comme bon dans l'école agonisante et dans
l'école naissante, n'aurait eu pour résultat que de sou-
der ensemble des tendances qui s'excluent réciproquement, et, en dernière analyse, n'aurait conduit qu'à la
médiocrité. Monsieur Delaroche représentait en peinture cette école, que monsieur Casimir Delavigne personnifie en littérature. C'est dans cette lutte, c'est dans
les pages qu'elle a inspirées à monsieur Planche, qu'il
faut chercher le véritable intérêt du *Salon de* 1831, et
le véritable service qu'il a rendu à l'art moderne. Le
genre improductif de monsieur Delaroche, qui, au
point de vue esthétique, n'a aucune raison d'être, cette
peinture exacte, propre, terne et froide comme un

11.

procès-verbal, y sont critiqués avec une singulière justesse ; et, si peu de gens alors étaient en état de comprendre ces observations, si beaucoup criaient à l'outrecuidance et au sacrilége, combien en est-il aujourd'hui qui, en relisant ces pages, y trouveraient autre chose que l'expression franche et simple de la vérité? Le nombre en serait, je crois, prodigieusement restreint. Depuis quelques années monsieur Planche a repris ses études sur l'art dans une suite d'articles sur les peintres et les sculpteurs anciens et modernes. Ces travaux, dont quelques-uns sont d'une sobriété de style qui va jusqu'à la sécheresse, ne me semblent pas égaler le *Salon de* 1831. Ce n'est ni la science ni l'étude qui manquent, mais ce sentiment, cette conviction que l'on remarque dans toutes les pages du *Salon de* 1831. C'est un examen méthodique des qualités ou des défauts de l'artiste qui laisse le lecteur froid et non convaincu. La lecture de ces travaux démontrera une chose : c'est que ce livre n'était qu'un accident dans l'histoire intellectuelle de monsieur Planche, qui s'est imprégné, en le composant, des idées au milieu desquelles il vivait alors, et les a élargies ; mais que la véritable tendance de son esprit le porte, avec bien plus d'avantage pour l'emploi de ses facultés, vers l'examen des œuvres de littérature.

Il est là dans son véritable milieu et il y règne en maître. Soit qu'il examine la forme, soit qu'il analyse le fond d'une œuvre, il est guidé par une clairvoyance des plus rares et des plus remarquables. Mais à ce mérite essentiel viennent s'en joindre d'autres non moins nécessaires quand on veut entreprendre avec quelque chance d'être écouté la difficile tâche de critique. C'est la délicatesse de jugement qui fait appuyer plus ou moins sur les défauts ou sur les qualités suivant leur importance, c'est l'impassibilité qui ne tient aucun compte des cris que l'amour-propre blessé pousse autour de lui. C'est par là que, malgré qu'on en ait dit, le critique est essentiellement créateur ; car ces précieuses qualités ne s'acquièrent ni par l'étude ni par la réflexion ; la nature seule les donne ou les retire à son gré.

J'ai dit que monsieur Planche recherchait le fond et la forme, et j'ajoute bien vite que le premier de ces aspects l'attire plus que le second. Ce n'est pas que, dans l'examen de celui-ci, il ne base ses arrêts sur des preuves convaincantes : grammairien consommé et presque érudit, connaissant la valeur des mots et les lois qui régissent leur disposition rationnelle, c'est-à-dire la syntaxe, ferré sur la rhétorique, ayant pénétré les secrets de la prosodie, il saura en passant relever un solécisme, renverser une phrase mal construite, blâmer un vers faux, une rime boiteuse, un hémistiche douteux ; mais il fait bon marché lui-même de cette facile érudition à laquelle il recourt suffisamment pour rester dans la science et ne pas tomber dans le pédantisme. Le premier mérite de monsieur Planche c'est de s'être attaché, surtout au fond, à l'idée qui enfante les œuvres. A chaque production qu'il examine, il commence par demander son acte de naissance, par rechercher si c'est un enfant légitime ou une fille naturelle, par s'informer de la pensée qui a présidé à sa formation, et de celle que le style cache dans ses plis. Puis, lorsque les titres lui ont paru en règle, il appelle la logique et la morale à son aide, interroge les personnages qui s'agitent pour savoir si les actes que l'au-

teur leur prête sont conformes aux lois formulées par
ces deux divisions de la philosophie. Le cœur humain,
voilà la grande pierre de touche sur laquelle s'appuie
monsieur Planche, et l'on conçoit tout ce qu'une pareille base donne de puissance aux théories et aux critiques élevées sur elle. C'est là tout le secret de la force
de monsieur Gustave Planche ; c'est dans l'étude approfondie et clairvoyante des mouvements du cœur humain
qu'il a acquis cette sûreté de lui-même, dogmatisme aux
uns, outrecuidance aux autres, mais qui n'est simplement que de l'impartialité à sa plus haute puissance.

On a reproché à monsieur Planche d'être froid. A
examiner les choses sérieusement, ce reproche peut
passer pour une naïveté, sinon pour un éloge. Si un
critique ne restait pas froid, c'est-à-dire maître de lui,
que deviendraient son blâme ou ses encouragements? De
quel poids pèseraient ses observations dans l'esprit des
lecteurs? Quelle valeur auraient ses arguments, s'il
n'avait pas au préalable sacrifié ses aversions ou ses
sympathies sur l'autel de la vérité, et s'il faisait appel
aux mouvements déréglés de sa fantaisie, au lieu d'interroger son jugement? Toutes les semaines voient
éclore mille et une critiques auxquelles personne ne
fait attention. D'où vient cette indifférence, sinon de
cette conviction qu'aucun de ces écrivains ne parle
froidement et avec impartialité? Reprocher la froideur
au critique, c'est reprocher l'impassibilité au juge,
l'imagination au poëte, la finesse au diplomate, la pré-
voyance à l'homme d'État. De tous les critiques modernes, monsieur Planche est le seul qui ait encouru
cet étrange reproche. N'est-ce pas la marque la plus
certaine de sa valeur?

On se souvient de la lutte soutenue par monsieur Planche contre monsieur Victor Hugo ; lutte que le premier n'avait pas cherchée et devait être loin de prévoir, mais dans laquelle son adversaire lui faisait trop beau jeu pour qu'il pût reculer, et dont il ne lui fut pas difficile de sortir vainqueur. Et ceci se démontre pièces en main. Que l'on veuille bien relire et comparer les ouvrages de monsieur Hugo et les critiques de monsieur Planche, et l'on sera frappé d'une chose : c'est de trouver les uns si vieillis, si passés, parlant un langage devenu si bizarre ; et les autres actuelles, frappantes, paraissant avoir été écrites hier. Autant ceux-ci sont empreints de mauvais goût et d'exagération, autant l'effet mélodramatique y domine, autant l'épreuve du temps leur a été funeste ; autant, au contraire, celles-là sont sobres et sensées, autant la modération de la raison s'y fait sentir à chaque ligne, autant elles semblent avoir été tracées par quelqu'un de désintéressé dans la question, qui préfère chez lui comme chez les autres la solidité à l'éclat.

Ces critiques mirent toute l'école en rumeur. On porta contre monsieur Planche, dans un style et avec une violence habituels à toutes les mauvaises causes, les accusations de traître et de renégat ; se fondant sur ce que, lors des commencements du cénacle, il avait été un des plus actifs soutiens de monsieur Hugo. L'accusé s'est chargé de répondre à cette accusation et d'expliquer cette scission dans un article aussi noblement pensé que correctement écrit, intitulé les *Amitiés littéraires*, où il définit le rôle que le critique est appelé à jouer auprès du poëte ou de l'artiste, ce qu'ils gagnent tous deux dans cet échange commun de leurs

idées, et, lorsque le poëte peut voler de ses propres
ailes, jusqu'où doit aller la complaisance du critique
pour l'homme qui commence à se croire Dieu. Il faut
tout dire. Devant les prétentions exagérées du chef de
l'école romantique, prétention dont il était pourtant
facile de se défendre quand on songe à la valeur des
admirations dont elles étaient la suite, cette scission
était un devoir impérieux pour toute intelligence gardant encore quelques notions du sens commun et le
sentiment de sa dignité personnelle.

A ces premières accusations vinrent s'en joindre
d'autres tout aussi sérieuses. On prétendit que monsieur Planche se laissait emporter par la colère et que
ses remarques n'étaient au fond que l'aveu de son impuissance. Je l'ai déjà dit : les pièces sont entre les
mains de tout le monde, qui peut juger de quel côté se
trouvent la colère et l'impuissance. Que les jeunes
élèves de monsieur Hugo, dans leur idolâtrie pour le
maître, aient reçu les remarques irrespectueuses du
critique avec la violence du néophyte, on le conçoit et
on le leur pardonne sans peine ; mais que monsieur
Hugo, que sa position eût dû mettre au-dessus de ces
faiblesses, se soit oublié jusqu'à prendre part lui-même
à la lutte, jusqu'à se vanter lui-même à lui-même,
qu'il soit descendu jusqu'à traiter de *champignon véné-*
neux qui ne l'admirait pas convenablement, jusqu'à
parler de *la haine des démons pour le Dieu*, et autres
pauvretés qui ne font honneur ni à son goût ni à sa
modestie et prouvent tout simplement que les coups
avaient porté juste, c'est ce que l'histoire littéraire du
dix-neuvième siècle aura peine à enregistrer sérieusement dans ses annales. On peut donc assurer que, dans

cette lutte, la modération, la courtoisie, et la vérité
surtout, n'étaient pas du côté de ceux qui les revendi-
quaient ; et, quand ils osaient parler d'envie et de colère, monsieur Planche eût pu à bon droit leur répondre comme Molière :

Vous donnez sottement vos qualités aux autres.

Quant à l'objet de la lutte en lui-même, tout en reconnaissant que, partout où monsieur Planche a attaqué, le combat n'a pas été long, il faut dire cependant
que, touché par les défauts de monsieur Hugo bien plus
que par ses qualités, il n'a pas assez tenu compte de
ces dernières, qui doivent être énumérées dans toute
appréciation impartiale. En second lieu, et que les classiques me le pardonnent, mais monsieur Planche n'a
pas assez compris que l'époque où monsieur Hugo s'est
manifesté exigeait peut-être les exagérations qu'on lui
reproche maintenant. Il fallait sortir de suite, et à
quelque prix que ce fût, de la déplorable littérature
de la Restauration. A ce moment la porte que l'on
choisissait et la manière dont on la franchissait impor-
tait peu. Certes, si monsieur Hugo eût consenti à mettre
un peu plus de pensée dans ses œuvres, un peu plus
de correction et de sérieux dans son style, le mouvement auquel il a présidé ne serait pas tombé dans le
discrédit où lui-même l'a précipité ; mais alors il fallait de l'audace, et un contemporain n'eût pas dû être
indifférent à cette audace. Si l'absolu existait, les critiques de monsieur Planche ne seraient que justes ;
mais, comme tout est relatif, comme monsieur Hugo
ne peut pas s'isoler du milieu où il a vécu, des années

où il travaillait, de l'époque littéraire au milieu de laquelle il a combattu, je crois que, pour se former une opinion exacte sur le rôle qu'il a joué, il ne faut pas s'en rapporter aveuglément à monsieur Planche.

Si dans la discussion avec le chef de l'école moderne il n'a pas déployé toute la largeur d'aperçus qu'il possède, dans l'appréciation d'ouvrages plus anciens il élève la critique jusqu'aux plus hautes sphères de la psychologie. Je veux surtout parler de ses articles sur *Manon Lescaut* et sur *Adolphe*, morceaux complets, tellement inhérents aux livres dont ils rendent compte, qu'ils en sont devenus le prologue obligé. Personne n'ignore de quelle façon, dans ces deux romans, sont mises en relief les affreuses maladies morales qu'ils dépeignent. Pour ma part, et si je voulais jamais démontrer l'impuissance de la formule de l'art pour l'art, ces deux œuvres me seraient d'un précieux secours. Ce n'est pas, en effet, par la forme qu'elles brillent ; loin de là. *Manon Lescaut* est écrit dans un style dont rien n'excuse la vulgarité et la platitude ; et celui d'*Adolphe*, pour être plus relevé, est loin cependant de pouvoir être cité comme un modèle. C'est donc dans le mérite intrinsèque de l'œuvre, dans la vérité du sentiment qu'elle exprime, dans la justesse de la note qu'elle émet, qui va frapper et faire résonner le clavier de toutes les âmes, qu'il faut chercher la cause de ce succès ; et c'est là en effet qu'elle se trouve. Si, comme le chevalier Desgrieux, chacun de nous n'avait pas eu sa Manon Lescaut idéale ; si tous nous ne nous étions pas sentis, à un moment donné, capables pour elle de fouler aux pieds les liens les plus respectables et les devoirs les plus sacrés ; si nous n'avions pas éprouvé cette rage de possession

unique d'un être plus changeant que l'onde, se mêlant
à je ne sais quel besoin de réhabilitation d'une nature
dégradée ; si, comme Adolphe, en ressentant la lourdeur d'une chaîne que nous n'avions pas la force de
rompre, la honte de notre faiblesse ne s'était pas tournée en haine contre un être autrefois adoré, l'œuvre de
l'abbé Prévost et celle de Benjamin Constant auraient
depuis longtemps rejoint dans l'oubli cette avalanche
de romans qui tombe sur nous depuis soixante ans et
plus. Le mérite de monsieur Planche est d'avoir dépouillé ces pages terribles de la moralité qu'elles contiennent, et de l'avoir, avec la délicatesse d'un chirurgien consommé, faite palpable pour tous. Il a analysé
les maladies dont souffrent Manon et le chevalier, Ellé-
nore et Adolphe ; il y a porté le scalpel avec recueille-
ment et résolution, il en a détaillé une à une les phases
et les péripéties, et le résultat de ses observations a été
d'éclairer un repli inavoué et secret du cœur humain.
Il a fait l'histoire philosophique là où l'abbé Prévost et
Benjamin Constant avaient fait l'histoire littéraire.

Je place sans hésiter à côté de ces deux articles le travail de monsieur Planche sur la Nouvelle de monsieur
Mérimée, intitulée la *Double Méprise*, dans laquelle,
avec une clairvoyance pénible à force d'être vraie, il caractérise et définit les trois sortes d'amour que l'on peut
éprouver : amour des sens, amour de tête, amour de
cœur, et où, en s'inclinant devant ce dernier, il en reconnaît la rareté, et constate combien sont âpres et difficiles à suivre les sentiers qui conduisent aux suprê-
mes et inaltérables joies qu'il donne. L'union du devoir
et du bonheur, si souvent cherchée par les philosophes
et les sophistes, se cimentant dans le cœur sous les

auspices du sentiment qui seul le remplisse, est une des
plus douces et des plus fécondes idées que l'on puisse
rencontrer. C'est pourquoi je place cet article sur la
même ligne que les deux précédents.

On a dit et répété que monsieur Planche, fort habile
à découvrir les défauts dans les œuvres des autres,
était incapable de rien produire de lui-même. Je ne
pense pas que cette observation repose sur des bases
bien solides, et, pour ma part, je trouve plus d'originalité dans quelques lignes de monsieur Planche que
dans des volumes entiers de nos auteurs modernes.
Mais là n'est pas la question. Les esprits réfléchis n'en
sont plus à ignorer que, tout en s'adressant à des ordres
d'idées divers, le critique crée tout autant que le poëte ;
seulement l'un procède par synthèse et l'autre par analyse. En acceptant l'objection comme elle se présente,
en ne louant pas monsieur Planche de ne pas avoir
composé de tragédies, de drames ou de romans comme
tant d'autres—et ce n'est pas un mince mérite de s'être
abstenu au milieu de la rage d'écrire qui possède notre
époque — on pourrait dire que, s'il ne cherche pas assez souvent à exprimer ses idées ou ses sensations personnelles, quand il l'a fait cependant, ç'a toujours été
avec une remarquable élévation. Son étude intitulée
de la Moralité de la poésie, où il recherche des trois
opérations de l'esprit laquelle est la plus favorable au
développement de la poésie, est d'une magnificence de
pureté et en même temps d'une précision de contours
auxquelles je ne vois rien de comparable dans la littérature contemporaine. Le fond et la forme ne doivent
rien à personne, et l'originalité de cette œuvre vaut

bien, je pense, celle de tant d'écrivains que le public appelle originaux parce qu'ils sont bizarres.

Toutes les études contenues dans les deux volumes publiés par monsieur Planche ne sont pas de la même force, et, faites sur des œuvres et des hommes essentiellement transitoires, auraient dû ne pas trouver place dans cette galerie consacrée à la haute littérature. De ce nombre est le travail sur la réception de monsieur Scribe à l'Académie. Je sais tout ce qu'il y a de singulier à voir l'auteur de la *Camaraderie* siéger dans une assemblée qui a pour mission de veiller à la conservation de la langue et du style; mais, en bonne conscience, monsieur Scribe n'avait pas assez d'importance pour figurer au milieu des *portraits littéraires*. Sa physionomie n'est pas assez tranchée pour un portrait, et ce ne sera jamais un homme littéraire. Je ferai la même remarque pour l'étude sur monsieur Ponsard. La tentative de cet auteur a pu avoir du retentissement à une époque où toutes les avenues étaient gardées par les camarades romantiques, et il y avait de l'audace, je le reconnais, à tenter de rompre la ligue; mais la valeur de *Lucrèce* et d'*Agnès de Méranie* prises isolément est peu de chose, et, sauf une certaine recherche de style, ne surpasse pas de beaucoup toutes les tragédies de second ordre. L'oubli dans lequel sont tombées ces deux pièces, l'indifférence qui depuis a accueilli *Charlotte Corday*, prouve que la lumière qui a enveloppé un instant monsieur Ponsard n'était qu'une lumière de reflet. Je m'étonne qu'avec sa sûreté de goût habituel monsieur Planche n'ait pas été frappé de cette vérité.

Mais, en compensation, il a été bien inspiré en reproduisant l'article sur monsieur de Chateaubriand,

qui, lors de son apparition, souleva tant de clameurs.
Les reproches de haine et d'envie ne furent pas épar-
gnés à l'auteur, qui s'en souciait peu et connaissait
l'histoire de *Tison d'enfer* de Pascal et de *vil Pamphlé-
taire* de Courier, c'est-à-dire les injures que l'erreur à
bout de raisons peut adresser à la vérité. A cette époque, monsieur Planche semblait commettre un sacrilége
d'oser porter la main sur le pontife du romantisme;
mais depuis la lumière s'est faite, et le public, délivré
du cri des rhéteurs et des coups d'encensoir des thurifé-
raires, éclairé d'ailleurs par monsieur de Chateaubriand
lui-même dans ses tristes *Mémoires d'outre-tombe* sur
le mérite réel de cette vanité poussée jusqu'à la dé-
mence, commence à trouver que M. Planche pouvait
bien avoir raison, et qu'entre la valeur de monsieur de
Chateaubriand comme littérateur et son mérite comme
homme d'État la différence est moins grande qu'elle ne
le paraissait d'abord. L'histoire pourra demander au
singulier plénipotentiaire de Vérone un compte sévère
de sa légèreté et de sa facilité à changer d'opinions
suivant l'intérêt de son amour-propre, cela n'est pas
notre affaire; mais je doute que la place qu'elle lui as-
signera comme publiciste soit en rapport avec celle
qu'un engouement aveugle n'avait pas craint de lui
faire occuper. Monsieur Planche aura le mérite d'avoir
pressenti ce jugement et d'en avoir préparé la teneur.

Monsieur Planche a repris depuis son retour d'Italie
ses travaux dans la *Revue des deux mondes*. Ses recherches et ses explorations ne se bornent plus aux littérateurs contemporains, elles embrassent toutes les faces
de l'art en France et en Italie, au seizième et au dix-neuvième siècle. Léonard de Vinci, André del Sarto, Ger-

main Pilon, Guérin, Géricault, ont déjà été pour lui
l'occasion de déployer une érudition profonde dans ces
matières, mais dont la forme trop aride enlève parfois
tout l'attrait. Ses travaux sur les célébrités contempo-
raines sont infiniment supérieurs. L'article de monsieur de Béranger, œuvre complète en son genre, celui
où il condamne, au nom de l'histoire moderne, rape-
tissée jusqu'à la légende, du respect pour l'infortune oubliée, du bon sens méconnu, du sens moral entièrement absent, l'*Histoire de la Révolution* de monsieur
Michelet, l'appréciation bienveillante des *comédies* de
monsieur Augier, prouvent une fois de plus que monsieur Planche est plus sympathique à la littérature
qu'à l'art plastique, et que ses connaissances, ses goûts,
son jugement, trouvent tout intérêt à s'y exercer.

Est-il nécessaire de parler de son style, et n'est-il
pas évident que, pour remplir son rôle d'Aristarque, la
première condition était de ne pas tomber dans les
fautes qu'il signalait chez les autres? Il n'a pas failli à
ce devoir, et il est parvenu à donner à son style une
pureté et une correction qui deviennent de plus en plus
rares chez nous. Il est clair qu'il travaille sa pensée
avant de l'exprimer, qu'il la débarrasse de tout ce qui
pourrait gêner sa marche, qu'il la coordonne d'une
façon logique et rationnelle. On comprend tout ce que
son style gagne de clarté à cette préparation intellectuelle. Sa phrase devient précise, ferme et bien nour-
rie; il est inhabile aux longues périodes, mais il aime
à condenser sa pensée dans une forme axiomatique
courte et nette comme une épée. Parfaitement sûr de
ce qu'il a à dire, il ne recourt en aucun cas aux néolo-
gismes ou même à la néologie, dont le but n'est sou-

12.

vent que de jeter du vague dans l'esprit du lecteur. Il
ne manque ni d'émotion ni d'ampleur, mais il connaît toute la réserve que doit s'imposer un critique,
et n'ignore pas que l'émotion enlève l'impartialité au
juge, et l'ampleur la clarté à l'écrivain. Enfin, sans
copier aucun modèle, il les a étudiés tous et a su se
faire une manière que l'on reconnaîtra entre mille.
C'est là, si je ne me trompe, le signe distinctif des écrivains qui doivent rester. Son style robuste, taillé pour
la marche, dégagé de tout bagage inutile, mais sachant
au besoin s'ajuster de précieux ornements, est éminemment propre à la critique dont nous signalons la venue,
à celle qui doit remplir la seconde moitié du dix-neuvième siècle et dont elle sera l'honneur, à celle qui doit
ramener le calme et la règle dans les esprits après que
l'autre y a jeté le désordre et l'anarchie—à la critique
de reconstitution.

THÉOPHILE GAUTIER.

Vers 1830, il y avait au coin de la rue de Vaugirard et de la rue du Regard un atelier de sculpteur où se réunissait parfois une assez singulière société de jeunes gens. A les voir éclairés par le reflet d'une lampe, dans la pénombre de cette grande salle, chevelus comme des Mérovingiens, barbus comme des sapeurs, dans des accoutrements plus ou moins bizarres; à entendre leur conversation relevée de mots monstrueux ou terribles, on eût pu se croire tombé dans un conciliabule de bandits et revenu au bon temps des romans de Ducray-Duminil ou des mélodrames de Guilbert de Pixérécourt. Ce n'étaient rien moins que des gens féroces cependant, ou du moins leur férocité était fort innocente et ne s'exhalait qu'en sarcasmes et en imprécations inoffensives contre les classiques et les bourgeois dévoués régulièrement aux dieux infernaux. C'étaient de jeunes romantiques fort doux et assez timides au

fond, qui, la cervelle troublée par les qualités et surtout par les défauts d'un grand et illustre poëte, allaient, en le compromettant, lui faire jouer le rôle ridicule de chef de leur bande tapageuse.

Le but de ces réunions nous paraîtrait au moins bizarre, à nous que la politique envahit et absorbe de
toutes parts. Disons-le à leur louange : une préoccupation bien autrement noble les conduisait là, celle de
l'art, de l'art, il est vrai, compris d'une façon fausse les
trois quarts du temps; mais enfin, quelles que fussent
leurs extravagances, il y avait plus de grâce dans celles-
là que dans les folies des jeunes gens de nos jours. Une
fois réunis là, le champ était ouvert aux opinions les
plus singulières et les plus baroques. Peinture, sculpture, littérature, tout était passé en revue par cet aréo-
page, qui remplaçait le savoir et l'étude par une excentricité d'opinion et une intempérie de langage, qui,
transportées depuis dans la littérature militante, ont
été prises par bon nombre de gens pour des idées. On
a inventé là pas mal de coq-à-l'âne ironiques et dé-
daigneux, quelques phrases sonores et même des mots
nouveaux, qui, jetés pendant vingt ans à tout propos,
ont pu remplacer avec avantage les raisons que l'on
n'avait pas. Il suffisait qu'une œuvre eût quelque an-
cienneté, qu'un ouvrage quelconque eût mérité des
éloges de plusieurs générations, pour être conspué et
honni avec plus de cris et de blasphèmes que n'en
poussa jamais assemblée politique. Les monuments du
siècle de Louis XIV étaient surtout traités avec une
irrévérence marquée par ces jeunes novateurs. Quant
à la littérature de l'Empire et de la Restauration, celui
qui en eût prononcé seulement le nom se serait vu

impitoyablement expulsé. Au fond, on était un peu
convaincu que les chefs du cénacle — poëtes d'un incontestable talent, je le reconnais — ouvraient et fer-
maient le cycle des écrivains français; mais, comme
une semblable opinion eût été difficile à soutenir, on
allait chercher dans le seizième siècle et dans la première moitié du dix-septième des admirations faciles,
des paravents littéraires dont la valeur ne pût pas porter ombrage aux idoles vénérées.

J'indique là le côté ridicule et exubérant. C'était,
pour me servir d'une expression vulgaire, une jeunesse qui jetait ses gourmes et qu'il ne fallait pas trop
prendre au sérieux. Mais, l'âge et l'expérience arri-
vant, ces soirées fébriles allaient faire germer dans
toutes ces têtes, et suivant l'aptitude de chacun, le désir
de l'étude, le goût d'un travail réfléchi et d'une comparaison moins superficielle, tout en leur laissant un
sentiment assez élevé des belles choses pour les faire
rarement tomber dans la vulgarité. Il y aurait une
étude délicate et charmante à faire sur la naissance, la
formation et l'accroissement de cette seconde division
du romantisme, plus jeune, plus ardente, moins cir-
conspecte que la première commandée par les chefs,
qui se jeta en aveugle à son secours, lui fit passer des
munitions dont elle commençait à manquer, et, prenant l'armée ennemie en flanc par un feu de journalistes bien dirigé, aida puissamment à conquérir le
champ de bataille. A considérer d'ailleurs les choses
avec impartialité, la violence de la réaction se comprend lorsque l'on songe à quel régime de littérature
ennuyeuse était soumise la France depuis quarante ans.
Pour qui a lu les œuvres de monsieur Luce de Lancival,

de Jouy ou Campenon, les aberrations de la *Chasse du Burgrave* ou les monstruosités de *Han d'Islande* doivent paraître de belles choses. Là est l'excuse et en même temps la cause des folies que je signale. Mais ces disciples, comme tous les disciples, allèrent trop loin et dépassèrent leurs maîtres, dont ils faussèrent les qualités et dont ils augmentèrent les taches. Puis, leur talent, éclos dans une atmosphère de serre chaude, a toujours conservé le caractère de sa naissance et donne à leurs œuvres je ne sais quel aspect hors nature qui fatigue promptement. Quel que soit le jugement que l'on porte sur eux, il faut bien reconnaître qu'il y avait une belle somme de facultés répartie parmi ces enragés, dont presque tous se sont fait un nom dans les arts et dans la littérature.

C'est au milieu de cette société, dont il était un des membres les plus fervents, que se développa monsieur Gautier. Vers ce temps, il avait déjà publié, si je ne me trompe, un volume de poésies intitulé : *Albertus, ou l'Ame et le Péché*. La poétique d'*Albertus*, si après vingt ans une telle œuvre vaut la peine d'être examinée, dérivait immédiatement de celle des *Odes et Ballades* et des *Orientales*. Le procédé, sauf les exagérations, est le même. Peu de pensée et une forme qui étonne par sa singularité. L'idée, quand il s'en trouve, ne jaillit que du contact des mots remués à profusion. L'énumération y abonde, les épithètes et les adjectifs font presque tous les frais de la rime et du rhythme; seulement tout cela est employé sans mesure, sans convenance et sans cette habileté magistrale que, même à ses débuts, on rencontre chez monsieur Hugo. Il existe une singulière analogie, que personne, ce me semble, n'a osé signaler jusqu'à présent, entre les procédés de versification de l'abbé Delille et ceux de la plupart des faiseurs de vers de l'école romantique. Je parle de la seconde, qui voulait être plus novatrice que les novateurs. Il est même bien difficile de croire que cette ressemblance ne soit pas entrée pour beaucoup dans l'anathème dont l'auteur de l'*Imagination* a été plus spécialement chargé par ceux qui lui dérobaient son invention en égorgeant l'inventeur. Ce sont, des deux côtés, la même fureur de concetti, les mêmes interminables descriptions, les mêmes éternelles énumérations, qui, sifflées sans pitié dans un sens, sont écoutées avec respect dans un autre. Je veux bien croire que la crème de Delille parût par trop fade ; mais le vin de ces messieurs était singulièrement frelaté ; et, entre les deux extrêmes, se trouve précisément la place du véritable talent. Il faut d'ailleurs rendre justice à qui de droit, et il est hors de doute que la jeune école, qui, pour la forme, pillait Delille sans hésiter et sans s'en douter, apportait au fond un élément que celui-ci a rarement rencontré : la poésie. La lecture d'une douzaine de strophes d'*Albertus* peut au besoin convaincre les plus incrédules. Cette similitude qui frappe au début de monsieur Gautier reparaît par instants dans ses œuvres postérieures, et on la retrouve moins dissimulée que jamais dans sa dernière production, dans le *Voyage en Italie*, suite de descriptions sans l'ombre de pensée, qui, moins les renseignements exacts, pourrait faire concurrence, comme forme littéraire, aux *Guides du Voyageur*.

C'est que, si l'on apprécie monsieur Gautier dans l'ensemble de ses œuvres, on ne tardera pas à s'aper-

cevoir qu'il a moins d'originalité qu'il affecte d'en
montrer. A mesure qu'on l'étudie, on reconnaît qu'il
a pris un rôle en dehors de sa nature; et qu'il l'exa-
gère bien souvent en cherchant à le remplir. Né avec
un sentiment délicat de la fantaisie, il n'a pas su s'en
tenir à cette faculté et a plus perdu que gagné à s'ab-
sorber dans une personnalité étrangère. Monsieur Gautier manque essentiellement d'une qualité que je mets
au-dessus de toutes les autres : le sentiment. Jamais une
larme, jamais un battement de cœur, n'est venu trou-
bler le regard, ni soulever la poitrine de ses personnages. C'est ce manque de sensibilité qui le fera relé-
guer au second rang des écrivains, car son style s'en
ressent et possède un éclat sans chaleur qui peut amuser,
mais n'impressionne jamais. Ce qui lui a valu ses meilleurs succès, c'est d'avoir osé, c'est d'avoir transporté
dans la littérature le mot de Danton « : De l'audace, de
l'audace, toujours de l'audace! » Il est constant qu'au
premier abord cette manière d'agir étonne et surprend,
et bien des choses peuvent passer à la faveur de la
surprise; mais, quand la réflexion arrive, on est
frappé du peu de valeur de ce que l'on a laissé échapper, et porté à le juger plus sévèrement peut-être qu'il
ne le mérite. Monsieur Gautier passe à bon droit pour
spirituel ; mais c'est à condition de tout dire ou plutôt
de tout écrire, et de transporter dans ses livres les dé-
bauches intellectuelles auxquelles on se livre dans les
ateliers. Or, on conviendra que ce n'est pas dans ces
habitudes de liberté et de sans-gêne que se rencontrent
l'élégance, la finesse, qui caractérisent le véritable esprit. Il y aura d'ailleurs une barrière éternelle entre
ce qui se dit et ce qui peut s'écrire, et je crains que

monsieur Gautier porte bien lourdement la peine d'avoir franchi cette limite.

Le style de monsieur Gautier compte beaucoup d'admirateurs sincères; mais ici encore on est la dupe d'une erreur contre laquelle, avec un peu de sang-froid, il n'est pas difficile de se prémunir. Si le style ne doit pas se préoccuper des idées, ou s'il peut en recouvrir de bizarres ou de monstrueuses; si, en second lieu, cette enveloppe ne s'obtient qu'en brisant la langue au lieu de l'assouplir, qu'en prenant dans les lexiques spéciaux des mots que les dictionnaires usuels se gardent bien de donner; si, en empiétant sur un art qui de son côté s'adresse à un genre de sensations déterminées, on fait de son style non pas un tableau, mais une palette chargée au hasard de couleurs brillantes et incohérentes; oui, monsieur Théophile Gautier a un style des plus remarquables et des plus expressifs. Mais, s'il faut demander autre chose à l'écrivain; si, comme le sang sous la chair, il faut d'abord chercher la pensée sous les mots, et de là, passant à la formule, si cette formule doit être autre chose qu'un vain assemblage de phrases sonores souvent mal soudées ensemble, si la place des mots n'est pas plus arbitraire pour l'harmonie intellectuelle que leur choix n'est facultatif pour l'harmonie physique; si, pour tout dire, le style est soumis à des lois fixes et invariables qui sont le fait, non pas d'un rhéteur impuissant ou chagrin, mais bien de l'observation attentive, scrupuleuse, incessante des phénomènes de la pensée humaine, je crois qu'alors il faudra user d'indulgence pour admirer sans beaucoup de restrictions le style de monsieur Gautier. Ce sont là, j'ai hâte de le dire après une appréciation aussi sévère, des

13

défauts qui frappent quand on se place à un point de vue élevé; mais, si monsieur Gautier ne doit pas être jugé de si haut, on trouvera chez lui des qualités plus que suffisantes pour en faire un homme de talent, et parmi lesquelles j'en ai déjà indiqué deux : un sentiment délicat de l'art et une fantaisie toujours charmante.

Le premier volume de poésies de monsieur Théophile Gautier, en lui enlevant son cachet de singularité factice et facile, n'a donc pas plus le droit d'occuper la critique que n'importe quel autre recueil de jeune homme, comme il s'en éditait un si grand nombre de 1830 à 1835. On prétend que monsieur Sainte-Beuve encouragea le jeune poëte à continuer dans sa voie après la lecture de la pièce intitulée la *Tête de Mort*, et qui est en effet la plus saillante du volume. Dans une chambre déserte se trouve une tête de jeune femme, dont le portrait, suspendu à la muraille, la représente dans tout l'éclat de sa beauté et de sa fraîcheur. Cette antithèse assez lugubre est heureusement développée dans une centaine de vers. Ce sujet, au reste, a porté bonheur à monsieur Gautier, qui, le prenant plus tard sous un aspect un peu moins cadavéreux, en a composé une délicieuse nouvelle : *Omphale*. Ce n'est pas le seul encouragement illustre qu'il ait rencontré. On prétend aussi que monsieur de Balzac, qui savait par lui-même et mieux que personne tout ce que les débuts littéraires ont d'épouvantablement douloureux, frappé de la masse de talent gaspillée dans *Mademoiselle de Maupin*, alla trouver l'auteur et l'attacha à la rédaction d'un journal qu'il dirigeait, la *Chronique de Paris*, je crois, où monsieur Gautier publia un conte fantastique qui est loin

d'être sans mérite, la *Morte amoureuse*. Grâces en
soient rendues à messieurs Sainte-Beuve et de Balzac.

La *Comédie de la Mort* est le second et le dernier volume de poésies publié par monsieur Théophile Gautier. Comme *Albertus*, ce volume est divisé en deux
parties : la *Comédie de la Mort*, proprement dite, espèce
de poëme fantastique qui rappelle par trop le déplorable genre qui avait envahi la littérature vers 1833, et
une suite de poésies détachées. La *Comédie de la Mort*
est divisée elle-même en trois parties intitulées : *Portail*, la *Vie dans la Mort*, la *Mort dans la Vie*. Le *Portail* introduit le lecteur dans l'œuvre. C'est une suite
de tercets dont la forme affectionnée par l'auteur s'est,
en effet, très-ingénieusement assouplie entre ses mains.
Il a su allier dans quelques-uns, avec un singulier bonheur, la peinture de l'expression avec la vivacité de l'i-
mage. Témoins ceux-ci :

> Quels passagers charmants, têtes fraîches et rondes,
> Désirs aux seins gonflés, espoirs, chimères blondes !
> Que d'enfants de mon cœur entassés sur le pont !
>
> . . . .
>
> Pour ces chercheurs d'un monde étrange et magnifique,
> Colombs qui n'ont pas su trouver leur Amérique,
> En funèbres caveaux creusez-vous, ô mes vers !
>
> Puis, montez hardiment comme les cathédrales,
> Allongez-vous en tours, tordez-vous en spirale,
> Enfoncez vos pignons au cœur des cieux ouverts.
>
> Vous, oiseaux de l'amour et de la fantaisie,
> Sonnets, ô blancs ramiers du ciel de poésie !
> Posez votre pied rose au toit de mon clocher.

Messagères d'avril, petites hirondelles,
Ne fouettez pas ainsi les vitres à coups d'ailes,
J'ai dans mes bas-reliefs des trous où vous nicher;

Mes vierges vous prendront dans un pli de leur robe,
L'empereur tout exprès laissera choir son globe,
Le lotus ouvrira son cœur pour vous cacher.

J'ai brodé mes rinceaux des dessins les plus riches,
Évidé mes piliers, mis des saints dans mes niches,
Posé mon buffet d'orgue et peint ma voûte en bleu.

La *Vie dans la Mort* est un regard jeté dans les cercueils. L'auteur imagine qu'au jour des Morts, en parcourant un cimetière, les pierres des tombeaux se soulèvent, et que chaque cadavre lui raconte les impressions du tombeau. La donnée, comme on le voit, n'est pas autrement gaie. Certes, je suis fort disposé à croire que la critique, pour être sérieuse, ne doit pas trop chicaner un auteur sur le choix de son sujet, et ne pas faire la renchérie; mais il est cependant des bornes à cette latitude, et, en littérature comme en tout, le moyen de conserver la liberté, c'est de réprimer la licence. Or, j'en appelle aux plus indulgents, l'esprit n'est-il pas choqué par ce choix d'un aussi terrible sujet que la mort, pris, non pas comme idée morale, mais physiquement, et servant de thème, tantôt à des amplifications repoussantes, tantôt, par une aberration d'esprit que je ne puis m'expliquer, à des images aussi gracieuses que celle-ci :

A moi tes bras d'ivoire! à moi ta gorge blanche!
A moi tes flancs polis avec ta belle hanche
A l'ondoyant contour;

A moi tes petits pieds, ta main douce et ta bouche,
Et ce premier baiser que ta pudeur farouche
      Refusait à l'amour.

Ces vers sont charmants, mais est-ce leur place? Si
l'antithèse, poussée à l'excès, n'était pas tombée sous le
ridicule, cette idée baroque d'un ver de terre, s'unis-
sant à une gracieuse jeune fille, serait peu faite pour
donner gain de cause à cette figure de rhétorique. Plus
loin, l'auteur se trouve en face du crâne de Raphaël,
auquel il fait pousser contre l'art moderne une imprécation plus éloquente que méritée, et au moins singulière dans la bouche de monsieur Gautier, qui a rarement eu recours à cette banale comparaison. La strophe
suivante vaut la peine d'être citée :

Vos peintres auront beau, pour voir comme elle est faite,
Tourner entre leurs mains et retourner ma tête;
      Mon secret est à moi.
Ils copieront mes tons, ils copieront mes poses,
Mais il leur manquera ce que j'avais, deux choses :
      L'amour avec la foi!

Puis l'aube paraît, les morts se calment, et nous en-
trons dans la troisième partie de cette composition : la
Mort dans la Vie.

L'auteur suppose que bien des êtres vivants n'ont
plus que le corps d'actif, que l'âme s'est envolée pour
toujours de ces cadavres ambulants, et, par une suite
d'idées dont la corrélation n'est pas facile à saisir, il
fait défiler tour à tour devant nous le docteur Faust,
Don Juan et Napoléon, regrettant tous trois la carrière
qu'ils ont parcourue et se reprochant de ne pas avoir
donné un autre but à leur vie. Faust maudit la science

au profit de la volupté, Don Juan raconte le néant de
sa vie de plaisirs et envie les veilles du savant, et Napoléon se reproche de ne pas avoir mené la vie d'un
berger de Virgile. Cette idée de Don Juan et de Faust,
ces deux formes du désir humain inassouvi, se portant
réciproquement envie, est heureuse et neuve, et méri-
tait d'être développée par un esprit plus philosophique
que celui de monsieur Gautier. Quant à Napoléon dési-
rant le *sort des bergers, le hêtre de Tityre, une flûte à
sept trous*, et pensant à *poursuivre Galatée sous les sau-
les*, il est bien difficile de garder son sérieux devant cette
image. Le tout se termine par une invocation à la mort
d'épargner son poëte, et par un retour à toutes les poésies panthéistiques qui font aimer la vie : à la nature,
à l'air, aux étoiles, au soleil, au printemps, à la muse
antique, que monsieur Gautier invoque dans cette
strophe, qui mérite d'être citée après tout ce bric-à-
brac de croque-mort :

> Brune aux yeux de lotus, blonde à paupière noire,
> O Grecque de Milet ! sur l'escabeau d'ivoire
>   Pose tes beaux pieds nus.
> Que d'un nectar vermeil la coupe se couronne !
> Je bois à ta beauté d'abord, blanche Théone,
>   Puis aux dieux inconnus !

Si, après avoir lu cette étrange composition, on se
demande quelle en est la moralité, quelle idée elle a
éveillée, quel sentiment elle a fait vibrer ; si l'on se dit
que la poésie a pour but de s'adresser aux facultés les
plus élevées de l'âme, on est bien forcé de convenir
que monsieur Gautier s'est montré plutôt versificateur
habile que poëte dans l'acception glorieuse de ce mot.

On s'étonne d'ailleurs du choix de ce sujet chez un écrivain qui passe à bon droit pour un admirateur passionné de la beauté physique, et qui, dans le même volume, s'est donné de si vigoureux démentis dans les vers suivants :

Je me sentais heureux et plein de folle ivresse
De penser qu'en ce siècle, *envahi par la presse*,
Dans ce Paris bruyant et sale à faire peur,
Sous le règne fumeux des bateaux à vapeur,
Malgré les députés, la Charte et les ministres,
Les hommes du progrès, les cafards et les cuistres,
On n'avait pas encor supprimé le soleil
Ni dépouillé le vin de son manteau vermeil ;
Que la femme était belle et toujours désirable,
Et qu'on pouvait encor, les coudes sur la table,
Auprès de sa maîtresse, ainsi qu'aux anciens jours,
Célébrer le printemps le vin et les amours.

Outre la sensation de vitalité et de jeunesse qui déborde dans ces vers, j'y remarque encore un air d'aristocratie hautaine que monsieur Gautier a développé plus au long dans la pièce adressée *à un jeune Tribun*, dont voici quelques passages :

Ne faites pas sortir le tonnerre des Gracques
D'une bouche formée aux chants élégiaques ;
Laissez cette besogne aux orateurs braillards,
Qui, le pied sur la borne et les cheveux épars,
Jurent à ces gredins tout grouillants de vermine
Qu'ils ont vraiment sauvé Rome de la ruine.

Évidemment, en composant cette malencontreuse *Comédie de la Mort*, monsieur Gautier a fait violence à son talent et à ses instincts.

La même contradiction se fait sentir dans les *Jeune France*, le premier ouvrage en prose de monsieur Gautier. Cette réunion de cinq ou six nouvelles peut passer pour la plus bouffonne raillerie des travers et des excentricités des romantiques par un de leurs plus fervents adeptes. Plusieurs cas de cette singulière maladie sont passés en revue et dépeints d'une façon très-vive et surtout assez vraie pour faire penser qu'en se servant de ces couleurs le peintre avait tout son sang-froid, et que les écarts d'imagination auxquels il s'est livré depuis étaient beaucoup plus raisonnés qu'on ne le pense. Malgré son penchant à exagérer la fantaisie, monsieur Gautier a parfois de brusques retours vers le positif et vers Rabelais, qu'il semble connaître à fond et apprécier comme l'apprécient tous ceux qui l'ont étudié. Ces retours sont pleins de charmes et d'attraits, et je ne sache pas dans tout ce qu'il a publié rien qui soit supérieur comme bon sens pratique, comme poésie réelle, comme sensibilité véritable — éloge si rare à lui adresser — au discours d'Albert à Rodolphe, dans *Celle-ci et Celle-là*. Pourquoi monsieur Gautier n'a-t-il pas suivi ses propres conseils, et a-t-il si souvent été chercher au delà de son horizon ce qu'il eût pu trouver autour de lui sans se déranger?

Mademoiselle de Maupin est l'œuvre capitale de monsieur Gautier et celle dans laquelle il a développé tout à son aise l'idée sur laquelle il revient si souvent et qui est celle-ci : La beauté physique, la forme palpable partout où elle se rencontre, la nature, comme on disait au dix-huitième siècle, a été injustement frappée de réprobation par le christianisme et par l'ascétisme du moyen âge; elle a un attrait assez puissant pour que

l'on consacre sa vie à sa recherche et à sa possession,
en mettant de côté tout mouvement des facultés intellectuelles.

Je veux bien admettre que, par esprit de réaction et
pour mater plus victorieusement la chair en révolte
contre l'esprit dans tout le polythéisme ancien, la religion chrétienne ait été trop loin dans sa réprobation
contre la matière, et ait négligé plus qu'il ne le fallait
une enveloppe qui a aussi sa beauté; mais, de là à la
réhabilitation en forme de la chair, il y a loin, et, en
laissant le côté philosophique et prenant celui exclusivement littéraire, un dithyrambe en deux volumes,
sur les seules poésies de la matière, duquel on aura
élagué avec soin la peinture du moindre mouvement
de l'âme, fût-il fait avec plus d'adresse et de charme
encore que *Mademoiselle de Maupin*, ne constituera
jamais une œuvre sérieuse, et arrivera forcément à des
détails qui pourront la faire regarder par des gens
scrupuleux comme un mauvais livre. Je sais bien que
ce n'est pas à ces gens-là que s'adresse un roman, et
que l'auteur peut toujours se mettre à l'abri derrière
de fort bonnes intentions; mais cette excuse est bien
difficile à admettre, et je crois qu'aux yeux du public
l'intention n'est rien et le livre est tout. Or, le livre
dont nous parlons, pris dans son ensemble et en négligeant les détails, est une suite de peintures fort ha-
biles, fort ingénieuses et spirituelles la plupart du
temps, mais fatigantes, parce qu'elles ne représentent
que la superficie et n'ont aucun lien qui les unisse
entre elles, aucun sentiment moral sur lequel elles s'appuient. La dernière scène du roman, celle où Madeleine de Maupin, sans amour, sans entraînement de

tête, de cœur ou même de sens, se livre à Albert pour satisfaire sa curiosité, est une des plus pénibles que l'on puisse imaginer. Le style même perd la couleur et l'éclat qu'il avait jusque-là, et l'on peut croire que l'auteur, convaincu de son erreur, n'ait rien voulu faire pour la pallier, et ait eu hâte d'arriver à la conclusion. C'est que l'âme, l'âme seule, donne de la valeur à la poésie des sens et trace autour d'elle cette barrière transparente mais infranchissable qui sépare la volupté de la débauche.

Le langage de monsieur Gautier n'est certes pas bien châtié, et ce style, qui veut être expressif et imagé à tout prix, tombe parfois dans des détails dont il ne se retire pas à son avantage ; mais, par moments aussi, il se plie avec une grande flexibilité à l'expression de certains états poétiques, et, sous ce point de vue, la délicate arabesque tracée par Charles Nodier, avec tant de grâce, autour de la figure de Jeannie, dans sa célèbre phrase du *Lutin d'Argail*, peut seule entrer en comparaison avec les lignes suivantes, que Balzac, qui s'y connaissait, admirait tant : « Idéal, fleur bleue au cœur d'or, qui s'épanouit tout emperlée de rosée sous le ciel du printemps, au souffle parfumé des molles rêveries, et dont les racines fibreuses, mille fois plus déliées que les tresses de soie des fées, plongent au profond de notre âme avec leurs mille têtes chevelues pour en boire la plus pure substance ; fleur si douce et si amère, on ne te peut arracher sans faire saigner le cœur à tous ses recoins, et de ta tige brisée suintent des gouttes rouges, qui, tombant une à une dans le lac de nos larmes, nous servent à mesurer les heures boiteuses de notre veille mortuaire près du lit de l'Amour

agonisant. » La pensée sans doute ne s'aperçoit pas
très-nettement au milieu de cette mélodie phraséolo-
gique, les idées y sont entortillées; mais il vous reste
dans l'oreille je ne sais quel murmure musical, comme
le résonnement d'une harpe entendue le soir à travers
les bois. C'est précisément là ce que je reproche à monsieur Gautier; je voudrais que les étoffes qu'il agite
devant nos yeux fussent moins séduisantes, et que l'on
sentît plus souvent un être vivant s'agiter dessous. C'est
surtout là le défaut de *Mademoiselle de Maupin*. L'auteur ne s'en est pas caché : « Le monde où je vis n'est
pas le mien, et je ne comprends rien à la société qui
m'entoure. Le Christ n'est pas venu pour moi, je suis
aussi païen qu'Alcibiade et Phidias. Je n'ai jamais été
cueillir sur le Golgotha les fleurs de la passion, et le
fleuve profond qui coule du flanc du crucifié, et fait
une ceinture rouge au monde, ne m'a pas baigné de
ses flots; mon corps rebelle ne veut point reconnaître
la suprématie de l'âme, et ma chair n'entend point
qu'on la mortifie. Je trouve la terre aussi belle que le
ciel, et je pense que la correction de la forme est la
vertu. La spiritualité n'est pas mon fait. » Plus loin :
« Le côté simple et naturel des choses ne se révèle à
moi qu'après tous les autres, et je saisirai tout d'abord
l'excentrique et le bizarre. » Cet aveu a son prix. « Je
comprends parfaitement une statue, je ne comprends
pas un homme; où la vie commence, je m'arrête et re-
cule effrayé comme si j'avais vu la tête de Méduse. Le
phénomène de la vie me cause un étonnement dont je
ne puis revenir. En revanche, je comprends parfaitement l'inintelligible; les données les plus extravagantes
me semblent fort naturelles, et j'y entre avec une faci-

lité singulière. » Ces citations, que je pourrais continuer à l'infini, doivent suffire, et, pendant tout le roman, monsieur Gautier tient avec une remarquable
bonne foi les promesses de ce programme.

Mademoiselle de Maupin est un livre dont la lecture
doit attrister profondément ceux que la littérature intéresse encore, et qui pensent que l'art d'écrire ne devrait être employé que comme un sacerdoce. Rarement,
en effet, plus de talent, plus d'heureuses facultés, plus
d'adresse à savoir manier la phrase, n'ont été appliqués à soutenir un paradoxe plus infécond et plus vulgaire.

Fortunio appartient à la même classe de productions
matérialistes, mais avec beaucoup moins de prétentions
au système arrêté. C'est une glorification de la beauté,
de la forme tangible; mais ce n'est que cela et pas
autre chose. Sous ce rapport, nous ne contestons pas à
monsieur Théophile Gautier le droit qu'il avait de développer ce sujet, et nous reconnaissons qu'il a dépeint
ce qu'il aime de façon à faire hésiter les convictions
chancelantes. Le souper où il met Musidora en présence de Fortunio, et plus loin une journée que les
deux amants passent ensemble à Neuilly, sont, je crois,
les dernières limites du genre descriptif. On est émer-
veillé de cette habileté à travailler les mots de la langue
comme une pièce d'orfèvrerie, et l'on a quelque difficulté à s'apercevoir que le bijou est en cuivre plus
souvent qu'en or. La description du palais de Fortunio,
de l'*Eldorado* (titre sous lequel ce roman fut longtemps annoncé), me paraît assez pauvre, et je trouve
que monsieur Gautier, auquel l'imagination de l'impossible ne manque certes pas, eût pu se mettre

un peu plus en frais pour embellir la demeure de
son héros. L'idée de se faire peindre sur un mur les
jungles de l'Asie et les pampas de l'Amérique n'est
pas fort merveilleuse, et les murailles de tous les
marchands de vins de Paris se permettent ce luxe
effréné.

Cette habileté que je signalais tout à l'heure a joué
parfois de mauvais tours à monsieur Gautier, en habi-
tuant le lecteur à se préoccuper si peu de l'idée, que,
lorsqu'il s'en présente de vraiment originales ou de sérieuses, on les laisse passer sans y prendre garde. De
ce nombre est la lettre qui termine le roman de Fortunio, et qui contient, sous une forme malheureusement trop futile, une des plus amusantes critiques de
nos stériles idées de progrès. Les légers pastiches, inti-
tulés *Une Nuit de Cléopâtre* et la *Chaîne d'or*, peuvent
encore être rangés dans la même catégorie que *Fortunio*
et *Mademoiselle de Maupin*.

Il existe en littérature comme en peinture un certain
point d'intersection où l'idéal se mêle et se confond
avec la réalité; c'est la fantaisie, la faculté la plus délicate de l'imagination, et celle bien certainement sur
laquelle l'étude a le moins de prise. Cette faculté, si
dans un sujet si délicat il est permis de risquer une
définition, consiste à saisir les formes les plus élégantes
du monde extérieur, et à y ajouter, suivant les lois de
l'harmonie, les rêves les plus purs de l'imagination.
C'est la fantaisie qui a produit les encadrements des
peintures de Pompéi, les entrelacs et les enroulements
des chapiteaux romans, les floraisons des lancettes et
des roses ogivales, les arabesques de Raphaël, les orfé-
vreries de Cellini, les coquettes chantournures de Wat-

14

teau. La fantaisie, transportée de l'art dans la littérature, bien que l'on puisse en retrouver de curieux vestiges dans l'antiquité, est cependant une création moderne, et, sous ce rapport, certaines pièces de Shakspeare, la *Tempête*, le *Songe d'une nuit d'été*, peuvent passer pour les modèles les plus accomplis du genre. Cette faculté, monsieur Théophile Gautier la possède à un éminent degré, et il est permis de penser que, si son nom n'est pas englouti par le temps, ce n'est pas comme brutal amant de la forme qu'il sera étudié, mais comme un amusant et gracieux fantaisiste. La petite nouvelle intitulée *Un Nid de rossignols* est la meilleure de monsieur Théophile Gautier en ce genre, et j'avoue que, malgré toute son incohérence, j'ai pris un vif plaisir à la lecture d'*Une Larme du Diable*, dont certaines scènes, comme celle de la querelle de la sainte Vierge et de la Madeleine dans le Paradis, de la tentation d'Alix et de Blancheflor à l'église, et surtout celle où, dans la chaste chambrette de la jeune fille, tout prend une voix pour parler le langage brûlant de la volupté, sont traitées par un maître en ces sortes de choses. Je regrette autant et plus qu'un autre ce triste gaspillage du talent; mais je ne puis m'empêcher d'y être singulièrement sensible et de l'admirer tout en le regrettant.

Lorsque la fantaisie est poussée à l'extrême, et que, abandonnant tout à fait la réalité, elle se lance dans les espaces illimités du rêve, elle rencontre le fantastique, dont les règles et les lois ne sont plus définissables. Les Allemands ont poussé ce genre fort loin, et le merveilleux Hoffmann, dans le *Chat Mürr*, dans le *Pot d'or*, dans la *Princesse Branbilla*, a créé des œuvres qui ne sont belles qu'à la condition de ne pas être imitées. L'impression que l'on éprouve en lisant ces contes est celle de l'ivresse ou de la fièvre. C'est un état que l'esprit a un certain plaisir à connaître, mais dont, on le pense bien, nous ne recommandons l'usage à personne. La pente de la rêverie a amené quelquefois monsieur Gautier sur le terrain du fantastique, et ses productions en ce genre ont un caractère propre qu'il importe de reconnaître. Les nouvelles — charmantes toutes — de la *Cafetière*, *Omphale*, la *Morte amoureuse* et le *Club des Hachychins*, en sont les principales. Si l'on pouvait établir des catégories dans un sujet aussi flottant, il faudrait ranger la *Cafetière* dans le genre du fantastique somnambulique, *Omphale* représenterait le fantastique galant et sentimental, le *Club des Hachychins* le fantastique hilare, et la *Morte amoureuse*, la meilleure de toutes ces étrangetés, le fantastique morlaque avec sa croyance aux goules et aux vampires. Mais c'est assez nous arrêter à ces singulières et, le dirons-nous, attachantes maladies de l'esprit, il faut revenir sur un terrain plus ferme, et où les investigations de la critique puissent distribuer l'éloge ou le blâme à meilleur escient.

Vers 1840, monsieur Gautier, accompagné d'un ami, fit un voyage en Espagne, dont le récit, publié d'abord dans un journal, a été réuni depuis en volume sous le titre de : *Tra los Montes*. Ces lettres, auxquelles monsieur Gautier n'attache peut-être qu'une importance secondaire, sont cependant son meilleur ouvrage. Son talent de description a trouvé là un cadre tout fait pour se développer à son aise. Point de course haletante et inutile après les idées, point de paradoxes pris pour des pensées, point d'excentricité fatigante, l'auteur n'avait nul besoin de se préoccuper de tout cela, mais bien de rendre exactement, agréablement, ce qu'il avait vu; et c'est ce à quoi il a réussi au delà de toute expression. Depuis la première ligne jusqu'à la dernière, les tableaux qui se déroulent sous nos yeux sont touchés avec une verve qui ne se ralentit pas un instant. Paysages, fêtes, spectacles, monuments, individus, vie pleine d'incidents et de surprises, tout cela a été rendu par monsieur Gautier de façon à faire pâlir d'ici à longtemps l'intérêt d'un récit d'un voyage en Espagne. Ce qui me charme surtout dans ce livre, c'est la bonhomie et l'abandon avec lequel il est fait. C'est un poëte, un artiste, un rêveur, qui voyage, qui veut voir si la réalité ressemble au songe qu'il a fait jadis, et qui part pour le toucher du doigt, qui raconte ses étonnements et ses désillusions à propos de son idéal, et, sans s'en rendre compte, le remplace par une vérité plus belle et plus attachante; mais qui n'a été chercher, qui n'a vu et examiné que ce qui l'intéressait lui, poëte, laissant à l'homme d'État, à l'économiste, à l'industriel, le soin de faire leur métier avec le même amour qu'il fait le sien. C'est cela et pas autre chose. Pendant tout le volume, il est impossible de connaître la forme gouvernementale du pays que l'on parcourt. Cette profonde et bienheureuse insouciance me charme plus que je ne saurais dire. C'est du bon sens pratique, si jamais il en fut. Poëte et artiste, monsieur Théophile Gautier ne s'occupe que de poésie et d'art, et il serait à désirer pour le bien général que chacun suivît sa vocation avec la même constance. Certains tableaux ont un attrait et un entraînement irrésistibles. Telle est la

description des combats de taureaux. Dans d'autres,
comme l'ascension du Mulhacem ou la description de
l'Alhambra, la poétique rêverie inspirée par les lieux a
passé dans le style et apporte à l'imagination une
vague teinte de laurier-rose ou une image de neige al-
pestre immaculée qui calme et rafraîchit. A la fin de
l'ouvrage, dans les lignes d'adieu adressées à l'Espagne
et dans celles où il parle des affections qu'il va retrouver en France, l'auteur a rencontré un attendrissement, une émotion, que l'on ne trouve chez lui qu'à
de bien rares intervalles.

Jusqu'ici nous n'avons considéré monsieur Gautier
que comme écrivain créateur, tirant ses idées de son
propre fonds; il nous reste, pour compléter sa physionomie, à le montrer sous un aspect de critique et à
examiner ses travaux sur les idées, le fond et la forme
des autres.

Les *Grotesques* sont son unique ouvrage en ce genre.
C'est une collection d'études sur quelques poëtes oubliés des siècles précédents, et surtout sur ceux du
temps de Louis XIII et de la Fronde, qui ne doivent
maintenant leur célébrité qu'à un hémistiche de Boileau. C'est le même travail qu'a repris depuis, mais
avec une autre science, monsieur Philarète Chasles, et
qui a été publié, je crois, sous le titre des *Victimes de
Boileau*. Ce livre, je n'hésite pas à le dire, puisque
monsieur Gautier lui-même l'a reconnu plus tard, n'est
nullement sérieux. On se tromperait si l'on espérait y
trouver une étude quelconque des sources si diverses
auxquelles Saint-Amand, Scudéri, Colletet, Scarron,
ont puisé, de l'influence qu'ils ont pu exercer sur leur
époque, un examen même superficiel de ces derniers

bouillonnements d'une langue qui allait se fixer dans
un moule que l'on a pu tenter de briser, qui peut être
insuffisant à notre époque, mais que l'on n'a pas encore remplacé. Ce n'était pas ce but que se proposait
monsieur Gautier dans les *Grotesques*. Fervent romantique, les noms jusque-là respectés, les classiques, comme
on disait alors, le gênaient particulièrement; il s'agis-
sait de les déconsidérer dans l'estime publique. Les attaquer de front n'eût pas été adroit, et c'eût été, je l'a-
voue, une ruse de bonne guerre de prouver, malgré les
affirmations de deux siècles où certes les grands esprits
n'ont pas manqué, que le talent était du côté des adversaires de ces mêmes classiques, ou de ceux qui
avaient suivi d'autres voies. Considérés à ce point de
vue, les *Grotesques* sont un paradoxe spirituel, mais
trop long, et qui manque de la gravité qui ne doit jamais abandonner un auteur quand il veut faire réussir
de pareilles entreprises. La critique de monsieur Gautier effleure à peine l'épiderme des auteurs qu'il a entrepris de défendre. Dans son amour pour la forme, il
s'arrête à des détails sans valeur et néglige la substance
même de l'œuvre, et, par conséquent, se prive de beaucoup d'arguments pour la défense de son opinion. Il
fait des lazzi, des bouffonneries toujours amusantes, mais
pour des raisons, il n'en apporte aucune; et, si l'on
n'en tient pas compte dans un travail de critique,
quand s'en servira-t-on? Au surplus, tout ce que nous
pourrions dire sur les *Grotesques* serait loin de valoir
le jugement porté par monsieur Gautier lui-même dans
une post-face terminant le second volume. Je ne cède
pas au vain plaisir d'opposer un auteur à lui-même,
monsieur Gautier l'a fait avec une grâce et un esprit

que je n'ai pas la prétention d'égaler; je regrette seulement de ne pouvoir citer ce morceau en entier, un des plus remarquables et des plus substantiels de l'auteur des *Grotesques* : « La plupart des pauvres diables dont nous nous sommes occupé seraient tout à fait inconnus si leurs noms n'avaient pas été momifiés dans quelque hémistiche de Boileau, à qui, à défaut de hautes qualités de poëte, nul ne peut refuser un bon sens cruel. Dans le cours de nos appréciations, nous avons fait petite la part de la critique, *trop petite même*, occupé que nous étions à faire valoir les perles fines que nous avions trouvées dans le fumier de ces Ennius, et aussi, il faut bien l'avouer, des perles fausses. — Nous ne proposons en aucune manière comme des modèles les pauvres victimes de Boileau, et notre indulgence n'a rien de bien dangereux. Il n'est pas urgent de démontrer que Scudéri est un poëte détestable, et de déployer contre lui une grande verve d'indignation. Notre pitié pour les victimes nous a quelquefois fait parler avec irrévérence des oppresseurs puissants; nous n'avons pas suffisamment respecté les bustes sous leurs majestueuses perruques de marbre, et il nous est arrivé de parler de Boileau Despréaux comme un jeune romantique à tous crins de l'an de grâce mil huit cent trente. » Il y a loin de ce ton modeste et contrit à la hauteur de mauvais goût de certaines pages des *Grotesques*. On sent qu'au fond monsieur Gautier fait amende honorable de ses opinions exagérées, et ce n'est pas nous qui le blâmerons de ce retour au bon sens. Il fait trop rarement appel à son jugement pour ne pas le féliciter toutes les fois qu'il s'y adresse.

Ce n'est pas non plus par une extrême profondeur
d'aperçus et par une science bien transcendante que se
distinguent les articles de critique littéraire et dramatique que publie depuis quinze ans monsieur Théophile
Gautier dans le journal la *Presse*. Mais ici ce serait
demander l'impossible. La rapidité avec laquelle sont
composés ces articles éloigne toute idée de travail soutenu, et d'ailleurs la presque totalité des œuvres dont
il y est question ne mériteraient pas cet honneur. Ce
que le public cherche avant tout dans ces feuilletons,
c'est un aperçu vif et animé des pièces représentées
dans la semaine, c'est un décalque en petit du sujet
plutôt qu'une appréciation de ces pièces; et, dans ces
comptes rendus, monsieur Gautier a déployé un talent
pour lequel je ne lui connais pas d'égal. Depuis quinze
ans qu'il se livre à cet épouvantable travail de journaliste, sa fécondité et son entrain n'ont jamais faibli,
ces aperçus n'ont rien perdu de leur ingénieuse originalité. Sachant diversifier sa manière tout en restant
semblable à lui-même, il n'a jamais été monotone un
jour, et son feuilleton d'hier était rempli d'idées tout
aussi imprévues que celui d'il y a dix ans, exprimées
dans un style tout aussi pittoresque et moins lâché.
On ne sait pas assez tout ce qu'il faut de force, de fécondité, de ressources, pour résister à cette pompe aspi-
rante du journalisme, à cette nécessité d'avoir du talent, de la verve, de l'esprit à heure fixe, tout ce qu'il
faut de souplesse dans l'intelligence pour présenter au
public la même tartine sous une forme différente.
Monsieur Gautier est bien certainement le seul qui ne
se soit pas usé à ce métier, et qui ait su conserver une
fleur de talent que ses collègues ont perdue depuis long-

temps. Il a gardé, en outre, de ses premières années
littéraires, un sentiment de poésie, une sympathie pour
l'art élevé, un mépris de la vulgarité qu'aucun des
autres feuilletonistes ne porte à un aussi éminent degré
que lui. Presque seul, au bas de son journal, il défend
avec intrépidité et souvent avec bonheur la beauté de
la Muse contre les attouchements impudiques des impuissants. Si l'éducation artistique du public se fait un
jour, s'il devient jamais capable de préférer la grandeur au commun, s'il peut jamais comprendre pourquoi Delacroix et Victor Hugo ont une valeur qu'Horace Vernet ou Scribe n'ont pas, ce sera en grande
partie à monsieur Gautier qu'il faudra attribuer l'honneur de cet heureux changement.

En même temps que de la critique théâtrale, monsieur Gautier fait de la critique d'art, et son titre d'ancien élève du peintre Rioult lui a dès le commencement
donné dans les questions de pratique une espèce d'autorité qui ne s'acquiert qu'avec le temps. Si monsieur
Gautier a déployé une vive intelligence, il faut bien
avouer qu'il s'est rarement montré critique bien savant
et bien profond, et ce défaut est moins pardonnable
que pour sa critique de théâtre; car il a tout le temps
de se préparer, et d'ailleurs ses premiers travaux lui
ont permis de s'approprier des connaissances que bien
d'autres ne possèdent pas au début. Mais ce n'est pas
la science qu'il faut demander à cet esprit tout de sensation et de fantaisie, et il ne serait pas généreux d'insister sur ce point. A prendre sa critique d'art telle
qu'elle est, on doit lui reprocher un abus de termes
techniques et d'expressions d'ateliers, qui, à défaut de
bonnes raisons, ont pu étourdir un instant, mais qui,

à l'heure qu'il est, ne trompent plus personne et ne
servent que bien peu à cacher l'impuissance de ses
observations. Il est arrivé d'ailleurs maintes fois que
monsieur Gautier, embarrassé de louer ou de blâmer,
esquive la difficulté en faisant une description que personne, il est vrai, ne trouve trop longue, mais qui ne
prouve rien, et manque ainsi au principal devoir de la
critique. Ce procédé, auquel la masse se prend toujours, n'en est pas moins un subterfuge d'autant moins
acceptable chez monsieur Gautier, que, quand il veut
bien ne pas se laisser aller à son penchant, il apporte
à l'appui de ses observations des arguments parfaitement sérieux. Toutefois et pris en masse, ses travaux sur
l'art méritent les mêmes éloges que ceux sur le théâtre.
Sa sympathie a toujours été acquise aux tentatives
grandes et élevées. Au moment où messieurs Ingres,
Delacroix, Decamps, Marilhat, Préault, étaient niés avec
le plus grand sang-froid par des gens qui leur préfé-
raient messieurs Blondel, Heim, Bidault, Lemaire, il
s'est jeté tête baissée dans le courant et a été un des
premiers à lutter contre lui et à essayer de le rompre.
Avec une bienveillance sur laquelle je ne saurais trop
insister, il a toujours été au-devant des jeunes talents,
a cherché à découvrir chez eux la plus petite veine, le
plus mince filon de mérite, et, par ses encouragements,
par ses éloges, les a toujours soutenus dans le chemin
où ils entraient. Cette loyale manière d'agir, je le sais,
n'est que de la reconnaissance ; car personne plus que
monsieur Gautier, et tous les adeptes de la jeune école,
n'a rencontré autant d'actifs soutiens et de puissantes
sympathies à ses débuts. Mais, si la reconnaissance est
chose rare, elle est rarissime dans le monde littéraire,

et la manière délicate dont monsieur Gautier en use
en double encore le prix.

Si maintenant, pour nous placer dans une sphère
d'impartialité assez haute pour que les considérations
du moment n'y arrivent pas, nous essayons de pressentir le jugement de l'avenir sur les œuvres de monsieur
Gautier, il faut bien dire qu'il doit craindre pour elles
le même oubli que celui qui enveloppe ses chers *Grotesques*. En sacrifiant, comme il l'a fait, à l'amusement
d'une heure, en appelant à son aide l'esprit à outrance,
le paradoxe quand même, le genre papillotant, il a
obtenu ce qu'il cherchait, le succès du moment, mais
aux dépens de tout ce qui attire et retient autour d'une
œuvre une attention sérieuse, et de tout ce qui lui
donne de la durée. Puis, en abdiquant sa personnalité,
en se mettant à la remorque d'un genre vers lequel la
pente de son esprit élégant ne le portait pas autant
qu'il l'a cru, il a perdu les droits à être jugé de la
même façon et avec les mêmes précautions qu'un esprit
sérieusement créateur. Il restera peu de choses de
monsieur Gautier, comme en général de la plupart des
écrivains de la littérature à images. Son style même,
où il a poussé plus loin que pas un l'art de remuer
les mots sans trop se préoccuper des idées, ira rejoindre dans l'oubli les tours de force de tous les équi-
libristes de la phrase. Et, si quelque jour un esprit curieux et fureteur, alléché par les jouissances de la
recherche, entreprend, sur la littérature moderne, le
travail de monsieur Gautier sur celle de Louis XIII et
et de la Régence, en découvrant cette grâce de fantaisiste, en rendant justice à un sentiment poétique assez
profond, en se laissant séduire par la verve spirituelle

et par la facilité imaginative qui ne font jamais défaut,
il se prendra sans doute à regretter que ces qualités,
toutes secondaires qu'elles soient, n'aient pas été employées d'une façon plus profitable pour elles, et n'aient,
après tout, réussi à former qu'un Delille romantique.

SAINT-MARC GIRARDIN.

On prétend que Voltaire, résumant son admiration pour Racine, écrivait sur chaque page de son exemplaire : « Beau, sublime, admirable! » On pourrait de même résumer son jugement sur monsieur Saint-Marc Girardin en écrivant au bas des pages de ce professeur : « Froid, terne, fatigant! » Ce n'est pas qu'il manque de talent et de science, mais c'est un talent négatif, sans chaleur et sans expansion ; maladroit en ce qu'il adresse au raisonnement des questions que le sentiment seul peut résoudre ; fatigant parce qu'il cherche à prouver ce dont il est incapable de vous convaincre. Mais c'est une science vulgaire qui finit par irriter et à laquelle on est tenté de préférer une ignorance toute simple ; science de rhéteur et de grammairien, qui, quoi qu'elle en ait, n'a qu'une médiocre sympathie pour les grands poëtes et pour les grands philosophes, les jugeant trop au point de vue des doctrines de la Sorbonne, ne se

15

laissant jamais aller, n'ayant jamais de ces bons premiers mouvements qui font les grands poëtes et quelquefois les grands critiques ; et essayant, mais en vain,
de transporter dans l'appréciation des passions humaines la faiblesse d'aperçus de l'enseignement du collége.

Cette critique n'est pas nouvelle. Dans le passé elle
peut revendiquer La Harpe pour ancêtre. Elle n'a pas la
vue mauvaise, elle l'a courte ; elle n'est pas hostile, elle
est sèche. Elle est à la grande critique, à la critique sévère, savante et sympathique de nos jours, ce que les
coches sont à la vapeur. Indifférente à l'art, inhabile
aux mouvements du cœur humain, ne se rendant pas
compte de l'énergie de la passion, elle essaye, à tort, de
les peser dans sa balance, et semble manifester la prétention de renfermer l'art dans des formules rangées,
classées et étiquetées comme les fioles d'une officine.
L'écrivain que nous voulons étudier ici n'est pas le chef
de cette école ; les représentants en sont moins rares
qu'on pourrait le supposer dans la littérature moderne,
qui, par une courtoisie bien entendue, leur a fait place
dans son sein, mais il en est un des adeptes les plus
tranchés, et celui qui en résume le plus nettement et
avec le plus de talent le caractère et les tendances. C'est
sous ce point de vue que nous tenterons de l'étudier.
Nous ne nous occuperons ici que d'un seul de ses ouvrages, le *Cours de littérature dramatique*. C'est celui
dans lequel il expose ses principes, développe ses théories, déroule son système ; c'est celui qui l'a posé comme
critique.

Dans le *Cours de littérature dramatique*, dont le second titre : *De l'usage des passions dans le drame*,
explique mieux la portée, ou du moins la prétention,

l'auteur examine les divers mouvements du cœur humain mis en rapport avec nos actes, et recherche de
quelle façon, soit jadis, soit de nos jours, les auteurs
dramatiques ont développé cette étude et approfondi
les secrets qu'elle dévoile, ou les observations qu'elle
fait naître. Ai-je besoin de dire que, dans cet examen,
les anciens ont, la plupart du temps, le pas sur les modernes, et que la partialité en faveur des premiers est
souvent poussée jusqu'à l'aveuglement. Mais n'antici-
pons pas, et faisons d'abord remarquer que, malgré le
second titre de son ouvrage, monsieur Saint-Marc Girardin examine trop succinctement la passion comme
ressort dramatique. Et encore n'en examine-t-il qu'une
seule : l'amour, auquel il consacre quelques pages à la
fin du second volume. Quant aux autres : la gloire,
l'honneur, l'ambition, l'envie, l'avarice, il s'y arrête
d'une façon tellement secondaire, que personne n'y
prend garde. En donnant pour titre à la plupart de ses
chapitres : l'*Amour de la vie*, la *Douleur physique*,
l'*Amour paternel*, l'*Amour maternel*, la *Piété filiale*,
la *Piété envers les morts*, etc., etc., l'auteur a cru avoir
affaire à des passions, et s'est trompé. Il a confondu des
intérêts, des sentiments, des devoirs, avec la passion.
Ce n'est pourtant pas la même chose, et on a lieu de
s'étonner qu'un professeur aussi savant que monsieur
Saint-Marc Girardin ait confondu ces divers phénomènes entre eux. Il demande quelque part à la littérature
de « représenter les affections naturelles comme des
sentiments, comme des devoirs, et non comme des instincts. » Il ne devrait pas ignorer que le développement
d'un sentiment ou d'un devoir pourra fournir la matière d'une étude morale ou d'un roman, mais jamais

celle d'une action dramatique. Il ne semble pas, au
reste, avoir grande confiance dans cette recommanda-
tion, car, dans le second volume, à propos d'Oreste et
du remords dont il est la personnification, « qui va
partout où va le crime, et qui est un instinct supérieur
au raisonnement, » il se déjuge lui-même et fait bon
marché de son imprécation contre l'instinct. Que devient dans ce cas sa théorie, et pourquoi accorder à
Eschyle un droit que l'on dénie aux modernes? C'est
que monsieur Girardin ne s'est pas rendu compte d'une
chose : que les devoirs ne sont pas du ressort du drame,
mais de la philosophie. Les passions sont indispensables
à un art dont le but est d'intéresser. Les devoirs, au
contraire, sont de la compétence de la philosophie, qui,
avant tout, cherche à moraliser.

Mais admettons que tous les phénomènes dont parle
monsieur Girardin soient des passions; dès l'abord, il
soulève avec adresse la question d'antagonisme entre le
théâtre ancien et le théâtre moderne, et pose pour pré-
misse ce qui devrait être la conséquence de son examen : la supériorité du premier sur le second. « Le
théâtre ancien prend pour sujet les passions du cœur
humain les plus générales et les plus communes : l'a-
mour, la tendresse maternelle, la jalousie, la colère; et
ces passions, qui sont simples de leur nature, il les représente simplement. » — (Est-ce que monsieur Girardin croirait par hasard, comme les phalanstériens,
aux passions composées?) « — Le théâtre moderne, au
contraire, cherche, en fait de passions, les exceptions
et les curiosités avec autant de soin que le théâtre
ancien les évitait. » Avant d'aller plus loin, et pour
suivre monsieur Saint-Marc Girardin à la piste, je

nie formellement la justesse de cette manière de voir.

Le théâtre moderne n'est ni supérieur ni inférieur au théâtre ancien ; il est différent, mais il lui est égal. Il s'adresse à un ordre d'idées, à des mœurs, à des habitudes, à des sentiments différents, mais tout aussi vrais, et qui ont le privilége de nous émouvoir, de nous faire sourire ou trembler, comme les anciens auteurs dramatiques faisaient sourire ou trembler les auditeurs, du temps de Périclès ou d'Auguste. Juger les uns au nom des lois applicables aux autres est donc souverainement injuste, et c'est pourtant ce que fait monsieur Girardin : c'est là le secret de ses victorieux arguments. Ce manque de bonne foi ne saurait être une méthode de critique sérieuse, et donnerait le droit de rétorquer l'argument contre son auteur. Si quelqu'un, se jetant dans l'extrême opposé, venait condamner les *Choéphores*, ou *OEdipe roi*, ou les *Sept chefs devant Thèbes*, ou *OEdipe à Colone*, au nom de la poétique dans laquelle sont conçus *Chatterton*, *Ruy Blas*, ou le *Père Goriot*, monsieur Girardin n'aurait rien à dire, et la question resterait insoluble. Elle ne l'est pas cependant, et les beautés d'Eschyle et de Sophocle n'ôtent rien à celles de messieurs Hugo, de Vigny, et de Balzac. « Le théâtre moderne, ajoute l'auteur, recherche avant tout les exceptions et les curiosités, » et, pour preuve, il cite Lucrèce Borgia, c'est-à-dire l'amour maternel, « une exception, une curiosité. » J'accepte l'argument ; mais, à mon tour, je voudrais savoir de quoi se compose le théâtre ancien, et si OEdipe, c'est-à-dire un fils qui commence par tuer son père et qui finit par épouser sa mère ; si Phèdre, c'est-à-dire une mère amoureuse de son fils dont elle finit par désirer la mort ; si les Atrides, c'est-à-dire un père égorgeant sa fille, une femme égorgeant son mari, un fils égorgeant sa mère, sans compter les autres crimes de la famille; si, en un mot, la plupart des sujets qui défrayent le théâtre grec et le théâtre français, hélas! ne sont pas des exceptions beaucoup plus exceptionnelles encore que Triboulet, que Lucrèce Borgia, que Chatterton, qui certes n'est guère criminel. Espérons, pour la société ancienne, que la plupart des personnages de son théâtre étaient des exceptions. C'est même l'unique raison qui fait que la littérature et la poésie s'en sont emparées et les ont transmises jusqu'à nous. Monsieur Girardin ne devrait pas l'ignorer.

Je ne doute pas que l'auteur ne comprenne la portée et l'intérêt de la littérature moderne, mais il apporte dans son examen une telle partialité, il les considère d'un point de vue si étroit et si étrange, que je comprends que son intelligence, sous ce rapport, ait été mise en doute plus d'une fois. Quelques exemples rendront ma pensée plus claire. En parlant du sentiment paternel, monsieur Girardin l'examine dans *OEdipe*, dans le *Roi Lear* et dans le *Père Goriot*, et il ne remarque pas que chacun de ces caractères est une analyse, un cas particulier, une étude sur la paternité dans tel ou tel individu, et non une synthèse, comme l'*Avare*, ou *Tartufe*, ou le *Glorieux*. C'est un fait isolé, transporté sur la scène ou dans le roman, et laissant au lecteur le soin de conclure par induction; mais il est certain que ce sentiment se comportera autrement chez un ancien vermicellier que chez un roi grec, ou chez le roi anglais, sans pour cela cesser d'être vrai.

Il en est de même de *Triboulet*, du *Roi s'amuse* et

de *Lucrèce Borgia*, deux œuvres pour lesquels monsieur Saint-Marc Girardin a réservé tous ses anathèmes. De quelque façon que l'on juge ces créations, tout esprit impartial y reconnaîtra pour principe la pensée même qu'y a voulu mettre l'auteur, à savoir : que la plus grande dégradation, soit physique, soit morale, que l'abjection la plus profonde, conserve toujours un côté par où l'âme peut revenir au bien, une échappée par où pénètre la rédemption ; il reconnaîtra, pour nous servir des expressions du poète : « qu'au fond de tout homme, si désespéré et si perdu qu'il soit, Dieu a mis une étincelle qu'un souffle d'en haut peut toujours raviver, que la cendre ne cache point, que la fange même n'éteint pas : — l'âme. » Qu'une semblable thèse, étudiée dans une nature comme Triboulet et Lucrèce Borgia, soit excessivement délicate à soutenir, je l'accorde ; qu'il y ait eu au moins imprudence et bien certainement impuissance à la développer d'une manière convenable, cela peut être ; mais que, pour avoir bon marché de ces fautes, un esprit d'une valeur incontestable comme celui de monsieur Saint-Marc Girardin, aborde le sujet en dessous comme s'il craignait de le voir de face, c'est juger un édifice en en examinant les caves, c'est condamner un tableau en le regardant par derrière, c'est surtout vouloir s'attirer, de gaieté de cœur, le reproche de mauvaise foi littéraire. C'est, en outre, faire trop beau jeu à ses adversaires que de passer à côté de la faute sans la signaler, et d'en aller chercher là où il n'y en a point. L'aveuglement conduit monsieur Saint-Marc Girardin jusqu'à examiner longuement certaines pièces de Voltaire, *Mérope*, *OEdipe*, *Adélaïde Duguesclin*. Or, tout en rendant jus-

180 PORTRAITS A LA PLUME.

tice à Voltaire, je crois ne pas lui faire injure en disant
qu'il ne faut pas le juger sur ses œuvres dramatiques,
qui passent depuis longtemps, et à juste titre, pour
des travaux d'une grande faiblesse, et que soulever
le voile d'oubli qui les couvre est le fait d'un ami maladroit.

Les exemples de cette inintelligence affectée ou vraie
sont nombreux dans les deux volumes du *Cours de littérature dramatique*, mais nulle part peut-être ils ne
sont plus frappants que dans l'examen du roman de
monsieur Mérimée, *Colomba*. A propos de Castor et
Pollux, d'Oreste et d'Électre, et après avoir examiné
les œuvres anciennes qui reposent sur l'amour fraternel, l'auteur affirme que c'est le même sentiment qui
sert de base à Colomba, dont il admire beaucoup les
développements. Il est fâcheux que son admiration
tombe si mal; mais on conviendra que, pour une sœur,
c'est une étrange marque d'amitié à donner à son frère
que de l'exciter, par tous les moyens possibles, à jouer
sa vie, soit contre un coup de fusil, soit contre le bour-
reau. Colomba aime tant son frère, le capitaine Orso,
que l'idée de sa perte ne lui vient pas une fois à l'esprit
tant qu'il n'a pas tué les deux Barricini. Monsieur
Saint-Marc Girardin s'est trompé avec Colomba comme
avec tout le reste; il a passé à côté de l'intérêt principal pour ne voir que l'intérêt secondaire. Savez-vous
ce que c'est que Colomba? ce n'est pas l'amour fraternel, c'est la vengeance. C'est la vengeance jointe au
sentiment de l'honneur, compris d'une certaine façon.
Nos mœurs et nos idées peuvent le repousser, mais il
faut en accepter la donnée telle qu'elle est. Je vais plus
loin, et je prétends que tout lecteur attentif sera frappé

d'une chose, c'est que, dans les épanchements les plus intimes d'Orso et de Colomba, la jeune fille garde toujours pour son frère aîné, pour le chef de la famille, une déférence qui tient plus du respect filial que de l'amour fraternel. Cette nuance devait échapper au savant professeur, mais je ne comprends pas qu'il se soit aussi étrangement trompé sur le fond même de l'œuvre.

Quant au reproche de mauvaise foi que je lui adresse, je veux en citer un exemple tel, que le doute ne soit plus permis. Dans le chapitre intitulé *Des pères dans la comédie*, après avoir examiné la situation d'Harpagon et de Mithridate à l'égard de leurs fils Cléanthe et Xipharès, situation identique, puisque chaque père arrache par une ruse, à la femme aimée par son fils, l'aveu de son amour, monsieur Saint-Marc Girardin, arrive à la scène du quatrième acte de l'*Avare*, où Cléanthe repousse loin de lui les menaces ridicules de son rival, se demande de quelle façon le théâtre moderne eût traité une scène pareille, s'il l'eût rencontrée. Comme il eût été fort embarrassé de trouver cette situation dans le théâtre moderne, qui, disons-le à sa louange, a toujours professé un profond respect pour le sentiment paternel, il l'invente à sa façon, compose une scène ridicule, comme beaucoup de marchands de mélodrames ne voudraient pas en faire, subterfuge qu'il croit expliquer de la façon suivante : « Un de mes amis, romancier et dramaturge célèbre, a bien voulu, à ma prière, écrire la scène dans le ton du drame moderne. » et finit par cette sonore péroraison : « Voilà, dans le style du drame moderne, la traduction du mot : « Je n'ai que faire de vos dons. » Quel est,

de ces deux mots, le plus corrupteur? Quel est celui
qui met le plus en discussion le mystère de l'autorité
paternelle? Le sérieux du drame est d'autant plus dangereux, qu'il corrompt la raison par le sophisme, et le
cœur par l'émotion. La comédie plaisante, le drame
argumente. Ne dites donc plus, avec J.-J. Rousseau,
que la comédie de Molière est une école de dépravation.
C'est la mauvaise comédie et le drame qui dépravent
le cœur, parce qu'ils ont la prétention de prêcher et
d'instruire, parce qu'ils énervent les âmes par la sentimentalité et corrompent les esprits par le sophisme.
La bonne comédie amuse aux dépens des vices qu'elle
oppose les uns aux autres; mais elle n'en recommande
et n'en préconise aucun. »

C'est, il faut l'avouer, une singulière manière d'a-
voir raison; et, si une pareille argumentation a été faite
de bonne foi, elle prouve une robuste croyance dans la
naïveté des lecteurs. Où monsieur Saint-Marc Girardin
a-t-il vu que le théâtre moderne s'exprimât de cette façon? qu'appelle-t-il le drame? *Macbeth*, est-ce un drame?
Othello, est-ce un drame? Le *Cid*, est-ce une tragédie?
S'il va étudier son sujet au boulevard, s'il prend pour
type les mélodrames qui s'y représentent chaque soir,
l'imitation pourra être bien faite, et encore la question
de bonne foi resterait tout entière; mais, si le théâtre
moderne est ailleurs, si l'industrie théâtrale n'a rien
de commun avec l'art dramatique, quel nom alors fau-
dra-t-il donner à ce procédé? Que dirait-on si l'on entendait condamner Racine, Corneille, Rotrou, Crébillon, sur un pastiche maladroit de Campistron ou de
Lamothe? Monsieur Saint-Marc Girardin est donc deux
fois coupable. Mauvaise foi quand il condamne une imi-

tation faite par lui-même, et comme bon lui a semblé ;
mauvaise foi quand il imite des œuvres qui n'ont rien
de commun avec l'art contemporain. C'est l'histoire de
ce docteur qui argumentait contre son bonnet, et en ré-
futait victorieusement les raisons.

Mais ce n'est pas seulement le drame moderne qu'affecte de ne pas comprendre monsieur Saint-Marc Girardin. Sous une admiration sentencieuse, il n'est pas
difficile de reconnaître une intelligence médiocre du
théâtre ancien, ou du moins je veux croire qu'il en
comprend et en possède toutes les beautés ; mais, ce
qui est certain, c'est qu'il est impuissant à faire parta-
ger son admiration au lecteur. Sa froideur devant son
idole est désespérante, son enthousiasme n'a rien de
communicatif. On peut s'intéresser à sa rhétorique,
mais personne ne croira à son émotion. L'impuissance,
voilà le vice fondamental de cette école de critique.
C'est que l'esprit de dénigrement ne peut remplacer la
conviction, et que les élèves de cette école, s'ils déni-
graient l'art moderne, n'étaient rien moins que convaincus que l'art ancien fût l'unique voie de salut.
Aussi, impuissants à renverser ce qu'ils attaquent, ils
le sont surtout à protéger ce qu'ils défendent.

Les anciens, que le disert professeur nous permette
de le lui dire, n'y mettaient pas la malice qu'il trouve.
Le vieil Eschyle, le grand Sophocle, l'élégant Euripide
lui-même, se préoccupaient fort peu de l'effet des passions et des nuances du sentiment dans leurs pièces.
L'art des anciens n'était rien moins que spiritualiste :
leur poésie était lyrique, légendaire et nationale ; le
théâtre tournait dans un cercle de types hiératiques
qu'il n'a presque jamais franchi ; ils choisissaient tel

ait d'un de leurs demi-dieux ou de leurs héros, qui était dans la mémoire de chaque spectateur, comme la légende des saints chez nous, en prenaient les traits les plus saillants, les recouvraient d'une forme admirable, d'une poésie merveilleuse, d'une des langues les plus souples, les plus harmonieuses, les plus imagées dont les hommes se soient jamais servis, et les jetaient sur la scène aux applaudissements du peuple chez lequel le sentiment de l'art littéraire ou plastique a été poussé le plus loin. Si le style de nos vieux mystères avait une valeur quelconque, leur lecture donnerait une idée de l'impresssion des Grecs en écoutant les drames de Sophocle ou d'Eschyle. Mais, si l'on voulait chercher, dans les personnages sacrés de saint Joseph et de la vierge Marie, l'amour conjugal, dans le Rédempteur et sa divine mère, l'amour filial, on tomberait dans la même erreur que monsieur Saint-Marc Girardin à propos du théâtre ancien. Je laisse les détails de côté; mais, pour en citer un, j'indiquerai le passage où l'auteur dit (tome I, page 40) que Rome n'a jamais eu d'art dramatique. Qu'est-ce donc qu'Ennius, Pacuvius, Plaute, Térence, Sénèque? Est-ce parce qu'ils ont imité les Grecs qu'ils ne sont pas originaux? Ah! prenez garde : Racine, Corneille, Crébillon, Lafosse, Voltaire, Molière, Regnard, ont imité les Grecs et les Romains par-dessus le marché. Ne seraient-ils pas originaux, par hasard? ou bien auriez-vous deux poids et deux mesures?

Je n'insisterai pas sur ce côté de la question, j'aime mieux donner à l'auteur du *Cours de littérature* les éloges qu'il mérite pour la science déployée dans certaines parties de son ouvrage, entre autres dans l'étude sur la pièce originale de l'*Orphelin de la Chine*, qui, soit dit en passant, est un drame des mieux conditionnés; et, dans le chapitre où, à propos de la rivalité entre sœurs, il raconte, avec détail et intérêt, la pièce d'Ansaldo Ceba, les *Jumelles de Capoue*, qu'il est le premier à avoir signalée parmi nous.

Ce manque de goût élevé que j'ai démontré, cette étroitesse d'idées, cette aversion contre ce qui est original et vivant, ces admirations qui n'émeuvent personne, ces petits éloges pleins de petites réticences qui ne trompent personne, cette science stérile et chagrine qui sent la férule, sont ce que j'appelle la pédagogie littéraire. C'est la mesquine instruction du collège en présence du mouvement contemporain, c'est la vieille scolastique condamnant la philosophie nouvelle. Ce phénomène, je le répète en terminant, est plus commun qu'on ne le pense dans la littérature contemporaine. C'est sans doute la punition de la violence et du sans-gêne de ses débuts. Quoi qu'il en soit, si chaque écrivain représente plus particulièrement, madame Sand, l'intelligence; monsieur de Musset, le cœur; monsieur Hugo, l'imagination; monsieur de Balzac, l'observation; monsieur Karr, l'esprit; monsieur Saint-Marc Girardin sera l'ombre de ces qualités; il personnifie la froideur.

ART.

D. DIDEROT.

SALONS DE PEINTURE.

S'il fallait, pour la profession de journaliste, devenue si commune de nos jours, choisir un type qui en consacrât plus vivement et dans un lien plus serré les qualités et les défauts, les côtés brillants et les aspects dangereux, je ne crois pas que l'on pût en trouver un plus parfait que Diderot. Avec sa promptitude d'intelligence, qui s'emparait nettement, mais sans profondeur, des sujets les plus divers et souvent les plus opposés; avec sa verve fougueuse, sa facilité et son âpreté au travail; avec son style plein d'incorrections et en quelque sorte haletant, comme s'il craignait d'arriver en retard; mais découpant vivement la pensée dans le bloc de la phrase, et, avouons-le, avec un sens moral

16.

médiocrement développé, Diderot était taillé pour ce
labeur journalier qui consiste à prendre les événements
comme ils viennent, à les détourner de leur vrai sens
la plupart du temps, et, sur leur couleur primitive, à
les frapper d'une empreinte de peu de durée, mais
suffisante pour en faire, pendant quelques jours, la
monnaie courante d'un parti ou d'une faction. L'*Ency-*
clopédie est un recueil de premiers Paris de l'opposition
d'alors. Elle en a la valeur historique et philosophique.
Pendant quarante ans, depuis 1745 et l'*Essai sur le*
mérite et la vertu, jusqu'à l'*Essai sur les règnes de*
Claude et de Néron (1784), et sans compter l'*Encyclo-*
pédie, Diderot aborda tous les sujets, défendit toutes
les causes, attaqua tous les abus, soutint tous les paradoxes, vulgarisa tous les sophismes, se fit le canal de
toutes les erreurs ou le champion de toutes les vérités
avec la même fécondité et le même savoir superficiel,
et avec une bien autre vigueur que son maître Voltaire,
qui, comme lui, avait la prétention assez mal soutenue,
de l'universalité du savoir. Pendant quarante ans, il
mit son imagination au service de tout et de tous. Le
premier venu qui savait la frapper en obtenait quelque
chose. D'Alembert l'exploita pour l'*Encyclopédie*,
Grimm pour sa *Correspondance:* il a fait des sermons,
il a fait des livres obscènes et des livres d'histoire, des
traités de mathématiques, des manuels de gravure,
des méthodes de clavecin, des pièces de théâtre, des
pamphlets, des romans. Il a touché à tout, il n'a laissé
son empreinte sur rien. Cette complaisance verbeuse
allait si loin, que sa fille, madame de Vandeuil, raconte, dans la vie de son père, qu'il composa une fois
un prospectus pour un marchand de pommade qui était

venu le lui demander. « Il rit beaucoup, dit madame
de Vandeuil, mais il écrivit la notice. » Les anecdotes
de ce genre abondent dans la vie de Diderot. Il fit lui-
même l'épître dédicatoire d'un ignoble libelle contre
ses ouvrages qu'un jeune homme inconnu, mourant
de faim, était venu lui proposer d'acheter. « Je ne suis
pas assez riche pour payer cette calomnie, répondit
Diderot, mais je puis vous la faire acheter. Vous m'in-
téressez ; dédiez votre pamphlet au duc d'Orléans, qui
me hait ; il vous le payera bien. » Et, séance tenante,
Diderot fit lui-même la dédicace, que le libelliste était
incapable de composer.

Cette facilité primesautière est amusante, mais elle
n'accuse pas un grand sens moral et un respect de soi-
même poussé fort loin. Plusieurs traits de la vie de
Diderot confirment ce reproche. Une fois le feu de la
composition éteint, il ne se rallumait jamais chez lui.
Il ne se préoccupait que médiocrement de l'influence
bonne ou mauvaise de ses écrits. « J'ai su cela autrefois, mais je l'ai oublié, » répondait-il à quelqu'un qui
venait lui demander le sens d'un passage de ses ouvrages. Faut-il rappeler qu'avec la même plume dont
il écrivait, en 1745, les *Pensées philosophiques* et l'*Interprétation de la nature*, il brochait la plate ordure
intitulée les *Bijoux indiscrets*, et cela sans aucune idée,
sans aucune préoccupation de l'effet produit, seulement
pour soutenir une gageure faite avec sa maîtresse, madame de Puisieux, à laquelle chacun de ces ouvrages
rapporta cinquante louis. Le spirituel apologiste de
Diderot, M. Génin, n'hésite pas à reconnaître que de la
donnée des *Bijoux indiscrets*, empruntée à un manuscrit du treizième siècle, il ne reste à l'imitateur que la

turpitude des détails. Il en est de même d'un des meilleurs ouvrages de Diderot, de la *Religieuse*, qui, sauf un
malheureux passage, est rempli de mouvement et d'intérêt. Ce livre si désolant, si convaincu, cette narration
qui semble écrite le lendemain de chaque nouvelle
torture, fut une mystification inventée pour duper le
marquis de Croismare. Diderot, en écrivant ces pages
navrantes, devait se frotter les mains du bon tour qu'il
allait jouer au marquis. Il mettait en action le *Paradoxe sur le comédien*, dans lequel il soutient que, pour
bien jouer, un acteur ne doit jamais sentir son rôle.
Monsieur de Croismare y fut pris; c'est Diderot lui-
même qui nous l'apprend. Il sanglota, il crut à sœur
Suzanne, il lui écrivit, il lui envoya de l'argent. De
pareilles mystifications font l'honneur et la gloire du
mystifié. Je parle ici de la moralité littéraire. Quant à
la moralité privée, je ne pourrais la juger plus sévèrement que Diderot : « Qu'attendre, dit-il dans un moment d'expansion, de celui qui a oublié sa femme et sa
fille, qui s'est endetté, qui a cessé d'être époux et père? »
Que les conséquences de cet arrêt retombent sur lui.
Pourquoi faut-il que l'on ait à signaler de pareils aveux
dans un talent si original, et que le caractère de
l'homme ait été si inférieur au génie de l'écrivain?

Je reviens à l'objet de ce travail. Les *Salons* de Diderot n'étaient pas destinés à être publiés. Ils furent
composés à la demande de Grimm, qui les ajoutait aux
lettres envoyées par lui aux souverains allemands avec
lesquels il entretenait sa fameuse correspondance. Il
faut donc, en les lisant, se rendre bien compte que
Diderot trouvait dans l'intimité du style épistolaire à
donner libre carrière à sa fougue et à son imagination.

« Personne que vous, mon ami, ne lira ces pages; ainsi je puis écrire tout ce qui me plaît. Je ne veux contrister personne, ajoute-t-il en tête du Salon de 1767, je ne veux contrister personne, ni l'être à mon tour; je ne veux pas ajouter à la nuée de mes ennemis une nuée de surnuméraires. Dites que les artistes s'irritent facilement.... Dites que je manquerais à l'amitié et à la confiance de la plupart d'entre eux; dites que ces papiers me donneraient un air de méchanceté, de fausseté, de noirceur et d'ingratitude. » Si ses *Salons* eussent dû être publiés, ce passage prouve que Diderot eût tenu compte des considérations qu'il énumère lui-même. La bienveillance, cette politesse de l'âme, est de première nécessité quand on se livre à ce genre de travail, c'est le flambeau de la critique, et Diderot n'en eût pas manqué dans d'autres circonstances. La lettre suivante, adressée à mademoiselle Voland, et datée du 10 novembre 1765, confirme cette opinion, et contient en outre de curieux renseignements sur l'espèce d'inviolabilité et d'adoration sans examen à laquelle croyaient avoir droit les académiciens d'alors, qui seuls pouvaient exposer aux Salons. Toute critique, toute observation, était une attaque directe contre eux. C'est grâce à la singulière acrimonie dont ils poursuivaient ces critiques, qui, du reste, ne valent pas la peine d'être conservées, que l'opuscule si remarquable de Lafont de Saint-Yenne, sur le Salon de 1754, est resté dans l'oubli jusqu'à ces derniers temps. Voici la lettre de Diderot : « Enfin, m'en voilà quitte après quinze jours du travail le plus opiniâtre... Je me trouve tiraillé par des sentiments tout opposés. Il y a des moments où je voudrais que cette besogne tombât du

ciel tout imprimée au milieu de la capitale ; plus souvent, lorsque je réfléchis à la douleur profonde qu'elle
causerait à une infinité d'artistes, qui ne méritent pas
d'être si cruellement punis d'avoir fait des efforts inutiles pour mériter notre admiration, je serais désolé
qu'elle parût. Je suis bien loin encore de garder dans
mon cœur un sentiment de vanité aussi déplacée, lorsque j'imagine qu'il n'en faudrait pas davantage pour
décrier et arracher le pain à de pauvres artistes, qui
font, à la vérité, de pitoyables choses, mais qui ne sont
plus d'âge à changer d'état, et qui ont une femme et
une famille bien nombreuse ; alors, je condamne à
l'obscurité une production dont il ne me serait pas difficile de recueillir gloire et profit. C'est encore un des
chagrins de Grimm, que de voir enfermer dans sa
boutique, comme il l'appelle, une chose qui certainement ne paraît pas avoir été faite pour être ignorée.
Ça été une assez douce satisfaction pour moi que cet
essai. Je me suis convaincu qu'il me restait pleinement,
entièrement, toute l'imagination et la chaleur de trente
ans, avec un fonds de connaissance et de jugement que
je n'avais point alors ; j'ai pris la plume, j'ai écrit
quinze jours de suite, du soir au matin, et j'ai rempli
d'idées et de style plus de deux cents pages de l'écriture petite et menue dont je vous écris mes longues
lettres, et sur le même papier ; ce qui fournirait un
bon volume d'impression. »

L'on ne possède que quatre comptes rendus du Salon.
Ce sont ceux des années 1761, 1765, 1767, 1769, et
encore le Salon de 1767 est-il le seul qui semble complet, à en juger par l'abondance des matières bien
plus considérable que dans les autres ; mais il est cer-

tain qu'ils ne sont pas les seuls qu'il ait écrits ; et le
dernier éditeur de Diderot, le savant monsieur Walferdin, a eu le bonheur de retrouver presque en entier
ceux des années 1763, 1771, 1775, 1781. On sait qu'à
cette époque les Salons étaient bisannuels. Consé-
quemment, sauf trois Salons, ceux de 1773, 1777, 1779,
sur lesquels Diderot garde un silence complet, justifié,
pour l'année 1773, par son voyage en Russie, on peut
dire que, pendant vingt ans, il a suivi l'art français
dans toutes ses évolutions. Il a recueilli les derniers
soupirs de la charmante école de Watteau, il a vu
Boucher et le grand Chardin dans leur gloire, il a as-
sisté, par Vincent et Vien, à l'aurore de David. Monsieur Walferdin croit avoir en sa possession une ébauche
de Diderot sur le Salon de 1759. Les lignes suivantes,
écrites le 17 septembre 1761 à mademoiselle Voland,
semblent indiquer une erreur de ce savant. Diderot y
parle de ses comptes rendus comme d'une besogne
toute nouvelle : « Je me suis engagé à faire pour
Grimm quelques lignes sur les tableaux exposés au
Salon ; il m'écrit que, si cela n'est pas prêt demain, il
est inutile que j'achève. Je serai vengé de cette espèce
de dureté, et je le serai comme il me convient. J'ai
travaillé hier toute la journée, aujourd'hui tout le jour,
je passerai la nuit et toute la journée de demain, et, à
neuf heures, il recevra un volume d'écriture. »

À la suite des *Salons* de 1765 et de 1769 se trouvent
le *Traité de la Peinture* et les *Pensées détachées*, où
Diderot a réuni et développé les principes d'après lesquels il portait ses jugements dans l'examen des œuvres
d'art. Les longues discussions sur le beau, le vrai, le
goût, ne tiennent que peu de place dans l'*Essai sur la*

Peinture, Dieu merci ! La beauté, la vérité, le bon goût absolus, existent, cela est incontestable. Peut-être eût-il mieux valu définir exactement l'endroit où ils commencent et où ils finissent, le cercle de leurs attributions, la sphère qu'ils embrassent ; mais, jusqu'à présent, chaque essai de définition n'a fait qu'embrouiller la question, et le lecteur, quand il arrive à la fin d'un de ces traités, est moins éclairé qu'en le commençant. L'on a éveillé le doute dans son esprit sans lui montrer la route par laquelle on en sort. « Si le goût est une chose de caprice, s'il n'y a aucune règle du beau, d'où viennent donc ces émotions délicieuses qui s'élèvent si subitement, si involontairement, si tumultueusement, au fond de nos âmes, qui les dilatent ou qui les serrent, et qui forcent de nos yeux les pleurs de la joie, de la douleur, de l'admiration, soit à l'aspect de quelque grand phénomène physique, soit au récit de quelque grand trait moral ? » Et à cette preuve de l'existence du goût, il ajoute cet essai de définition : « Le goût est une facilité acquise par des expériences réitérées à saisir le vrai ou le bon avec la circonstance qui le rend beau, et d'en être promptement et vivement touché ; » auquel je reproche de ne pas reconnaître que l'existence du goût est antérieure à l'expérience, et qu'il faut approuver quand il donne à l'expérience le rôle qu'elle joue dans le développement du goût. Cette question préoccupe Diderot ; il y revient souvent. Dans les *Pensées détachées* il fait un retour, et lui consacre un chapitre entier dans lequel, à côté de questions oiseuses comme celles-ci : « Peut-on avoir le goût pur quand on a le cœur corrompu ? » se trouvent des vérités. Par exemple : « Les règles ont fait de l'art une routine, et je ne sais si elles n'ont pas été plus nuisibles qu'utiles. Entendons-nous : elles ont servi à l'homme ordinaire; elles ont nui à l'homme de génie. »

On comprend qu'avec son enthousiasme fougueux, qui fut la plus grande partie de son talent, avec cette *sensibilité*, comme il dit souvent, il devait avoir un vif penchant pour la couleur, pour le sentiment de la vie dans l'art. Et d'ailleurs, pour tout dire, Diderot avait plus de goût que de sentiment de l'art, supérieur en cela à tous les philosophes, ses collègues, qui n'en avaient ni le goût ni le sentiment. Très-lié avec un des plus grands coloristes de l'école française, avec Chardin, il dut évidemment puiser beaucoup d'opinions à cette source, et se laisser facilement aller à une tendance où l'entraînait déjà sa propre nature. Dans ce goût de Diderot, Chardin versa son sentiment. Cette sympathie est indiquée dans tous ses ouvrages, et, sans vouloir examiner de trop près si elle lui était personnelle ou si elle n'était qu'un reflet, il faut reconnaître qu'elle prouve de l'intelligence et de l'audace dans l'esprit à l'époque où elle se manifesta. Il fallait une grande indépendance dans le jugement pour dire, dès 1765, « que pendant les sept pénibles et cruelles années passées à l'Académie, on prenait la *manière* dans le dessin. » On comprend que Diderot ait redouté l'effet de pareilles vérités tombant sur un public encore si peu disposé à les comprendre.

Pour juger tout ce que de pareilles idées avaient de hardi, de nouveau, il faut bien se rendre compte de l'incroyable respect qu'inspirait l'Académie, — cette boutique de manière, — comme il l'appelle, des théories dont elle était la dépositaire et la vulgarisatrice.

17

et qui consistaient à faire apprendre le dessin par principes et par règles, comme le latin et les mathématiques. Quand l'élève était devenu très-fort, on lui faisait étudier l'écorché afin de lui appendre la place, mais non le jeu des muscles sous la peau, puis on le lâchait dans le domaine de l'art. Tout en reconnaissant tout ce que l'étude de l'écorché présente d'utile, Diderot traite l'exagération de cette étude comme les Académies, et, à cette époque, l'exagération était la règle générale. « On n'étudie l'écorché que pour apprendre à regarder la nature ; mais il est d'expérience qu'après cette étude on a beaucoup de peine à ne pas la voir autrement qu'elle est. Il n'y aurait point de manière, dit-il en terminant le chapitre, ni dans le dessin, ni dans la couleur, si l'on imitait scrupuleusement la nature. La manière vient de naître, de l'Académie, de l'école, et même de l'antique. » Ce *même de l'antique* contient par anticipation la critique de l'école de David.

Diderot parle de la couleur et du sentiment de la vie, dont elle est le principal agent, en homme qui l'aime et qui l'apprécie d'autant qu'il ne s'est pas caché les difficultés à vaincre pour mériter le titre de grand coloriste. « On ne manque pas d'excellents dessinateurs, mais il y a peu de grands coloristes. » Quelles que soient les sympathies que méritent ces derniers, il faut avouer que Diderot est dans l'erreur, et que, dans l'un comme dans l'autre genre, les sommités sont bien difficiles à atteindre. Il ne faudrait pas croire, non plus, comme il le dit, que l'agitation du peintre quand il est en face de sa toile, que sa manière de disposer sa palette, fussent une preuve bien convaincante du génie de la couleur ; mais il est dans le vrai quand il dit qu'on reconnaîtra le grand coloriste à sa façon de rendre la vicissitude de la lumière et de la chair, « qui s'anime et se flétrit en un clin d'œil, qui s'agite, se meut, s'étend, se détend, se colore, se ternit, selon la multitude infinie des alternatives de ce souffle léger et mobile qu'on appelle l'âme. » Ce qu'il dit de la chair, on peut le dire de toutes les classifications faites dans l'art des innombrables manifestations de la nature, qui, comme l'homme, a une âme éternellement mobile et changeante, et dont les formes et les contours s'agitent et se modifient à chaque instant. Mais il est dans le vrai quand, après avoir énuméré une faible partie des difficultés de la couleur, qui change avec chaque passion, chaque sentiment, chaque impression, qui n'est plus la même dans tous les instants de cette passion ou de ce sentiment, il s'écrie : « Quel art que celui de la peinture ! » Heureusement que les esprits critiques aperçoivent seuls ces difficultés, dont les artistes ne se préoccupent pas ; autrement il n'y aurait ni peintres, ni sculpteurs.

Toutes les parties de l'art qui se rattachent à la couleur ont été étudiées par Diderot avec soin, et les pages où il en est question mériteraient d'être lues plus souvent qu'elles ne le sont. Ce qu'il dit de la perspective, du ton local, des repoussoirs, des ombres, des reflets, des demi-teintes, des fonds, est la plupart du temps d'une grande justesse, et fait preuve d'une grande intelligence du sujet.

Diderot, en peinture comme en philosophie, était naturaliste ; mais ce mot était loin d'avoir la signification profonde de nos jours. Il recommande à chaque pas l'étude constante de la nature. Cependant, quand

il veut réfléchir, et ne pas se laisser aller en aveugle
à l'exagération de son imagination, il comprend lui-
même que ses conseils ont besoin de restrictions, et
reconnaît que « tous les possibles ne doivent point avoir
lieu en bonne peinture, non plus qu'en bonne littérature ; car il y a tel concours d'événements dont on ne
peut nier la possibilité, mais dont la combinaison est
telle qu'on voit que peut-être ils n'ont jamais eu lieu,
et ne l'auront peut-être jamais. »

Un curieux passage est celui où il détaille le costume de son temps, et se plaint de la mesquinerie et
du grotesque de ce costume. Ce sont mot pour mot les
mêmes lieux communs que nous avons entendu faire
sur les vêtements modernes. Ce dont Diderot se plaint
si aigrement fait nos délices de nos jours : on payera
son pesant d'or une toile où Meissonnier aura représenté un personnage « à manchettes retroussées, à cu-
lottes en fourreau, à basques carrées et plissées, à jar-
retières sur le genou, à boucles en lacs d'amour, »
qui faisaient tonner Diderot. Quelle conclusion tirer de
ces démentis donnés par un siècle à un autre ? C'est
que le costume n'est pas une question en art, et que
là où un artiste médiocre échouera, un artiste de talent
saura donner au même costume un caractère et une
poésie qui en feront un chef-d'œuvre.

Une phrase vaut la peine d'être notée dans l'*Essai
sur la peinture*. Tout en étant parfaitement dans le
caractère du talent de Diderot, elle semble écrite par un
des plus fervents admirateurs contemporains de la couleur et de la forme. « Il faut aux arts d'imitation quelque chose de sauvage, de brut, de frappant et d'é-
norme. » Cet aveu, échappé à la chaleur de l'improvi-

sation, est précieux à enregistrer. En tenant compte
des restrictions qu'il faut y apporter, je le trouve vrai.
Sous une autre forme, cela veut dire que les jouissances
de l'art s'adressent au sentiment plutôt qu'à l'intelligence, que sa mission est d'émouvoir plutôt que de faire
réfléchir. Un tableau dont on pourra discuter froidement
le mérite sera un médiocre tableau, et, puisque, malheureusement, l'exagération trouve à se glisser partout,
j'aime mieux l'exagération dans le sens indiqué par Diderot que dans celui de Raphaël Mengs et de Winckelmann.

Nous ne passerons pas sous silence ce qu'il dit de la
peinture de genre. « La peinture de genre, dit-il, a
presque toutes les difficultés de la peinture historique :
elle exige autant d'esprit, d'imagination, de poésie
même, égale science du dessin, de la perspective, de la
couleur, des ombres, de la lumière, des caractères, des
passions, des expressions, des draperies, de la composition; une imitation plus stricte de la nature, des détails plus soignés, et, nous montrant des choses plus
connues et plus familières, elle a plus de juges et de
meilleurs juges. » Ce passage soutient trop énergiquement une cause qui est nôtre, sert d'argument trop
respectable à une question que nous défendons nous-
mêmes, pour ne pas trouver place ici.

Les *Pensées détachées sur la Peinture* sont la réunion des conséquences dont il a posé les prémisses dans
l'*Essai*. Il formule en aphorismes les principes déve-
loppés d'abord sous les divers titres du goût, de la critique, de la composition, du coloris, du clair-obscur,
de la grâce, de l'antique, de la beauté, etc., etc. C'est
la même promptitude d'esprit, le même mépris des

17.

routes battues, qui le jette dans le paradoxe quelquefois, et aussi quelquefois la même justesse d'aperçus.
Nous ne citerons pas de nouveau la phrase où il dit que
les règles ont nui à l'homme de génie; mais nous ne
pourrons nous empêcher de faire observer que ces règles, si calomniées par Diderot, n'ont pas nui réelle-
ment à l'homme de génie. Elles servent, au contraire,
de niveau pour marquer la hauteur de son génie, comme
les maisons d'une ville font comprendre l'élévation des
cathédrales. Pourquoi, se demande-t-il plus loin, y a-
t-il plus de dessinateurs que de coloristes? Et, à cette
question, il fait en deux mots une réponse qui est
une explication complète : « C'est, dit-il, qu'il y a plus
de logiciens que d'hommes éloquents, j'entends véritablement éloquents. » La logique peut s'apprendre ;
l'éloquence est un don. De même du dessin et de la
couleur.

A en juger par la lettre d'envoi du Salon de 1767,
ce qui nous reste des autres Salons ne serait pas complet. « Ne vous attendez pas, mon ami, que je sois
aussi riche, aussi varié, aussi sage, aussi fou, aussi fé-
cond cette fois que j'ai pu l'être aux Salons précédents. » Et ce Salon est précisément plus considérable
à lui seul que les trois autres réunis. Ou bien, et ceci
rentrerait assez dans son caractère, son sujet se serait-
il élargi sous sa plume sans qu'il s'en doutât, et sera-t-il
arrivé à faire précisément le contraire de ce qu'il annonçait au début? Quoi qu'il en soit, et pour ne pas
tomber dans des redites indispensables si nous exami-
nions tous les Salons de Diderot, nous ne nous arrête-
rions qu'à celui-ci, nos observations pouvant s'adresser
aux trois autres.

Le Salon de 1767 contenait deux cent quarante-trois
ouvrages, dont cent quatre-vingt-trois tableaux, trente-
cinq sculptures et vingt-cinq gravures. S'il n'était pas
riche en œuvres remarquables, et bien que les artistes
aimés de ce temps, Pierre, Boucher, Latour, Greuze, se
fussent abstenus, on y trouvait encore sept tableaux de
Vernet, deux magnifiques dessus de porte de Chardin,
le *Coucher de la Mariée*, gouasse — comme on disait
alors — de Baudouin, quinze Leprince, douze Robert,
et des Lépicié. Plusieurs de ces œuvres existent encore,
et, si devant elles on reconnaît la vérité des critiques
de Diderot, on est étonné aussi de les trouver aussi superficielles, sous une forme violente pourtant. On peut
croire d'ailleurs que Diderot, n'ayant pas à parler devant le public, et n'ayant pas à ménager ses sympathies et ses engouements, se livre sans réserve à ses
tendances, et se donne libre carrière à faire valoir ses
amis.

Il commence par infliger un blâme qui trouverait
encore son application aux artistes qui reculent devant
la publicité de leurs œuvres, et se retirent en boudant
dans leur tente. « Ils ont dit, pour leurs raisons, qu'ils
étaient las de s'exposer aux bêtes, et d'être déchirés.
Quoi! monsieur Boucher, vous à qui les progrès et la
durée de l'art devraient être spécialement à cœur, c'est
vous qui donnez la première atteinte à une de nos plus
utiles institutions, et cela par la crainte d'entendre une
vérité dure? Vous n'avez pas conçu quelle pouvait être
la suite de votre exemple! Si les grands maîtres se retirent, les subalternes se retireront, ne fût-ce que pour
se donner un air de grands maîtres; bientôt les murs
du Louvre seront tout nus, ou ne seront couverts que

du barbouillage de polissons, qui ne s'exposeront que
parce qu'ils n'ont rien à perdre à se laisser voir; et,
cette lutte annuelle et publique des artistes venant à
cesser, l'art s'acheminera à sa décadence. » Cette acerbe
sortie tombe en plein sur plusieurs artistes contemporains. Puis, passant au détail de chaque œuvre, il examine avec impartialité son portrait par Michel Vanloo,
donne les éloges qu'on devait attendre de lui aux deux
natures mortes de Chardin, consacre cent pages charmantes, mais bien étrangères au sujet, aux sept tableaux
de Joseph Vernet; fait valoir le mérite des Roland de la
Porte, juge trop sévèrement le *Coucher de la Mariée*
de Baudoin, parle plutôt en poëte qu'en critique des
Ruines de Robert; raconte, à propos de la figure de
Buveur, de Mᵉ Terbouche, la singulière histoire de cette
Prussienne à moitié folle, qui reconnut par la plus
noire ingratitude les services qu'il lui avait rendus;
s'étend complaisamment sur les œuvres de Louther-
bourg, pour le talent duquel il professe un respect
exagéré; appelle le *Groupe d'enfants* de Fragonard une
omelette d'enfants, et arrive enfin à la sculpture, où,
tout en regrettant l'absence de Pigale et de Falconnet,
il rend à la *Baigneuse* d'Allegrain la justice que mérite
cette charmante statue; et enfin à la gravure, où il ne
trouve à louer que Wille et Moitte, bien que Lebas,
Cochin, Strange et Flippart y eussent d'assez belles
œuvres.

Le défaut capital, je pourrai dire l'unique défaut des
critiques de Diderot, est d'être bien plutôt des critiques
morales et littéraires que des critiques d'art. Il juge les
arts comme un philosophe ou un homme de lettres de
son temps. Il en change, par conséquent, le point de

vue, et, en leur appliquant des règles et des lois qui ne
peuvent avoir cours dans un pareil ordre d'idées, il em-
piète sur des domaines étrangers. Au lieu de considérer
les tableaux de Vernet tels qu'ils sont, d'en louer ou
d'en blâmer le dessin, la couleur, la composition, l'effet,
le caractère, il ne songe qu'à l'action dramatique qu'ils
représentent. Dans cent pages charmantes, il est vrai,
il raconte qu'étant allé passer plusieurs jours à la campagne, sur le bord de la mer, il a vu dans ses promenades des paysages, dont sept l'ont principalement
frappé. Ces sept paysages sont précisément la description de ceux de Vernet. De même, lors du Salon de
1765, il adresse au tableau de *Corésus et Callirhoé*,
par Fragonard, des éloges d'une exagération que le bon
sens public n'a jamais ratifiée. Il n'a vu, dans cette
composition banale et mélodramatique, que le drame
qu'elle représente, et le raconte comme un rêve vague-
ment entrevu dans les hallucinations du sommeil.

Ces idées sont certainement ingénieuses. Elles sont
exprimées dans un style plein d'attraits, et prennent à
la lecture un vif intérêt; mais elles n'ont rien de commun avec l'esthétique. *Age quod agis* est un précepte
dont Diderot ne s'est pas assez souvenu. La question
n'est pas de savoir si un auteur tragique trouverait à
faire son profit des tableaux de Vernet ou de Fragonard,
si la psychologie ou la morale peuvent en tirer béné-
fice. Puisque Diderot les admirait, il eût fallu qu'il
donnât les raisons de son admiration, puisées à des
sources moins étrangères que celles auxquelles il est
allé les chercher. A ce compte, le criterium de la critique n'existerait plus, et le premier venu pourrait formuler des arrêts qui auraient la même autorité et la

même valeur que ceux de Diderot. Cela n'est pas et ne
peut être. Le sujet, quelque intéressant qu'il soit, ne
peut venir qu'en seconde ligne, où il a une importance que l'on ne songera jamais à contester. L'observation des règles du dessin et de la couleur, de l'harmonie du caractère, du mouvement, de l'effet, préceptes
auxquels les œuvres des maîtres servent de formule et
d'explication, sont la première chose à considérer. Le
sujet viendra ensuite.

Dans ces lettres intimes écrites au courant de la
plume, et semblables à une soupape par où s'échap-
paient les idées qui bouillonnaient dans la tête de Diderot, il donne libre carrière à ce style vif, coloré, in-
égal, qui le distingue parmi les écrivains de son époque.
On ne doit pas demander à l'intimité la convenance et
la correction d'une lettre officielle. Cependant, tout en
tenant compte de ce laisser-aller, on ne saurait blâmer
trop sévèrement ces images inconvenantes, ces expressions grossières, dont Voltaire a donné trop souvent le
funeste exemple, et qui déshonorent la plume qui les
écrit. Sous prétexte de donner de l'énergie au style,
elles ne servent jamais qu'à cacher sous une forme repoussante la faiblesse et le vide de la pensée. Diderot,
dont le goût n'était pas des plus délicats, devait être
moins qu'un autre à l'abri de ce défaut.

Pour apprécier sainement le mérite de ces *Salons*, il
faut les comparer aux autres critiques qui paraissaient
à cette époque; aux *Lettres de Mathon de la Tour*, au
Chinois au Salon, aux *Lettres d'un râpeur de tabac*, à
l'*Ombre de Raphaël*, au *Dévidoir du Palais-Royal*, à
à toutes ces plates productions où la nullité de la pensée, l'ignorance des premières règles, ne sont égalées

que par la vulgarité du style. Ils reprennent alors toute leur valeur, et l'on n'a pas de peine à comprendre qu'en se dégageant de ce fatras sans nom ils l'aient à jamais fait oublier. D'un autre côté, il faut dire aussi que Diderot, en appuyant ses critiques sur des bases étrangères à l'art, les a fait servir de prétexte et de sauf-conduit à cette foule de productions auxquelles donnent lieu les Salons annuels, dont les auteurs parlent de tout, excepté de l'art, où le genre descriptif se donne toute liberté, et où les critiques et les éloges, distribués seulement par le bon plaisir, ne s'appuient sur aucune discussion et sur aucun raisonnement. Les jugements de Diderot portent à faux, mais au moins se donne-t-il la peine de les motiver.

Il s'est, du reste, parfaitement jugé lui-même à la fin de son *Essai sur la Peinture*. Ce qu'il dit en général s'applique à lui en particulier; et, ce qui mérite d'être remarqué, c'est qu'il donne implicitement gain de cause à un genre de critique qui n'est pas le sien.

« L'expérience et l'étude, voilà les préliminaires, et de celui qui fait, et de celui qui juge. J'exige ensuite de la sensibilité. Mais, comme on voit des hommes qui pratiquent la justice, la bienfaisance, la vertu, par le seul intérêt du bien entendu, par l'esprit et le goût de l'ordre, sans en éprouver le délire et la volupté, il peut y avoir aussi du goût sans sensibilité, de même que de la sensibilité sans goût. La sensibilité, quand elle est extrême, ne discute plus : tout l'émeut indistinctement. L'un vous dira froidement : Cela est beau! L'autre sera ému, transporté, ivre : il balbutiera; il ne trouvera pas d'expressions qui rendent l'état de son âme. Le plus heureux est, sans contredit, ce dernier. Le meil-

leur juge? c'est autre chose. Les hommes froids, sévères
et tranquilles observateurs de la nature, connaissent
souvent mieux les cordes délicates qu'il faut pincer : ils
font les enthousiastes sans l'être; c'est l'homme et l'a-
nimal.

« La raison rectifie quelquefois le jugement rapide
de la sensibilité; elle en appelle. De là tant de productions aussitôt oubliées qu'applaudies; tant d'autres, ou
inaperçues, ou dédaignées, qui reçoivent du temps, du
progrès de l'esprit et de l'art, d'une attention plus ras-
sise, le tribut qu'elles méritaient. »

RODOLPHE TOPFFER.

REFLEXIONS ET MENUS PROPOS

D'UN PEINTRE GENEVOIS.

S'il est un livre difficile à analyser, impossible à décrire, échappant par la fantaisie à toute espèce de critique, se dérobant par l'imagination et le charme à toute espèce de sévérité, défiant par sa personnalité toute espèce de classification, c'est bien celui-ci. Le livre est l'homme, a-t-on dit; et, sous ce rapport, ceux de monsieur Topffer ont, parmi les productions du second ordre, un mérite et un attrait des plus curieux à examiner. Ils sont empreints sans exception d'une telle originalité, ils passent par des routes littéraires si peu fréquentées, ils font faire à l'esprit un chemin auquel il est si peu accoutumé, qu'au premier instant

18

il lui est impossible de porter un jugement de quelque
valeur sur eux. Ce n'est qu'après une longue halte, et
lorsque l'éblouissement est tout à fait dissipé, qu'il
finit par apercevoir les sentiers adroitement dissimulés
qui ramènent aux grands centres littéraires, et par
trouver un terrain semblable sur lequel il peut solide-
ment établir ses termes de comparaison.

Monsieur Topffer est un descendant légitime des
écrivains *fantaisistes*. Parmi les auteurs anciens, il se
rattache à Rabelais, à Sterne surtout, à Diderot dans
Jacques le fataliste; parmi les modernes, il a quelque
chose de la verve spirituelle de Nodier dans le *Roi de
Bohême*. Comme eux tous, il a cette délicieuse horreur
du droit chemin, il se jette avec bonheur à gauche et
à droite dans des sentiers inaperçus, où l'on est tout
étonné et tout charmé de le suivre, et, quand par hasard il reparaît sur la grande route de son sujet, les
fleurs qu'il rapporte sont si jolies et si parfumées, qu'on
n'a pas la force de le blâmer de sa disparition. Et pourtant, au milieu de tous ces frères illustres, il a su se
créer une originalité qui lui appartient en propre. Né à
Genève, l'esprit calviniste et rigide de la république
vient souvent, et comme à son insu, modifier la libre
fantaisie qui voudrait l'emporter trop loin. Il a beau
faire, l'esprit français l'envahit. Il a beau s'abandonner,
le tuf genevois résiste. C'est, sous ce rapport, une curieuse étude à faire, que de suivre, en le lisant, le
combat que se livrent chez lui le cœur et la raison. Le
cœur l'entraîne, il l'emporte dans les belles régions de
l'idéal ; il le berce dans les bras de la nature, dont il a
un sentiment exquis; mais la raison est derrière lui
qui le surveille et le ramène durement à terre dans le

triste domaine du réel. Lui-même a dépeint cette lutte
dans un des plus charmants chapitres de son livre d'une
façon trop remarquable pour que nous ne le laissions
pas parler. « Quand j'y songe, dit-il, une lutte pénible
s'établit entre ma raison et mon cœur : que faire ainsi
partagé? La raison est mon régent, il dit vrai, je dois
le croire ; mais le cœur est mon camarade, et je fraye
avec lui. Avec lui, je remonte le courant des âges, et,
arrivés dans quelque antique asile, nous y posons notre
tente au pied de ces beaux hêtres qui cachent l'ogive
d'un vieux portail.... Avec lui encore, l'oserai-je dire?
nous nous moquons du régent.... Ainsi les mauvaises
compagnies corrompent les bonnes mœurs. » Monsieur
Topffer est tout entier dans ces lignes, et, pour qui
connaît ses ouvrages, il est impossible de ne pas reconnaître la finesse et la vérité de cette appréciation.

Monsieur Topffer est connu en France depuis peu de
temps. Se consacrant à Genève à l'éducation des enfants, et ayant pour ses élèves une affection que ceux-ci
lui ont bien rendue, des croquis grotesques, qu'il
faisait à ses moments perdus et dont on publia des
exemplaires à Paris, révélèrent les premiers cet esprit
d'*humour* et de bon sens. Personne n'a oublié le succès
qui accueillit l'apparition de l'histoire de *monsieur
Vieux-Bois*, de *monsieur Jabot*, et, plus récemment
encore, de *monsieur Cryptogame*. Malheureusement le
plus original de ces albums, les *Voyages du docteur
Festus*, est connu de peu de personnes, et c'est là surtout que l'on peut apprécier tout ce que monsieur
Topffer avait de verve, de drôlerie et d'imprévu dans
l'esprit. Ce qu'il a dépensé de fantaisie grotesque dans
ce livre est incroyable, et c'est précisément cette raison

qui en empêchera la publication. L'auteur regardait
cette série de plaisanteries sur le culte exclusif de la
science comme une débauche d'esprit qui ne pourrait
trouver grâce que devant un cercle d'intimes excessivement restreint. A notre sens, il a eu tort : nous
sommes convaincu que les qualités comiques qui distinguent les *Voyages du docteur Festus* eussent été vivement appréciées en France, et que ce recueil était appelé à un succès bien plus grand encore que celui des
autres albums du spirituel Genevois. Jusque-là monsieur Topffer ne s'était dévoilé que comme caricatu-
riste, lorsque, grâce à monsieur de Maistre, la publication de ses *Nouvelles genevoises* vint révéler à un petit
nombre de lecteurs un côté inconnu jusque-là du talent
de monsieur Topffer. Ce fut l'auteur du *Lépreux de la
cité d'Aoste*, dont le succès en France alarmait la modestie, qui parla le premier à son éditeur des productions d'un instituteur inconnu, de Genève, productions
remarquables à tous égards, et appelées, disait-il, à un
succès bien plus mérité que les siennes.

Le nombre des lecteurs des *Nouvelles genevoises* fut
très-restreint d'abord, puis peu à peu il s'augmenta,
le charme gagna de proche en proche, et maintenant
la *Bibliothèque de mon oncle* est dans le souvenir de
tous les esprits, le *Presbytère* dans le souvenir de tous
les cœurs. Le succès avait donné des lettres de grande
naturalisation à monsieur Topffer. Après les *Nouvelles*
parurent successivement le *Voyage en zigzag*, recueil
d'observations, d'histoires, de rêveries, d'impressions
de l'auteur pendant les excursions qu'il faisait tous les
ans, à la tête de sa bande de charmants drôles, dans
les cantons de la Suisse et jusque dans les premières

marches de la Lombardie. Le roman de *Rosa et Gertrude* parut l'an dernier, précédé d'une intéressante notice de messieurs Sainte-Beuve et de la Rive; et, enfin, la publication des *Menus Propos*, ouvrage auquel monsieur Topffer a travaillé à bâtons rompus pendant dix ans, vient de mettre le sceau sur cette réputation tranquille et modeste. Nous ignorons comment cet esprit caustique eût accueilli le succès auquel est destiné son livre; mais, hélas! pour lui comme pour tant d'autres, le succès est venu comme la justice, en boitant, *pede claudo*, et c'est sur un tombeau que s'est allumée l'auréole dont il couronne ses élus. Monsieur Topffer est mort à la fin de 1846. C'est aux bons soins de ses amis que nous devons la publication posthume des *Réflexions et menus Propos d'un peintre genevois*. Par une triste coïncidence, il semble lui-même avoir prévu cette fin prématurée, et, sous ce rapport, je ne sais rien de navrant comme ces lignes qui commencent le livre sixième : « Né avec le siècle, j'en ai l'âge, et la pensée que ce frère jumeau est irrévocablement destiné à me survivre bien des années rend pour moi plus déterminé, en quelque sorte, et plus visiblement prochain que pour beaucoup d'autres, le terme de mon existence ici-bas. »

Il commence, lui, sa quarante-quatrième année. Pour un siècle c'est l'âge mûr à peine; pour un homme, c'est l'approche du déclin, des froidures, des feuilles mortes qui jonchent l'allée au bout de laquelle s'ouvre le cimetière.

« ... Cependant ils continuent de jouer, dit-il plus loin en parlant de ses enfants, et la vue de ces cyprès, dont les cimes funèbres dépassent là-bas le mur d'en-

18.

ceinte, ne les a point distraits encore de la fête que
c'est pour eux de vivre. »

Dans la pensée de l'auteur, les deux volumes des *Menus Propos* ne devaient être d'abord qu'un petit traité
du *Lavis à l'encre de Chine* dans lequel il « ne se proposait, comme il le dit lui-même, que d'effleurer à
propos de ce titre-là quelques menues questions de
paysage. Par malheur (ses lecteurs disent par bonheur),
les menues questions tiennent aux grosses, et, dans ce
jardin de l'art, l'on ne se baisse pas pour y cueillir
quelques fleurs qu'on ne sente, à la résistance, qu'elles tiennent par leurs racines aux profondeurs du sol. »
Ainsi donc le sujet a pris, sous sa plume, des dimensions moins restreintes. Il a coudoyé en passant les
questions qui se rattachent à l'art, et il a bien fallu se
retourner pour leur demander compte de leur présence. Puis, de digressions en digressions, il est vite arrivé au principe éternellement pendant, éternellement
débattu, du beau dans les arts, et, en fin de compte,
son petit traité est devenu deux gros volumes, dont
l'un, le second, est entièrement consacré à l'examen
approfondi de cette dernière question. Nous n'essayerons
pas de le cacher, ces discussions sur le beau nous paraissent oiseuses, ces définitions ne définissent rien du
tout. Ces hautes spéculations philosophiques, ces rai-
sonnements plus ou moins logiques appliqués à l'art,
qui est surtout une chose de sentiment et de complète
liberté, ne lui sont d'aucune utilité. L'artiste, comme
le poëte, est créateur avant tout, et vouloir l'astrein-
dre à des règles prescrites, vouloir lui tracer une ligne
dont il ne doit pas dévier sous peine de salut, c'est
vouloir l'exiler de son véritable et seul domaine, l'idéal ;

c'est vouloir couper les ailes à l'oiseau. A chaque instant monsieur Topffer semble, avec juste raison, chercher à éviter une définition. « Winckelmann, dit-il quelque part, a écrit toute sorte de choses excellentes sur le beau, et à propos du beau ; mais, quelque part, au lieu de se contenter de rôder autour de ce Protée, il veut mettre le pied dessus, et il le manque. »

La plus excellente chose qu'ait écrite Winckelmann sur le beau, c'est : « Qu'il est plus facile de dire ce qu'il n'est pas que de dire ce qu'il est. Je trouve ceci tellement juste, réfléchi, approprié à son objet, que je m'en fais la seule définition que j'accepte. » Et un peu plus haut, dans le chapitre où il déclare d'emblée « qu'il se refuse net à formuler une définition du beau. » ..... « Définir le beau, dit-il, c'est déjà, selon nous, méconnaître sa nature et nier sa liberté ; tout comme définir la pensée dont il émane et avec laquelle il se confond, c'est déjà méconnaître l'essence de cette pensée et en restreindre les attributs. C'est surtout, et inévitablement, prendre ce qui en est tout au plus une seule condition, et pas même absolue, pour ce qui est la source elle-même ; un filet d'eau, si l'on veut, pour le fleuve tout entier. » Et pourtant il est emporté malgré lui par le démon de la définition qui le talonne, et voici la formule qu'il hasarde au commencement de son second volume : « Le beau de l'art procède absolument et uniquement de la pensée humaine affranchie de toute autre servitude que celle de se manifester au moyen de la représentation des objets naturels. » L'immortel aphorisme de Platon : « Le beau, c'est la splendeur du vrai, » en apprend plus long sous tous les rapports que le volume de monsieur Topffer, et a le mérite d'être beaucoup plus concis.

Mais, si l'auteur, selon nous, pèche quelquefois par
le fond, combien il se relève par les détails! et comment reprocher au sol sur lequel on marche son peu
de profondeur, en voyant les fleurs éblouissantes, les
verdures tranquilles qui le couvrent de tous côtés?
Les digressions dont est plein le premier volume feraient
la fortune de bien des auteurs moins originaux. « Comment se passer des digressions? dit-il; elles sont le repos gagné sur un temps d'effort, et, si nous voulons
bien nous comparer aux manœuvres qui travaillent à
la sueur de leur front, c'est à condition qu'on nous ait
laissé, comme eux, interrompre l'ouvrage par intervalles pour aller dormir sous un chêne, ou flâner le long
de la marge fleurie d'un ruisseau. » Si nous voulions
nous arrêter sous tous les chênes où il s'endort, le suivre le long de tous les ruisseaux près desquels s'égare
le doux flâneur, nous ne pourrions jamais arriver à la
fin de notre tâche. Jamais Sterne, dans ses meilleurs
moments, dans l'histoire de l'homme au long nez de
Strasbourg ou dans celle de la châtaigne indiscrète,
a-t-il été plus railleur et plus fin que monsieur Topffer,
lorsqu'il se moque du jésuite Duhalde, donnant sérieusement la recette pour faire de bonne encre de Chine,
dans laquelle il faut mettre, dit-il, « des plantes *ho
hiang* et *kan sung*, des gousses appelées *tehu ya-tsno-
tho*, et du suc de gingembre, etc., etc.? » Quel trait
d'égoïsme artistique profondément vrai que celui où il
consent à donner à ses amis du papier français pour la-
ver à l'encre de Chine, en conservant pour lui son
Wattman anglais! Le chapitre entier où il traite, en
termes si simples et si attendrissants, de l'affection que
l'on porte aux objets inanimés, n'est-il pas aussi plein

de sentiment qu'une page de l'histoire de Gervais de
Charles Nodier? Lorsqu'il poursuit de ses railleries les
malheureuses victimes des arts dits d'agréments, lorsqu'il déverse à pleines mains le ridicule sur les insen-
sés qui vont cherchant des maîtres partout, quand ils
ont la nature ouverte devant eux, ne manie-t-il pas,
comme un soldat éprouvé, cet impitoyable bon sens
qui fut une arme si terrible entre les mains de Voltaire
et de Diderot? Mais que nous servirait de continuer cette
nomenclature plus longtemps? C'est au livre même
qu'il faut renvoyer le lecteur, en lui souhaitant une
partie du plaisir que nous avons éprouvé à suivre cet
esprit délicat et railleur par toutes les échappées qu'il
lui plaît d'ouvrir dans son sujet.

Il est cependant un point sur lequel il nous est impossible de ne pas chicaner monsieur Topffer. Nous
voulons parler de l'aigreur qu'il met dans ses attaques
contre la formule de *l'art pour l'art* et contre son auteur, monsieur Hugo. Ce n'est pas ici le lieu de discuter la valeur intrinsèque de cet aphorisme et de rechercher, question beaucoup plus creuse que profonde, s'il
conduit droit au matérialisme ou à l'idéalisme en littérature. Monsieur Topffer est un partisan de la première
déduction. Il se pourrait bien, comme cela arrive pour
toutes les propositions mal formulées ou mal comprises, que celle-ci conduisît aussi bien à l'une qu'à l'autre de ces déductions. Dieu nous garde d'essayer de le
prouver, et de rhabiller à neuf cet aphorisme lancé jadis étourdiment dans une préface plus brillante que
sérieuse. Mais ce que l'on pardonne difficilement à
monsieur Topffer, c'est l'acrimonie dont il poursuit le
poëte lui-même. Cela gâte son livre par endroits. Quelle

que soit la manière dont on juge monsieur Hugo, on
ne peut, sans être taxé d'injustice ou de mauvaise foi,
passer devant ce nom sans s'incliner comme devant une
des gloires littéraires de notre époque. Et d'ailleurs,
est-ce bien à lui, qui écrit élégamment notre langue
pour un étranger, mais dans le style duquel une critique un tant soit peu sévère pourrait trouver une foule
d'inversions hasardées, d'hypallages douteuses, d'ellip-
ses forcées, de tournures de terroir, d'*helvétianismes* (si
je puis m'exprimer ainsi) peu corrects, de juger aussi
sévèrement un homme qui manie les mots avec une
aussi étonnante habileté et dont les études et les connaissances en linguistique ont forcé les grammairiens
et les lexicographes de le compter au nombre des autorités littéraires les plus respectées? — Nous ne le pensons pas.

En résumé, monsieur Topffer est un artiste, et, chose
plus rare dans cette catégorie de travailleurs, a un vif
et vrai sentiment des doctrines de l'art. Nous n'en vou-
drions pour preuve que ces justes récriminations contre
les tendances de l'école de David, sur lesquelles il revient à deux fois, comme s'il craignait que l'on ne se
méprît sur le fond de sa pensée. Nous ne pouvons résister au plaisir de citer encore. « Tels tirent de l'antique, dit-il, leur beau idéal, mais en ce sens, le seul qui,
à leur point de vue, ne soit point absurde, que l'antique est plus rapproché de la nature, dont nous nous
sommes éloignés. C'est une erreur. Et ceux qui ont mis
en pratique cette façon de voir, par exemple, en peinture, l'école de David, ou, dans le drame, Alfieri, ou,
dans l'ode, Lebrun, ont prouvé *presque plaisamment*,
si l'on considère ce qu'ils se proposaient, combien, par ce

chemin-là, on s'éloigne sûrement du but que l'on croit
approcher. — L'école de David, dit-il plus haut, esti-
mable à d'autres égards, menait tout droit à ce que
l'on appelle le dessin académique, dessin de types mou-
lés sur la statuaire antique, nature vivante et réelle.
Avec ce principe, l'art, faute de se retremper constamment à son unique source, la nature, chemine à part
d'elle, sans s'en éloigner, sans s'en rapprocher. »

Cependant, malgré cet hommage tacite rendu aux
tendances de la jeune école, qui recherche, avant tout,
la nature et la vie sous ses aspects les plus multiples,
l'ouvrage de monsieur Topffer sera peu lu, peu compris, et surtout de peu de profit aux artistes, race toute
de premier mouvement, et qui, pour nous servir des
propres expressions de monsieur Topffer, « aime peu
à raisonner sur son art. Leur vie est toute d'impressions : philosophie, ils s'en moquent; raisonnement,
ils bâillent; déductions, ils s'endorment. Enfants gâtés,
mais surtout enfants qui n'aiment que leurs jouets et
boudent leur rudiment; philosophes en ceci, pourtant,
qu'ils jouissent beaucoup sans s'enquérir pourquoi,
comment. Le comment, le pourquoi, gâtent tant de
choses! » Monsieur Topffer a fait, en ce peu de lignes,
la meilleure et la plus ingénieuse critique que l'on
puisse adresser à son livre. Ce que l'on peut encore lui
reprocher, c'est un manque de simplicité qui résulte
nécessairement de cette alliance du sentiment et de la
moquerie qu'affectionne monsieur Topffer, mais qui
finit quelquefois par fatiguer. Je ne sais pourquoi, en
écrivant ces lignes, les noms de Voltaire et de Rousseau
se présentent à notre esprit : l'un fils légitime, l'autre
fils adoptif de la patrie de monsieur Topffer; il semble

que les deux genres si divers qui les caractérisent aient
déteint sur lui, et qu'il ait voulu les mélanger à dose
égale dans son œuvre. Ce défaut d'unité dans l'allure,
cette absence de parti pris, produit une hésitation perpétuelle dans l'esprit du lecteur, et par contre une
méfiance dont il a peine à se débarrasser complète-
ment quand il essaye de porter un jugement sérieux
sur l'auteur. C'est la principale raison qui fera toujours ranger monsieur Topffer parmi les écrivains de
second ordre.

Inutile donc aux artistes, mais appelé à un légitime
succès auprès des gens du monde, des hommes de finesse et de goût, auxquels il fera passer de charmantes
heures, tout en leur donnant des idées justes, des
aperçus vrais et souvent profonds sur une branche de
l'art dont on se fait une très-fausse idée généralement.
C'est une spécialité à laquelle les peintres seuls enten-
dent quelque chose, dit-on d'habitude ; et, sous ce prétexte, les plus bizarres erreurs, les plus singulières hérésies, ont pu faire un chemin très-rapide dans l'esprit
de diverses classes de la société. Les *Menus Propos d'un
peintre genevois* en détruiront, nous en sommes convaincu, quelques-unes.

FRANÇOIS GUIZOT.

LE SALON DE 1810.

L'étude des grandes personnalités, qui, depuis vingt ans, ont joué à tant de divers titres un rôle dans les destinées de la France, étude souvent aride et difficile, apporte pourtant quelquefois de précieuses bonnes fortunes bien faites pour dédommager des recherches qu'elle nécessite et des fatigues qu'elle occasionne. N'est-ce pas, par exemple, une rencontre pleine d'imprévu et de singularité que celle d'un homme d'une aussi grande valeur que monsieur Guizot débutant, il y a quarante ans, dans la carrière littéraire qui l'a mené où nous l'avons vu arriver, par une brochure, inconnue maintenant, sur le *Salon de* 1810 et sur les questions qui s'y rattachent? Il n'entre pas dans ma pensée de vouloir faire bon marché de l'art au profit

19

de la politique, et de dire que la voie suivie plus tard
soit supérieure à celle cherchée d'abord. Je veux seulement, dès l'abord, appeler l'attention sur la différence qui existe entre ces premiers débuts et les travaux auxquels ont insensiblement conduit la forme de
l'esprit et le penchant naturel de monsieur Guizot.
Pour ceux qui ont étudié les œuvres de cet esprit sévère
et hautain, cette observation équivaudra à un jugement.

C'est d'ailleurs un spectacle curieux que celui de
penseurs aussi éminents, à tous égards, que monsieur
Thiers et monsieur Guizot, débutant tous deux par une
œuvre purement littéraire et artistique, surtout lorsque
l'on compare ce changement avec celui qui s'opère
maintenant dans l'esprit d'hommes exclusivement
voués jusque-là au culte de l'art, et qu'une triste vanité a arrachés aux travaux qui ont fait leur gloire et
leur légitime réputation. Il faut bien l'avouer, mais,
dans cette espèce de chassé-croisé, dans ces incursions
réciproques sur des terrains divers, le beau rôle n'appartient pas à ceux que nos prédilections et nos sympathies voudraient toujours voir occuper les premières
places, aux artistes et aux littérateurs. C'est le contraire qui est vrai. Les uns ont commencé d'une façon
modeste, les autres finissent d'une manière ridicule ;
seulement les premières œuvres de ceux-ci étaient inoffensives, tandis que les seconds travaux de ceux-là
pourront devenir funestes, sans qu'ils aient la ressource
de s'excuser sur l'inexpérience et les tâtonnements de
la jeunesse. Les brochures de monsieur Thiers et de
monsieur Guizot sur les Salons de 1810 et de 1822
sont retombées dans l'oubli ; et, si la curiosité les en retire un instant, c'est pour reconnaître la justice de cet

oubli, et les y repousser bien vite. Dieu veuille que les
enfantillages de nos plus illustres poëtes soient traités
avec la même indifférence par nos enfants, et que la
postérité ne continue pas, jusque dans leurs plus belles
œuvres littéraires, le sévère examen auquel elle sou-
mettra leurs prétentions politiques, si toutefois elle les
examine.

Le Salon de 1810 était fort ordinaire, et, sauf quelques tableaux de Gros et de mademoiselle Mayer, l'é-
lève de Prud'hon, n'offrait aucune œuvre qui s'éloignât
de la routine d'alors, aucune ébauche qui révélât un
mouvement spontané et libre en dehors des barrières
qui retenaient l'art captif. L'Empire, arrivé à son apo-
gée, se résumait à un seul homme : l'Empereur ; et la
France n'eût pas compris que les beaux-arts servissent
à autre chose qu'à glorifier cet illustre capitaine. Dans
l'art, David, esprit systématique et intolérant, exerçait,
directement ou indirectement, la même autorité que
Napoléon dans l'État ; seulement ce despotisme devait
avoir des conséquences plus funestes ; car, si les sociétés, qui ne sont que des agglomérations d'intérêts sou-
mises aux lois invariables de la pratique, ne peuvent
se développer et progresser que sous le principe de
l'autorité, les arts, au contraire, ces fleurs de l'imagination, ne s'épanouissent que dans l'air de la liberté
et de la fantaisie. David et son école étaient les seuls
dont les œuvres pussent intéresser au Salon de 1810.
En dehors d'eux, Gros faisait tous ses efforts pour mo-
dérer la fougue de son pinceau, et y réussissait malheureusement trop bien, et Prud'hon, le doux et suave
Prud'hon, retrouvait, sans que personne fût alors capable d'y prendre garde, les sentiers oubliés du Cor-

rége. Le Salon de 1810 est donc une hymne chantée à
à l'Empire par David et ses élèves, et l'indication de
quelques-unes des œuvres qui y figuraient en est la
preuve. C'étaient le *Serment des aigles* de David, l'*Empereur blessé devant Ratisbonne* de Gauthrot, la *Bataille d'Austerlitz* de Gérard, la *Révolte du Caire* de
Girodet, la *Prise de Madrid* et la *Bataille des Pyramides* de Gros, le *Bombardement de Madrid* de Carle
Vernet *. Après ces peintures officielles, il y a bien peu
de choses à citer. Quelques tableaux de Taunay et de De-
marne, *Andromaque et Pyrrhus* de Guérin, le *Philoc-
tète* de Monsiau, et l'*Anneau de Charles-Quint* de Re-
voil. Ce que l'art, l'art sérieux et élevé, devient au milieu de ces productions, dont la plupart sont suffisamment connues, je n'ai pas besoin de le dire. Certes, je
comprends que, dans une société organisée comme celle
de l'Empire, qui, fatiguée de ses sanglantes erreurs, s'é-
tait abandonnée, pieds et poings liés, à un homme de
génie, on fût heureux de trouver la besogne toute faite
dans le domaine de l'imagination comme dans celui de
la politique, et que toute direction tyrannique fût accep-
tée d'enthousiasme et sans discussion ; mais le même
respect ne peut être exigé de nous, et ce n'est pas le
plus ou moins de légitimité de cette autocratie que
nous devons examiner, mais cette autocratie en elle-
même, et en dehors de l'influence qu'elle exerça et de
l'école qu'elle fonda.

On peut le dire maintenant sans crainte de passer
pour un novateur bien violent, David fut un talent négatif et froid. Choqué de l'afféterie du dix-huitième

---

* Tous ces tableaux sont aujourd'hui à Versailles.

siècle, il voulut réagir contre la beauté de convention
des peintres d'alors, et y substitua une forme beaucoup
plus conventionnelle. La beauté antique, où il semble
avoir voulu puiser ses inspirations, lui échappa complétement; il est facile de s'en convaincre si l'on veut
comparer avec impartialité ses œuvres aux statues antiques que possède notre Musée. L'art antique est devenu entre ses mains ce que devinrent les pièces d'Eschyle dans celles des tragiques d'alors. Il y a entre elles la différence de la vie à la mort. A défaut de la
beauté, est-ce la science au moins que l'on retrouve
dans ses œuvres? Une attention de quelques instants
suffira pour convaincre du contraire. Si on cherche
cette science dans la composition, on risque fort d'être
arrêté dès le début, à moins que l'on ne donne ce nom
à la disposition maniérée et théâtrale des figures du
Bélisaire, de *Brutus*, des *Horaces*, des *Sabines*, de
Léonidas, du *Serment des aigles*. En cherchant bien,
on en trouverait cependant de remarquables vestiges
dans le tableau du *Sacre*, composition à tous égards une
des meilleures de David, et où l'on remarque des tendances vers la couleur et l'harmonie qu'il est pénible
de voir abandonner si vite. Ce n'est pas non plus dans
l'examen des figures isolées que nous trouverons ce
dessin savant, si par science on entend, non-seulement
la connaissance vulgaire de la charpente humaine,
mais encore cette habileté à savoir disposer les mouvements des figures de façon à ce que l'idée de la
science résulte plus de l'ensemble que des détails, à
les exagérer même quelquefois comme le faisaient Michel-Ange et Raphaël, sans que cependant la pensée de
l'écorché ou du squelette vienne offusquer l'esprit du

19.

spectateur. C'est cette science que Michel-Ange a mise
dans ses admirables figures de *Sibylles*, dans ses *Nuits*
du tombeau des Médicis, dans ses *Esclaves* du château
de Richelieu. Les figures académiques et correctes que
David a prodiguées dans ses œuvres ont-elles quelques
points de commun avec ces lignes véritablement savantes? Je ne le pense pas.

Je ne veux point ici faire de la critique facile et user
du procédé banal de jeter un homme à la tête d'un autre; je n'établis aucune comparaison entre David et
Michel-Ange, je les prends chacun avec leur valeur personnelle; mais, puisque je parle de science dans le
dessin des figures, il est tout simple qu'à ce propos
j'évoque le nom de l'homme qui, dans l'art moderne,
l'a certainement portée le plus haut et le plus loin. Et,
comme il est impossible à l'esprit le plus systématique
de ne pas oublier quelquefois son rôle, il est arrivé à
David de rencontrer, par hasard, cette science et d'en
empreindre une étude d'homme renversé, placée maintenant au Louvre dans les nouvelles salles françaises.
Lorsque David couvrait cette toile, il ne voulait faire
qu'une étude, et, en y travaillant, il copiait la nature
et suivait sa libre inspiration. Son rôle était oublié; il
ne cherchait pas la science, il la trouvait.

Il resterait enfin à examiner si c'est la vérité qui
éclate dans les productions de David, mais je ne pense
pas qu'il fût très-avantageux pour lui d'approfondir cette
question. De l'aveu même de ses admirateurs, ce mérite n'a jamais été le côté saillant de son talent. Pour
trouver la vérité, il faut interroger la nature, et la nature fut une lettre morte pour lui, qui, comme le fait
remarquer avec juste raison M. Guizot, étudia plutôt la

statuaire que le modèle vivant. Il ne faut pas d'ailleurs que les peintres oublient que l'anatomie ne doit leur servir que comme renseignement, et que la recherche de l'exactitude humaine et générale doit tenter leurs efforts beaucoup plus que celle de l'exactitude physiologique. L'oubli de cette vérité a jeté souvent David dans de singuliers écarts.

Pour résumer ce qui précède, je dirai qu'à mon sens David manqua tout à fait des facultés indispensables à tout grand artiste : la spontanéité et le sentiment. On peut se rendre compte de ce que devait produire une école soumise à une semblable influence ; et, quand je dis une école, je me sers d'un terme impropre, car, pour fonder ce qu'en peinture on appelle une *école*, il faut posséder une chaleur et un rayonnement dont David semble avoir pris à tâche de se dépouiller avec le plus grand soin. Le mouvement qui se développa à l'abri de son autorité ne fut pourtant pas inutile, en ceci qu'il réunit et contint en colonne serrée la masse des artistes éparpillés précédemment dans toutes les directions, et que, lorsque les véritables chefs apparurent, ils trouvèrent tout prêts les bataillons qu'ils conduisirent, chacun dans leur direction, à ces glorieuses luttes de l'art qui seront le caractère distinctif de la première partie du dix-huitième siècle.

Le Salon de 1810, que monsieur Guizot entreprenait d'analyser et de juger, s'ouvrait sous l'influence immédiate de David. A cette époque, monsieur Guizot, âgé de vingt-trois ans, avait déjà publié, si je ne me trompe, un *Dictionnaire des Synonymes*. Quoique bien jeune pour décider avec entière connaissance de cause les

questions d'esthétique soulevées dans sa brochure,
quoique la hauteur dogmatique de son esprit, que l'on
entrevoit déjà dans de certains passages, ne dût pas le
rendre bien sympathique à l'art et à la peinture en
particulier, il faut dire pourtant que, hôte assidu du
salon littéraire de monsieur Suard, il avait pu y prendre une teinte des idées au milieu desquelles il se jetait d'une façon aussi cavalière; et que, la critique
d'art étant encore dans l'enfance et bégayant ses premiers arrêts, on ne songeait guère à demander au premier venu d'appuyer ses jugements sur des raisons sérieuses et clairement déduites. Une semblable indulgence aujourd'hui serait un anachronisme, et monsieur Guizot est trop haut placé pour n'être pas en
droit d'exiger que l'on n'use pas de ménagements
avec lui.

Ce travail, d'une lecture monotone, et qu'une division par chapitre eût, sans aucun doute, rendu moins
aride, est une suite d'observations sur les beaux-arts
en France et sur les questions qui s'y rattachent.
L'examen du Salon de 1810 n'arrive qu'accidentelle-
ment et comme pour soutenir les preuves que l'auteur
donne à l'appui de ses assertions. Après quelques lignes consacrées au parallèle des beaux-arts et des bel-
les-lettres, il entre immédiatement en matière, en disant qu'au dix-septième siècle la sculpture s'était formée sur la peinture, et qu'au dix-neuvième la peinture, au contraire, prit pour modèle la sculpture. Si la
première partie de cette assertion ne mérite pas que
l'on s'y arrête, il y a dans la seconde une apparence
de vérité qui demande quelques moments d'attention.
Oui, David et son école, au lieu d'étudier la nature et

de l'interpréter d'après leur propre idéal, la repoussè-
rent systématiquement, et commirent la faute d'aller
chercher leurs modèles sur l'antique, c'est-à-dire sur
une première interprétation de la nature. Mais là s'arrête la vérité de l'observation. La faute eût été légère
et l'erreur excusable si, en étudiant cet art dont les
Grecs et les Romains nous ont laissé de si magnifiques
monuments, ils en eussent pénétré le sens intime et su
trouver, sous les voiles d'Isis, la lumière intérieure qui
l'éclaire et la fait rayonner : la beauté. Mais ils n'allèrent pas au delà de l'enveloppe extérieure. Ils ne pri-
rent à la sculpture que la ligne, c'est-à-dire la sécheresse, et ne songèrent pas à s'approprier ce dessin *du
dessous*, dont monsieur Guizot parle quelque part, qui
donne le mouvement et la vie aux sculptures antiques.
A ce point de vue, la filiation entre la peinture de David et la sculpture antique n'existe plus, et il émet une
opinion fausse en tous points quand il dit : « Qu'un
homme célèbre, en ramenant au culte du vrai beau, a
banni ce dessin maniéré, ce style de convention si longtemps à la mode. » L'école de Boucher et de Pierre ne
brillait certes pas par le naturel ; mais, je le répète,
celle de David n'était-elle pas tout aussi maniérée, et
et son style tout aussi faux ?

Je ne pense pas que ce soit un exemple heureusement trouvé et un éloge bien flatteur à faire d'un tableau
que de dire, comme pour *Oreste et Andromaque* de
Guérin, qu'il ferait un excellent groupe de sculpture.
On a pu juger cette œuvre au Musée du Luxembourg,
et l'auteur aurait raison si l'arrangement des figures de
Curtius était le dernier terme de l'art ; mais si, devant
une œuvre quelconque, on doit chercher des conditions

de beauté dans un ordre plus élevé, l'éloge touchera de
près à la critique. Monsieur Guizot consacre de longues
pages à la description du sujet et aux observations qu'il
lui suggère (l'on a peine à comprendre maintenant l'intérêt qu'excitait cette froide composition), et termine,
enfin, après deux cents lignes sur le mouvement du
pouce d'Oreste (je prie le lecteur de croire que je parle
sérieusement), par une assez juste remarque sur les em-
piétements de la peinture sur l'art dramatique.

Du tableau de Guérin, l'auteur nous fait passer à
celui de Girodet, la *Révolte du Caire*, et l'on doit
croire qu'il ne lui consacre pas moins de pages qu'au
précédent. On s'imagine difficilement jusqu'où va
l'exagération de la louange; et, par un contraste bizarre, le seul reproche qu'il trouve à lui adresser tombe
sur les Arabes, auxquels Girodet a essayé de conserver
un peu de couleur locale, c'est-à-dire sur ce qui mérite
le plus l'attention de la critique sérieuse. Ces Arabes et
ces nègres le gênent considérablement; il y revient à
plusieurs reprises : « Pourquoi, dit-il, le peintre n'a-
t-il pas cherché à diminuer la laideur de ses Arabes, à
ennoblir le dragon qui est sur le troisième plan ? La vérité en aurait souffert, dira-t-on; excuse de paresseux.»
Étrange reproche, mais curieux, en ce qu'il peut aider
à faire comprendre ce que l'on entendait par la beauté
physique sous l'Empire. C'était un mélange de formes
communes et lourdes, de traits vulgaires et sans accent,
de couleurs plates et criardes, dont l'assemblage formait ce que l'on appelait un *bel homme*. Les tambours-
majors de régiment peuvent donner une idée de la
chose. Quant aux Turcs, malgré la campagne d'Égypte,
l'Empire y voyait, à peu de différence près, les mêmes

hommes que le siècle de Louis XIV. Le Turc, sans coif-
fure grotesque, sans houppelande garnie de fourrures;
le Turc qui n'était pas costumé comme Talma dans
Zaïre, n'était pas un Turc. Aussi les remarques bizarres
de monsieur Guizot sur la *Révolte du Caire* sont-elles
plutôt le fait de l'époque que celui de l'écrivain, qui ne
faisait là que résumer l'avis de tout le monde. Il lui
eût fallu une science que l'on n'exigeait pas alors, ou
un sentiment qu'il ne possédait pas, pour se dégager
des engouements de la mode, et juger l'œuvre de Girodet au nom des lois véritables de la beauté. En parcourant les pages de monsieur Guizot, une remarque
frappera tout lecteur attentif, c'est de le voir se préoccuper constamment du sujet du tableau, faire des observations sur les faits historiques, sur le plus ou moins
d'opportunité qu'il y avait à le représenter suivant telle
ou telle donnée, et de fort peu examiner l'œuvre en
elle-même, et sa valeur réelle et positive; c'est, enfin,
de faire la critique des intentions et non celle des faits.
Cette méthode, applicable avec une extrême réserve et
de grands ménagements à une œuvre littéraire, n'est
pas admissible quand il s'agit d'un tableau ou d'une
statue. Qu'importent d'ailleurs les intentions? En art
comme en tout, elles servent à abriter l'insuffisance ou
la légèreté. L'auteur de la *Vénus* de Milo ou de l'*Her-
maphrodite*, Raphaël, Rubens, Michel-Ange ou Paul
Véronèse, ne songeaient certainement pas à mettre dans
leurs œuvres la moitié des intentions qu'une admiration
maladroite a voulu y trouver. La beauté, couleur, ligne ou forme, les frappait : ils s'efforçaient de la transporter dans leurs productions, et composaient d'immor-
tels chefs-d'œuvre; mais je me persuade qu'ils eussent

été bien étonnés du nombre d'intentions dont on les
gratifie si bénévolement.

Monsieur Guizot passe ensuite en revue, sans émettre
de jugement qui vaille la peine d'être cité, les prin-
paux tableaux que j'ai indiqués plus haut. Seulement, à propos de la *Mort d'Alceste*, où monsieur
Serangeli avait mis pour ornement au palais d'Admète
un Apollon du Belvédère, qui n'existait pas encore, il
se livre à des considérations d'une valeur contestable
sur les anachronismes, qu'il appelle des inconvenances.
Ce reproche peut être sérieux quand il porte sur une
œuvre d'érudition; il signifie peu de chose en fait d'art
qui ne se préoccupe que de la vérité humaine, et pour
lequel la vérité de temps et de lieu n'a qu'un mérite
de second ordre.

Continuer à suivre monsieur Guizot dans ses appréciations de chacun des tableaux du Salon de 1810,
serait fatiguer inutilement le lecteur, auquel les exemples précédents doivent suffire pour se rendre un
compte exact des idées qui ont présidé à cet examen.
La valeur des preuves vaut mieux que leur nombre.
Je m'arrêterai cependant à l'éloge de Gros, vers lequel monsieur Guizot semble attiré par une secrète
sympathie, éloge d'autant plus bizarre, qu'au premier abord on comprend que l'auteur s'accommode
plus facilement des lignes sèches de David que de la
couleur tant soit peu révolutionnaire de Gros. Je dirai
tout à l'heure ce qu'on doit penser de cette apparente
sympathie.

Gros avait au Salon de 1810 deux tableaux, la *Prise
de Madrid* et la *Bataille des Pyramides*. Après avoir
loué la première de ces compositions, monsieur Guizot

ajoute : « Monsieur Gros possède un talent vraiment naturel et original; on ne trouve dans ses compositions
aucun des inconvénients qui tiennent à la marche d'une
école de peinture formée par l'étude des statues; il n'a
ni froideur, ni roideur, ni appareil théâtral. Peut-être
son genre est-il celui qui convient le mieux aux sujets
nationaux : ses défauts sont ceux de son génie. » Mais il
ne s'en tient pas là, et, plus loin, après avoir fait de judi-
cieuses observations sur le tableau de David, la *Distri-
bution des Aigles*, il revient à Gros et dit : « Pourquoi ne
rencontre-t-on pas ce défaut—celui de plans manquant
d'air et d'espace — dans les compositions de monsieur
Gros ? Parce que monsieur Gros est un peintre éminemment original dont le talent est tout vérité, et qui,
moins occupé que ses rivaux de la noblesse du style,
s'attache à observer et à retracer la nature; aussi la
connait-il mieux : ses lointains sont vrais, ses plans se
dégradent bien, ses figures se marient bien avec l'air
qui les environne; ses contours ne sont ni secs ni roides.
Les contours du corps humain, ou de ses vêtements, et
ceux des statues de marbre, se détachent dans l'atmosphère d'une manière toute différente : susceptibles de
mouvement et d'ondulations, changeant parfois de couleur et d'apparence, les premiers se fondent davantage
et plus doucement que les seconds avec le fluide vapo-
reux au sein duquel ils vivent et s'agitent; il y a, si je
puis me servir de cette expression, plus d'affinité entre
l'air et le corps de l'homme, qu'entre l'air et le marbre. Une figure humaine, seule au milieu de l'espace,
ne parait ni aussi isolée, ni aussi tranchante sur le
fond qu'une statue. Cette différence devient sensible
quand on compare le *Pyrrhus et Andromaque* de

20

monsieur Guérin avec les tableaux de monsieur Gros. »

Je n'ai pu résister au désir de citer ce morceau en entier, parce qu'il me paraît une très-juste appréciation du mérite, non pas de monsieur Gros seul, mais de tous les coloristes passés, présents et futurs. Cependant, que l'on me permette de dire toute ma pensée; je ne crois pas que l'auteur fût bien convaincu en l'écrivant. Je vais m'expliquer : monsieur Guizot avait, je l'ai déjà dit, vingt-trois ans quand il fit la brochure qui nous occupe. A cet âge, et quelque mal que l'on se donne pour paraître gourmé et froid, la jeunesse revendique impitoyablement ses droits, et l'on a toujours au fond du cœur une impatience de toute règle, une confiance dans ses forces, un dédain des routes suivies précédemment, qui vous met en garde contre n'importe quelle autorité, par la bonne raison qu'elle est l'autorité. De tous les temps, on a été et on sera un peu romantique à vingt ans. Or, en 1810, l'autorité politique avait la main longue, prompte et dure; l'opposition était mal venue auprès d'elle; restaient les autorités artistiques et littéraires, dont la discussion était moins dangereuse. C'est à cette effervescence que sont dus, selon nous, les éloges adressés à Gros, beaucoup plus, j'en suis persuadé, qu'à un sentiment véritable et raisonné de la couleur et des coloristes. C'est une façon indirecte de faire sentir que l'on ne suit pas la foule dans son admiration exclusive pour David, et qu'on pourrait, si on le voulait, lui trouver bien des défauts qu'elle n'aperçoit pas. Je reconnais, du reste, que l'on peut difficilement motiver d'une façon plus claire les éloges adressés à une œuvre, mais je ne les crois pas sincères. Pour en revenir à ce tableau, il est assez curieux de

comparer ce que dit monsieur Guizot du groupe des
Arabes, « qui sont d'une vérité rebutante » —décidé-
ment monsieur Guizot n'aime pas les Arabes,—et l'éloge
qu'en fait Landon dans ses *Annales du Musée :* « Ces
trois figures sont bien dessinées, d'une vigueur extraordinaire de coloris, et touchées d'une manière savante
et énergique. Ce groupe est ce qu'il y a de plus remarquable dans le tableau, sous le rapport de l'exécution. »
La vérité, comme il arrive souvent, est entre ces deux
opinions extrêmes.

Nous devons signaler, en terminant, le silence gardé
par l'auteur sur les deux tableaux de mademoiselle
Mayer, les *Deux Mères*, exposés maintenant dans les
galeries françaises. Ils n'ont pas un mérite bien trans-
cendant, mais ce n'était un secret pour personne que
Prud'hon les avait retouchés; et, si monsieur Guizot
eût eu l'instinct de l'art, il eût reconnu là une tendance différente du reste de l'école, et qui bien certainement valait la peine d'être constatée.

Cette brochure, qui se termine en engageant les artistes au désintéressement, et à aimer la gloire plutôt
que la fortune, et dont la dernière phrase sur la paix
semble vouloir viser plus haut et remonter jusqu'à
l'Empereur, ne conclut à rien, et j'avoue qu'en le fer-
mant le lecteur fait comme le livre. L'esprit a bien de
la peine à dégager un enseignement quelconque de
toutes ces prémisses si imperturbablement posées. Nous
en trouverons un cependant, et nous ne pensons pas
qu'une opinion sur une œuvre de quarante ans, dont
l'auteur sans doute se souvient à peine, puisse être re-
gardée comme un jugement indirect sur les ouvrages
postérieurs d'un homme que l'on ne peut pas, sans in-

justice, ne pas regarder comme un des plus illustres et
des plus considérables de notre temps.

Monsieur Guizot forçait sa nature en traitant des
questions d'art. Il n'en a ni le sentiment, ni même
le goût, que nous signalerons chez monsieur Thiers.
Il en parle comme un rhéteur; il y voit une matière
toute faite à des amplifications, à de longues exhibi-
tions de science en fait de langues étrangères; mais
nulle part son style ne s'émeut, nulle part on ne sent
le mouvement et la chaleur que donne la vue d'une
belle œuvre à tout véritable amateur des arts. Il essaye
bien par moments de glorifier Gros; mais, comme je l'ai
fait remarquer, cette admiration n'est pas sincère, et
n'est dans sa pensée qu'un moyen de ne pas louer David sans restriction. Il a pris Gros par hasard comme il
en eût pris un autre; mais on sent facilement que la
forme de David a trop d'analogie avec la rigidité de son
esprit pour que cette opposition puisse être bien éclai-
rée et bien convaincue. Monsieur Guizot n'a vu dans
l'art que ce qu'y voient, nous le savons, beaucoup de
gens, un passe-temps agréable; et il a pensé qu'avec de
la raison, une certaine facilité d'élocution et quelques
lectures antérieures, il pourrait, comme un autre,
émettre un jugement. Au point de vue personnel, il a
eu raison; au point de vue général, il s'est trompé. Le
bon sens, cette qualité si précieuse pour la pratique et
la direction des affaires, n'est qu'une qualité fort secondaire dans le domaine de l'imagination, où rien n'est
strictement défini et où le sentiment peut seul servir
de guide. La connaissance approfondie, l'étude sérieuse
et persévérante des œuvres des maîtres, peut quelquefois remplacer cette faculté innée; mais alors l'art ac-

quiert des proportions immenses, et ce n'est pas trop
faire que de lui consacrer toute une vie. La vocation de
monsieur Guizot l'appelait ailleurs, et, pour l'art
comme pour sa propre gloire, il faut le remercier d'a-
voir suivi sa vocation.

ADOLPHE THIERS.

LE SALON DE 1822.

Il y a quelques années, monsieur Thiers et un de nos premiers peintres d'histoire se rencontrèrent dans un salon. L'artiste, entouré d'un cercle d'auditeurs, développait ses idées sur la peinture, lorsque monsieur Thiers vint se jeter au milieu de cette conversation, argumenta sur chacun des principes, discuta les aperçus, nia les conséquences, et, descendant aux questions les plus délicates de la pratique, se donna le plaisir de reconstruire une esthétique à sa guise, imprévue, spirituelle, paradoxale, charmante, et développée en termes trop faciles et trop séduisants pour que les personnes qui l'écoutaient pussent reconnaître tout ce qu'elle avait de faux. Il finit par prouver à ses auditeurs et au peintre lui-même qu'il n'enten-

dait rien au sujet qu'il traitait. Celui-ci, qui ne possède pas cette *piaffe* merveilleuse, n'était pas de force
à jouter avec ce rude adversaire, il ne souffla mot. La
conversation changea, et l'on vint à parler politique.
L'artiste exposa des théories assez malsonnantes aux
oreilles de ses auditeurs, et le fit avec la naïveté d'un
homme peu versé dans la question qu'il traite, entas-
sant hérésies sur hérésies. A une dernière monstruosité
dite de la meilleure foi du monde, monsieur Thiers
n'y tint pas ; il prit feu, et fit éclater, au milieu de toutes
ces obscurités, le feu d'artifice de sa raison et de ses
connaissances. Au beau milieu d'une démonstration
victorieuse, son interlocuteur, l'arrêta court, et lui dit
à peu près ceci : « Monsieur Thiers, vous connaissez
beaucoup mieux que moi ce dont vous parlez, et vous
n'avez nul mérite à me battre. Mais de quoi voulez-
vous que je parle, si ce n'est de politique, puisque tout
à l'heure vous m'avez à peu près prouvé que je n'en-
tendais rien à l'art et à la peinture. Croyez-moi, n'em-
piétons ni l'un ni l'autre sur la spécialité qui fait la
gloire de chacun de nous. Notre rôle est assez beau
pour que nous n'en ambitionnions pas d'autre. Vous
êtes un homme politique, je suis un artiste. Si vous
voulez intervertir les rôles, à votre aise ; mais au moins
ne les prenez pas tous deux, et soyez assez bon pour
me dire celui qui vous convient, afin que je choisisse
l'autre. » Malgré toute sa souplesse, monsieur Thiers
n'avait pas de parade à ce coup droit : il s'exécuta de
bonne grâce, en homme d'esprit qu'il est, et consen-
tit courageusement à passer pour un peu moins uni-
versel.

Sous une forme assez vive, l'adversaire de monsieur

Thiers lui faisait sentir une vérité dont celui-ci a trop
de bon sens et d'expérience pour ne pas être convaincu,
sinon pour lui, au moins pour les autres : c'est que,
pour arriver à un résultat quelconque, il faut que chacun s'en tienne à sa spécialité. L'opinion contraire est
soutenue tous les jours avec talent, et elle flatte trop
la vanité humaine pour qu'elle ne trouve pas de nombreux défenseurs ; mais, quoi qu'on en puisse dire, les
faits me semblent ici tellement évidents, qu'il me paraît
difficile de la discuter longtemps et sérieusement. Oui,
un des malheurs de notre époque, c'est que, dans quelque condition que l'on se trouve, à quelque étage de
la société où le hasard nous ait fait naître, nous ne
pouvons nous décider à suivre franchement la vocation à laquelle la nature nous a appelés. Nous nous
donnons bien du mal pour faire notre route, pour éla-
guer les broussailles autour de nous ; puis, quand le
terrain est aplani, quand les premières et les plus
grandes difficultés ont disparu, nous apercevons un de
nos semblables déjà en marche, et, sans calculer la
distance, sans nous rendre compte de nos forces et de
nos aptitudes, nous nous jetons à la traverse pour le
rejoindre ; et, si par hasard nous l'atteignons, c'est es-
soufflés, fatigués, épuisés, et bien heureux de ne pas
exciter les rires des spectateurs. Je sais bien que l'on
décore cette manière de faire du beau nom d'ambition ;
moi, je l'appelle autrement : c'est de l'envie. Je n'aime
pas les récriminations contre les faits accomplis, mais
que l'on réfléchisse au mal qu'a fait à la France cette
rage de sortir de sa spécialité, et l'on verra si ce que
j'avance n'est pas une vérité incontestable. Tout ce que
je viens de dire ne doit nullement s'adresser aux pre-

miers tâtonnements d'un talent qui s'ignore et qui
cherche sa voie. Je sais bien qu'avant de trouver une
ligne on hésite, on en essaye plusieurs avant de s'arrêter à une. Sous ce rapport, les débuts d'un homme
devenu important dans un tout autre genre méritent
de captiver un instant l'attention et d'être traités avec
soin. C'est ce que nous allons essayer de faire pour la
brochure publiée il y a vingt-sept ans par monsieur
Thiers sur le *Salon de* 1822.

Avant d'entrer en matière, nous avons besoin de
prendre toutes nos réserves. Il est bien entendu qu'ici
nous n'envisageons monsieur Thiers que comme critique d'art, et que l'homme politique est tout à fait
hors de cause. Notre sévérité, si l'on croit en trouver
dans cet article, ne porte essentiellement que sur l'auteur du *Salon de* 1822, et nous espérons avoir su
allier avec convenance les devoirs du juge avec les
égards que l'on doit à un homme de la valeur et de la
position de monsieur Thiers. Nous n'oublierons pas le
respect que mérite celui qui, au milieu de l'ébranlement de notre société, a été un de ses premiers et de ses
plus fermes soutiens. Sa ligne politique, nous tenons à
le constater, est donc tout à fait en dehors de nos appréciations. *Paulo minora canamus.*

En 1822, monsieur Thiers était un jeune homme
sans fortune, sans nom, sans protecteurs, mais admirablement doué de la nature, rempli de finesse, de
vivacité, d'intelligence, de promptitude d'esprit, et
surtout d'ambition, ce qui ne gâte jamais rien quand
on connaît son mérite, et ayant hâte de quitter la modeste chambre qu'il occupait de moitié avec son ami
monsieur Mignet, pour un théâtre plus digne de ses

facultés. Par l'entremise du député Manuel, il entra
comme rédacteur au *Constitutionnel*, une puissance
d'alors. Le journal et le journaliste s'en sont généreu-
sement souvenus depuis. L'occasion était belle, et monsieur Thiers n'était pas homme à la laisser échapper.
Il tailla sa plume immédiatement ; et, en attendant
mieux, sans être trop au courant de la question, avec
cette merveilleuse faculté d'assimilation qu'il possède
à un degré unique, se mit à faire une suite d'articles
sur le salon de peinture, qui, revus et augmentés, furent réunis en brochure et publiés à part. Cette brochure, assez rare maintenant, a été éditée par *Mara-
dan, libraire, rue des Marais, n° 16*. Elle est accom-
pagnée de cinq lithographies dans le goût du temps,
d'après des tableaux du salon : l'*Intérieur d'une sa-
cristie*, par monsieur Duval le Camus ; *Corinne*, par
monsieur Gérard ; le *Soldat laboureur*, par monsieur
Vigneron ; un *Cénobite*, par monsieur de Forbin, et le
Cours de l'Isère, par monsieur Watelet. L'exemplaire
sur lequel nous travaillons porte la dédicace suivante :

A MONSIEUR BARBIÈRE,
SON JEUNE AMI RECONNAISSANT : A. THIERS.

A cette époque, l'école de David régnait sans opposition et étouffait l'art dans un fatal cercle de Popilius.
Le style académique, ce genre bâtard froid et faux,
était le grand flambeau à la lueur duquel on envoyait
dédaigneusement travailler les élèves. Les Romains
frisés, les Clorindes empanachées, les Achilles et les
Hectors qui nous ont fait perdre tant d'heures au collége, étaient les maîtres sur toute la ligne. L'axiome
d'alors était volontiers celui-ci : Hors de David point

de salut. On discutait longuement les œuvres d messieurs Blondel, Picot, Heim, Bidault, etc.; et tant d'autres. Monsieur Thiers, qui a la prétention d'aimer les arts, est, quoi qu'il fasse, un esprit trop net, trop précis, trop peu enthousiaste, pour bien comprendre ce vague demi-jour, cette atmosphère de fantaisie, ce je ne sais quoi d'indéfini et d'indéfinissable, où se bercent les rêves de l'imagination et où s'épanouit à son aise la magnifique fleur de l'art. Ces contours secs, arrêtés, méthodiques, devant lesquels on s'extasiait alors, devaient le séduire, et le séduisirent en effet. Aussi dans sa brochure prend-il pour point de départ de ses jugements, pour *criterium* de ses opinions, les préceptes de David; et, bien qu'il s'en soit tout à fait écarté dans un endroit, il n'en est pas moins vrai que l'édifice de son esthétique repose sur David; et que l'exception dont nous parlons ne sert qu'à confirmer la règle générale.

Monsieur Thiers fait précéder ses remarques sur les tableaux de considérations sur l'art, et d'un coup d'œil rétrospectif sur la peinture depuis Giotto jusqu'à nos jours. C'est dans cette espèce de préface que l'on trouve sa profession de foi artistique et les principes généraux sur lesquels il base ses jugements. Dans un premier chapitre, écrit du reste de ce style clair, facile, ingénieux, mais trop froid pour un sujet semblable, et dans lequel on peut déjà pressentir l'admirable narrateur de l'*Histoire de l'Empire*, monsieur Thiers se jette à corps perdu dans des définitions plus ou moins banales du goût, du beau, du beau absolu, du beau relatif, etc., etc. J'ai déjà eu occasion de dire tout ce qu'à mon sens ces recherches ont de creux et de sté-

rile. Si le beau existe, ce que je suis loin de nier, c'est
à l'état absolu comme le vrai, le juste, l'infini, et il est
aussi impossible à l'homme d'en donner une définition
que de le comprendre. Le beau se sent, il ne se définit
pas. C'est donc embrouiller vainement la question, et,
quoi qu'on fasse, on ne dira jamais mieux que Platon
il y a deux mille ans : « Le beau, c'est la splendeur du
vrai. » Monsieur Thiers dit quelque part : « Le beau
est l'imitation choisie de la nature. » Je regrette qu'il
n'ait pas développé toute sa pensée. Cet aphorisme eût
pu donner lieu à de curieuses amplifications. Plus loin
il s'exprime ainsi : « Une femme défigurée, soit par les
douleurs, soit par le vice, vous émeut-elle comme cette
jeune fille pleine de grâce dont la pudeur fait rougir
le front et baisser la paupière? Une malheureuse chaumière, asile hideux de la misère, élève-t-elle votre âme
comme ce magnifique fronton soutenu par des colonnes
jumelles que les Français appellent la façade du Louvre? » Cet argument, ce me semble, soutient difficilement une discussion sérieuse ; et monsieur Thiers a, je
crois, pris des actions diverses pour des actions contraires. On peut parfaitement répondre qu'une femme
défigurée par quelque cause que ce soit impression-
nera autant qu'une jeune fille dont le front se voile de
pudeur et de grâce; qu'une malheureuse chaumière
élèvera autant l'âme que les vives arêtes d'un splendide palais. Ces quatre termes de comparaison ne feront
pas une impression semblable, d'accord, mais ils s'a-
dresseront toujours au même sentiment. Il s'agit seulement de savoir, si de chaque côté l'impression, pour
ne pas être semblable, ne sera pas également profonde.
La corde rendra un son différent; mais ce sera tou-

jours la même corde qui résonnera, et le même doigt qui la fera vibrer. Je crois que poser la question ainsi, c'est, non pas la résoudre, elle est insoluble, mais la simplifier, et réduire l'argument à rien. Les exemples d'ailleurs ne manqueraient pas. Est-ce que la *Niobé*, ou le *Laocoon*, ou la *Madeleine* de Rubens, ou les *Peseurs d'or* de Quintin Metzys, ou les *Vieillards* de Rembrandt ne vaudraient pas par hasard la *Vénus de Médicis* ou l'*Antinoüs*, ou les *Vierges* de Raphaël, ou le *Chapeau de paille* de ce même Rubens, ou les éblouissantes *Courtisanes* de Titien? Est-ce que le *Buisson* de Ruysdael, les *Intérieurs* de Van Ostade, de Craesbecke, d'Adrien Brauwer, de C. Bega, seraient inférieurs aux colonnades de Lorrain, aux paysages du Poussin, de Vélasquez ou du Dominiquin? Bien hardi serait celui qui se prononcerait en dernier ressort sur cette question, qui, Dieu merci! ne sera jamais résolue. L'art ne connait pas ces étroites barrières. Semblable au soleil et rayonnant comme lui, il dispense à tous sa bienfaisante lumière, sans s'inquiéter des vaines distinctions que cherchent à créer les critiques ou les rhéteurs.

Dans un second chapitre, monsieur Thiers recherche longuement qui des littérateurs ou des artistes est le plus apte à juger sainement du mérite d'une œuvre d'art, et, sans résoudre la question, il finit par dire que le juge véritable ce serait celui qui, « sans appartenir exclusivement à la classe des littérateurs ou des peintres, joindrait à la connaissance suffisante du matériel d'un art la poétique générale des autres, qui connaîtrait ce qui est propre à chacun et commun à tous. » Pardon, mais la question, qu'est-elle devenue? Pour

me servir d'une expression vulgaire, elle a été esca-
motée — très-adroiement il est vrai — mais non résolue. De bonne foi, ce n'était pas la peine alors de la
poser.

Plus loin, dans le paragraphe 3, consacré aux divers
mérites propres aux arts du dessin, monsieur Thiers
(et l'on retrouve déjà là ce besoin de clarté poussé plus
tard presque jusqu'au génie), monsieur Thiers, dis-je,
essaye de préciser et d'expliquer les différents termes
spéciaux dont il doit faire usage : le dessin, la lumière,
la couleur, le ton, la pâte, l'ordonnance, l'expression.
Tout en constatant que plusieurs de ces définitions
sont loin d'être justes et aussi claires au fond qu'elles
le paraissent au premier abord, on doit pourtant lui
savoir gré de cette précaution. L'esprit du lecteur, connaissant parfaitement la valeur des termes dont se sert
l'auteur, ne vacillera pas et ne pourra pas hésiter devant telle ou telle appréciation. Mais on voit trop clairement que monsieur Thiers est entré là dans un ordre
d'idées au milieu desquelles on lui aura appris à se
reconnaître vite, mais qui ne lui sont pas sympathi-
ques. Abordant un sujet tout à fait spécial, il dit, par
exemple, page 15 : « La matière colorée étendue sur la
toile d'une certaine manière s'appelle la pâte, et a,
pour les yeux des artistes qui connaissent les difficultés
du maniement, des beautés de tissu qui sont réelles
pour eux, et qu'on n'a pas le droit de leur contester,
quelque matérielles qu'elles paraissent; rien n'est à
dédaigner de ce qui répond à la pensée et sert à la réveiller. » Ce mérite dont monsieur Thiers parle si légèrement, tout en le constatant, constitue à lui seul une
grande partie de l'art de la peinture. On parviendra tou-

jours, en effet, à force de travail et d'études, à arriver à une certaine correction linéaire qui ressemblera plus ou moins aux formes employées par tous les artistes. C'est le domaine commun. Mais là où l'artiste pourra vivement imprimer sa personnalité, là où il ne rencontrera aucune entrave pour laisser courir son pinceau à sa guise et produire sur la toile l'idéal qu'il a dans l'imagination, là commence le domaine de la couleur et de son agent immédiat, la pâte, et il est aussi immense que divers. N'est-il pas évident, par exemple, que, tout en tenant compte des différences incontestables qui existent entre Raphaël et Titien dans la manière d'interpréter la ligne, ces différences sont encore bien plus saillantes dans leur couleur que dans leur dessin, dans leurs tableaux que dans leurs gravures. C'est donc par la couleur, par la couleur seule, que l'artiste peut prouver vigoureusement son identité, constater son originalité, et, dans les arts, plus que partout ailleurs, l'originalité est une condition nécessaire d'existence. C'est donc enfin un tort de monsieur Thiers d'avoir passé aussi légèremeent sur le mérite et l'importance de la pâte. Continuons. « Dans les vastes dimensions où la couleur s'étend largement, on ne parle que de pâte; dans les petites, on parle de touche. » C'est fort bien; seulement je ferai observer que monsieur Thiers se trompe quand il dit que la pâte n'existe que dans les toiles de grande dimension, et la touche dans les petites. La pâte est la matière colorante, la touche est la manière dont elle est étendue. Si monsieur Thiers a été assez heureux pour voir à l'échelle les immenses tableaux de la galerie de Médicis de Rubens, il aura pu se convaincre que, dans

ces compositions, qui peuvent paraître peintes avec un
torchon emmanché dans un balai, les touches sont
d'une finesse rare et merveilleuse, et que certains tableaux microscopiques de Rembrandt sont enlevés en
pleine pâte.

Après avoir essayé de déterminer ces qualités purement matérielles, l'auteur en aborde d'autres d'un
ordre plus élevé, que, malheureusement, il ne définit
pas mieux que les précédentes, sans parler de celles
qu'il invente. Voici d'abord comment il s'exprime sur
la conception ou le choix du sujet : « La conception
est le choix du sujet, et la disposition faite pour le
rendre visible et intelligible. Ainsi, David choisit la
mort de Socrate pour sujet ; ce choix fait, voici quelles
sont ses dispositions : Socrate, dans sa prison, assis sur
un lit, montre le ciel, ce qui indique la nature de son
entretien ; reçoit la coupe, ce qui rappelle sa condam-
nation ; tâtonne pour la saisir, ce qui annonce sa préoccupation philosophique et son indifférence sublime
de la mort. C'est là ce que l'on peut appeler la con-
struction du poëme. Le poëte épique choisit ce qui
prête au récit, le poëte tragique ce qui prête au drame,
le peintre ce qui peut devenir visible. » Arrêtons-nous
un peu, et demandons à l'auteur de quel droit il semble
vouloir s'immiscer dans le choix du sujet, comme si
cela devait intéresser la critique en quoi que ce fût.
L'artiste choisit son sujet parce qu'il lui convient ; et
à celui qui lui en demanderait compte d'une façon
chagrine, il serait en droit de répondre qu'il lui plaît
précisément par les raisons qui font qu'il déplaît à son
critique. La critique n'a rien à y voir, et voilà déjà
longtemps qu'on lui a tracé les limites qu'elle ne peut

franchir sous peine de manquer à la haute mission qui
lui est imposée. Elle ne doit pas demander : Tel sujet
est-il bon ou mauvais? mais bien : Tel sujet est-il traité
dans les conditions qu'il comporte? L'amour de l'art
emporte monsieur Thiers trop loin. Et puis, de bonne
foi, est-il bien satisfait de son exemple, et ne voit-il pas
que le peintre dont il parle, à force de vouloir mettre
de l'intention jusque dans les moindres gestes de ses
personnages, a empiété sur le rôle des scoliastes, comme
Le Batteux, et finit par en faire des mannequins im-
mobiles, impossibles, sans union entre eux, sans mouvement et sans harmonie générale. Poussin n'avait pas
ainsi calculé les gestes dans son admirable *Testament
d'Eudamidas*, et l'on sait si l'effet général en est saisissant.

Les erreurs et les jugements légers se présentent à
chaque instant. Monsieur Thiers appelle *ordonnance* ce
que l'on connaît généralement sous le nom de *composition*. « Elle est riche, dit-il, dans Lebrun, et
simple dans Lesueur. » Riche! vous n'êtes pas difficile.
Celui qui changerait contre des pièces d'or des gros
sous, en serait plus lourd, mais non plus riche. « L'expression, dit-il plus loin, et la vérité frappent toujours
le vulgaire, parce qu'il n'entend rien aux lignes, aux
couleurs, et n'a que des yeux pour reconnaître son
voisin. Aussi, on le voit s'arrêter devant des portraits
représentant des personnages connus, ou devant un
tableau de genre, pourvu qu'il soit vrai. » Permettez,
vous confondez ici la ressemblance et la trivialité avec
l'expression. Il n'y a pourtant pas à s'y tromper. Et,
d'ailleurs, êtes-vous bien sûr que l'expression et la
vérité frappent toujours le vulgaire? Je ne le crois pas,

21.

ni vous non plus ; car, si je ne me trompe, vous avez
dit quelque part : « Il est certain que Virgile, Raphaël,
ne sont pas faits pour la multitude. » Pourtant ce
n'est ni la vérité ni l'expression qui leur manquent, à
ceux-là.

Ici finissent les préliminaires de monsieur Thiers,
sa profession de foi en quelque sorte, profession de foi
beaucoup moins claire qu'elle ne le semble au premier
abord, route qui n'est rien moins que directe et qui se
défonce sur une longue étendue au premier coup de
pioche un peu vigoureusement donné. Le chapitre suivant, nous l'avons déjà dit, est rempli par un aperçu
brillant, vif, animé, mais rempli de jugements futiles
sur l'histoire de la peinture depuis le Giotto jusqu'à
David, et au fond spécialement destiné à la glorification
de ce dernier. Comme il serait trop long de relever,
les unes après les autres, les méprises qu'il contient,
nous nous contenterons de transcrire au hasard les
passages qui nous ont paru les plus curieux. « Ce qui
caractérise David, c'est la forte conception des sujets,
et surtout la vérité unie au grand dessin. Saisir le plus
beau type des formes humaines, et, au lieu de devenir
académique, demeurer naturel, c'est là un des plus
hauts faits du génie, et c'est ce qui doit immortaliser
David. Tous les mouvements sont vrais dans le groupe
des trois frères Horace, les caractères profondément
tracés, le dessin admirable. » Les mouvements des
Horaces vrais ! Qu'était-ce donc alors que le faux en
1822? « Le *Bélisaire* et les *Horaces* se distinguent par
une couleur sage, par un pinceau soigné et uni, par
la rougeur des ombres. » Oui, trop soigné et trop uni.
« Si la raison du siècle, dit-il plus loin, l'a préservée

des inconvenances qu'on trouve dans Michel-Ange, elle
est tombée dans la prétention et le bel esprit. » L'école
de David préservée des *inconvenances* de Michel-Ange
me semble un peu fort. Et, chose remarquable, qui
prouve jusqu'à quel point la rectitude de jugement
est enracinée chez lui, c'est que, malgré toutes ses
erreurs, monsieur Thiers finit par remonter sur sa
pensée, et la conduit à une conclusion si juste, qu'elle
est encore vraie après vingt-huit ans. « Aujourd'hui,
l'école française manque de toute espèce d'impulsion..... sans doute, la variété des sujets est une richesse de plus; mais elle prouve le défaut d'une direction forte et prononcée. On rencontre, en effet, avec
tous les sujets tous les styles, on voit la divergence qui
est aujourd'hui dans les arts, les sciences et les lettres.
Les écoles de philosophie, les systèmes politiques, les
doctrines littéraires, s'entre-choquent dans l'Europe
entière; partout, enfin, l'esprit humain vacille, hésite
et cherche péniblement à s'avancer. » Ce chapitre, enfin, se termine par un essai de définition des romantiques et des classiques, qui, on le pense bien, ne définit absolument rien — ce n'eût pas été chose facile,
d'ailleurs — et qui sert à monsieur Thiers à faire
preuve d'une spirituelle impartialité, et lui donne l'occasion d'une magnifique péroraison.

A la suite de ces préliminaires, monsieur Thiers
entre dans le détail et l'appréciation des œuvres ex-
posées. Ces œuvres, dont le temps a fait justice, exci-
taient alors une admiration dont nous pouvons difficilement nous rendre compte aujourd'hui. A chaque
instant, les noms les plus inconnus se rencontrent sous
la plume de l'auteur, qui commence par assurer

« qu'aucune exposition n'a offert deux tableaux plus touchants et plus originaux que *Corinne* et *Booz*. » Puis viennent les noms de messieurs Chaix, Frotté, Drolling, Gassies, Guillemot, Mercier, Thomas, Barbier-Valbonne, Destouches, qui composait alors des tableaux religieux, Delaroche, qui débutait par son tableau du *Massacre d'Athalie*, et tant d'autres, que les principes inféconds d'où partait monsieur Thiers ne pouvaient faire juger d'une façon bien impartiale et bien sérieuse. Nous ne citerons aucun de ces jugements. De nos jours, il est trop banal d'avoir raison d'un homme en lui jetant à la tête ses opinions d'il y a vingt-cinq ans. L'intelligence de l'auteur s'est trop élargie pour qu'il ne regrette pas maintenant ce qu'alors elles avaient d'étroit. Nous préférons transcrire tout au long ce qu'il dit du premier tableau de monsieur Delacroix — *Dante et Virgile aux Enfers*, — tableau que ses plus obstinés détracteurs regardent encore comme son chef-d'œuvre et dont ils se servent volontiers pour assommer les autres. Le procédé est connu. Après avoir parlé de monsieur Destouches comme d'un jeune artiste qui annonce le plus beau style, il s'exprime ainsi : « A ces espérances, il est doux d'en ajouter une nouvelle et d'annoncer un grand talent dans la génération qui s'élève.

« Aucun tableau ne révèle mieux, à mon avis, l'avenir d'un grand peintre que celui de monsieur Delacroix représentant le *Dante et Virgile aux Enfers*. C'est là surtout qu'on peut remarquer ce jet de talent, cet élan de la supériorité naissante qui ranime les espérances un peu découragées par le mérite trop modéré de tout le reste.

« Le Dante et Virgile, conduits par Caron, traversent
le fleuve infernal et fendent avec peine la foule qui se
presse autour de la barque pour y pénétrer; le Dante,
supposé vivant, a l'horrible teinte des lieux ; Virgile,
couronné d'un sombre laurier, a les couleurs de la mort.
Les malheureux condamnés à désirer éternellement la
rive opposée s'attachent à la barque. L'un la saisit en
vain, et, renversé par son mouvement trop rapide, est
replongé dans les eaux; un autre l'embrasse, et repousse avec les pieds ceux qui veulent aborder comme
lui; deux autres serrent avec les dents ce bois qui leur
échappe. Il y a là l'égoïsme et le désespoir de l'enfer.
Dans ce sujet, si voisin de l'exagération, on trouve
cependant une sévérité de goût, une convenance locale
en quelque sorte, qui relève le dessin, auquel des
juges sévères, mais peu avisés ici, pourraient reprocher
de manquer de noblesse. Le pinceau est large et ferme,
la couleur simple et vigoureuse, quoique un peu crue.

« L'auteur a, outre cette imagination poétique qui est
commune au peintre comme à l'écrivain, cette imagination de l'art qu'on pourrait en quelque sorte appeler
l'imagination du dessin, et qui est tout autre que la
précédente. Il jette ses figures, les groupe, les plie à
volonté avec la hardiesse de Michel-Ange et la fécondité de Rubens. Je ne sais quel souvenir des grands
artistes me saisit à l'aspect de ce tableau ; j'y retrouve
cette puissance sauvage, ardente, mais naturelle, qui
cède sans effort à son propre entraînement. « Que ce
soit le hasard, le sentiment de l'art ou la profondeur du
jugement qui ait dicté ces lignes, peu importe; mais il
est difficile d'apprécier d'une façon plus sensée, plus
juste, plus concise et plus vraie, l'incontestable mérite

de monsieur Delacroix. C'est certainement le passage
le plus curieux de la brochure de monsieur Thiers.
Encore aujourd'hui, et en jugeant des œuvres d'hier,
il n'y aurait rien à y changer.

Le reste de l'ouvrage est rempli par la longue description et l'appréciation plus longue encore de toiles
d'une nullité désespérante et avec lesquelles l'art n'a
rien ou presque rien de commun. On voit tour à tour
passer devant soi le *Serment des Hongrois*, de monsieur Fragonard ; *Vénus et Anchise*, cette œuvre de
monsieur Paulin Guérin qui faisait rêver les femmes
de la Restauration ; *Ruth et Booz*, de monsieur Hersent,
à qui tout un chapitre excessivement folâtre est consacré ; *Corinne au cap Misène*, de monsieur Gérard,
composition froide, plate, prétentieuse, au succès de
laquelle le costume prétentieux du bel Oswald a beaucoup contribué ; je ne sais quel tableau de monsieur
Horace Vernet à propos duquel monsieur Thiers dit
très-justement : « Si monsieur Horace Vernet continue
à user ainsi de sa facilité, il ne donnera bientôt plus
que des ébauches semblables à des décorations de
théâtre ; » puis un chapitre où il parle spécialement de
l'exposition que cet artiste avait ouverte dans son atelier et où l'on voyait la *Bataille de Jemmapes*, le *Maré-
chal Moncey à la barrière de Clichy*, et l'*Intérieur de
l'atelier du peintre*. Monsieur Horace Vernet était, à
cette époque, le peintre du parti libéral, ses œuvres
étaient difficilement reçues au Salon, et il les exposait
dans son atelier avec un catalogue dressé exprès par
deux collaborateurs de monsieur Thiers au *Constitutionnel*, messieurs Jay et Jouy. Monsieur Thiers,
ardent soldat du libéralisme, profite habilement de

cette exposition particulière, comme d'un terrain neutre pour lancer quelques flèches contre le gouvernement d'alors.

Les tableaux de genre n'ont pas plus d'intérêt que les compositions historiques. C'est *Prospero et Miranda*, de monsieur Gillot; *Noé maudissant son fils*, par monsieur Vanden-Berghe; la *Veuve du soldat*, de monsieur Ary Scheffer; les *Petits Savoyards*, de monsieur Dubuffe; le célèbre *Soldat laboureur*, par monsieur Vigneron; une toile de monsieur Duval Le Camus, que monsieur Thiers met sur la même ligne que Prud'hon, et, se détachant sur toutes ces pauvretés, le dernier tableau de Prud'hon lui-même, la *Famille désolée*, auquel monsieur Thiers adresse des louanges parfaitement méritées, mais qui semblent singulières sous la plume qui a traité si légèrement « l'asile hideux de la misère » de la préface. Notons aussi, à l'éloge de l'auteur, qu'il ne professe qu'une médiocre admiration pour l'école de Lyon, et qu'il traite assez cavalièrement monsieur Révoil, qui en était alors le chef. Monsieur Thiers arrive enfin au paysage, ce genre complétement inconnu aux peintres de la Restauration, à qui je ne pense pas qu'il soit venu une fois à l'idée de regarder la nature, et qui la voyaient toujours à travers les lignes conventionnelles de cette triste invention nommée le paysage historique. Monsieur Thiers ne pouvait se défendre de cet engouement, et ses jugements en font foi. Il loue monsieur Bertin; il dit à monsieur Watelet qu'il a fait un chef-d'œuvre; il s'extasie sur le talent de monsieur Valin, sur celui de monsieur Swebach; il prône le mérite de monsieur Ronmy; puis il arrive à la sculpture, et parle avec beaucoup de convenance et de sérieux des

œuvres de monsieur Allier, du *Cadmus* de monsieur
Dupaty, du *Thésée* de monsieur Ramey, de la *Minerve*
de monsieur Cartelier, de toutes sortes de statues qui
devaient rendre le marbre bien triste d'avoir à les représenter.

Je me résume. Malgré des aperçus ingénieux, malgré
des appréciations justes dont une surtout est des plus
curieuses, cette brochure prouve une chose, c'est que
monsieur Thiers a traité un sujet auquel il était étranger et pour lequel la nature de son esprit est peu sympathique. Cette assertion peut paraître singulière au
premier abord, mais s'explique pourtant avec monsieur
Thiers, chez lequel la faculté de l'assimilation est développée à un degré peut-être unique. On sait avec quelle
étonnante facilité de travail il s'instruisait à fond des
questions les plus obscures et les plus ardues, avec
quelle lucidité d'esprit il en apprenait plus long pendant deux heures de causerie auprès d'un homme spécial que d'autres pendant des mois entiers de recherches
et d'études ; et quand, dans un voyage en Angleterre,
il demandait un quart d'heure d'entretien au chancelier
de l'Échiquier pour être mis au courant du système
financier de la Grande-Bretagne, ce n'était point suffi-
sance ridicule de sa part, mais bien expression naïve
de la vérité. Il n'en est pas de même pour les arts.
Pour bien juger les œuvres d'imagination, le bon sens,
l'esprit, la raison, ne sont pas suffisants ; il faut deux
autres qualités que la nature lui a départies avec moins
de libéralité : le sentiment et l'imagination elle-même.
En fréquentant quelques artistes, on peut être initié
aux secrets superficiels du métier ; mais là se borne
tout le mérite : la critique alors ne va pas plus loin

que l'épiderme de l'art; elle n'en fait saisir ni la di-
versité des moyens, ni la profondeur du but, ni la puissance des ressources, ni la flexibilité des ressorts, ni la
grandeur des résultats. Pour tout dire : on traduit, on
ne comprend pas.

Encore un dernier mot. Nous revenons en terminan
sur ce que nous avons dit au début : nos observations
ne s'adressent qu'au critique d'art, et ce serait se
tromper étrangement que de vouloir leur donner une
autre portée. Elles ont pu paraître sévères; mais cette
sévérité ne nous a pas fait oublier, du moins nous l'espérons, les égards que l'on doit à un esprit aussi distingué que monsieur Thiers. Cette sévérité, du reste, a
un motif moins futile que la critique d'un opuscule
complétement oublié aujourd'hui. Que monsieur Thiers,
qui a le goût des arts, se flatte d'en avoir le sentiment
et satisfasse ce goût dans la vie privée, rien de mieux,
mais que, se servant de la haute influence de son nom,
il cherche à l'imposer au public, c'est aller un peu loin;
et il ne doit pas être surpris qu'on s'efforce de lui faire
comprendre qu'il outre-passe les bornes de la réserve
dans laquelle il doit se renfermer. Or, ce dont nous
nous plaignons est arrivé. Après la Révolution de février, monsieur Thiers s'occupa beaucoup du Louvre,
et plusieurs des travaux qui y furent exécutés —
ceux notamment du salon Carré — se ressentirent de
ses idées, de ses préférences et de ses antipathies. Il
était donc de notre devoir de constater jusqu'à quel
point monsieur Thiers était compétent dans les questions de ce genre, et sa brochure était sous ce rapport
une arme trop précieuse pour que nous n'ayons pas été
heureux de la ramasser. C'est avec peine que nous le

22

voyons agir aussi légèrement, et c'est avec une croyance
profonde à sa justice envers lui-même que nous lui ré-
péterons en terminant les paroles sensées que nous
avons rapportées en commençant. Quant à nous, nous
allons relire les chapitres du Concordat et des négocia-
tions d'Espagne.

ÉTUDE LITTÉRAIRE

JEAN ROTROU.

Il y a dans le foyer du Théâtre-Français un buste plus beau peut-être que celui de Molière, et en face duquel on se sent également remué. Il est signé de Caffieri, et porte la date de 1783. Si l'on est frappé, en contemplant le buste de Molière, par le caractère d'observation attentive, d'ironie concentrée de cette tête, qui en fait un chef-d'œuvre; devant celui de Caffieri, on est saisi par l'air de noblesse et de résolution dont il est empreint. C'est une tête longue et maigre, portant haut, aux pommettes saillantes, aux joues creuses, au nez vivement découpé, aux yeux intelligents, à la bouche recouverte d'une fine moustache, et qui s'ouvre comme pour le commandement. Elle est enveloppée d'une perruque qui retombe de chaque côté des épaules en tresses désordonnées, mais gracieuses : un type de raffiné de Louis XIII. Le cou est maigre aussi; les nerfs s'y détachent en saillie. Il est admirablement entouré

22.

par la broderie de la chemise, entr'ouverte avec négligence comme dans le portrait typique de lord Byron,
que ce buste rappelle involontairement. Tel qu'il est,
c'est une œuvre marquée d'un sentiment élevé, de vie
et d'élégance. Le ciseau de Houdon est peut-être plus
moelleux, celui de Caffieri est plus nerveux; mais tous
deux possèdent une profonde impression de la vie. Ce
marbre précieux représente Rotrou, le père littéraire
de Corneille, qui s'honorait et se qualifiait lui-même
du nom de son fils.

Rotrou n'aurait pas la gloire d'avoir régénéré le
théâtre en l'arrachant à l'ornière de Hardy et de Garnier, que sa mort héroïque, dans ses humbles fonctions
au bailliage de Dreux, mériterait de ne pas laisser oublier son nom par la postérité. Il fut bien l'homme que
l'imagination se crée devant son buste, et cette fois du
moins l'art n'aura rien eu à idéaliser. La réalité valait
l'idéal. Lors de la fièvre épidémique qui se manifesta à
Dreux en 1650, ses amis et son frère renouvelaient auprès de lui leurs instances pour lui faire quitter le lieu
de la contagion. Rotrou refusa énergiquement. « Le salut
de mes concitoyens m'est confié, écrivait-il à son frère;
j'en réponds à ma patrie, et je ne trahirai ni l'honneur
ni ma conscience. Ce n'est pas que le péril où je me
trouve ne soit grand, puisqu'au moment où je vous
écris ceci on sonne pour la vingt-deuxième personne
qui est morte aujourd'hui. Ce sera pour moi quand il
plaira à Dieu. » Il plut à Dieu peu de temps après, et le
28 juin 1650 il expirait frappé de la maladie dont il
avait fait tous ses efforts pour préserver ses concitoyens.
Je ne crois pas que l'antiquité puisse nous offrir une
simplicité et un courage supérieurs.

Les autres détails sur la vie de Rotrou manquent au biographe. Une tradition, qui ne s'appuie sur aucune preuve valable, voudrait que Rotrou ait aimé le jeu avec fureur. Toutes ses ressources passaient à satisfaire cette passion, et il avait si peu d'empire sur lui-même, qu'il enfouissait, dit-on, dans les fagots l'argent gagné, afin qu'il fût plus difficile à retrouver. Les frères Parfait ont consigné aussi, dans l'*Histoire du Théâtre-Français*, que Rotrou, sous le coup d'un emprisonnement pour dettes, donna aux comédiens sa tragédie de *Venceslas* pour vingt pistoles. Cette anecdote, si elle était vraie, prouverait que Rotrou avait des dettes, sans en indiquer l'origine. Si l'on veut bien se rappeler, d'ailleurs, que le prédécesseur de Rotrou, Hardy, vendait ses pièces trois écus aux mêmes comédiens, qui payèrent plus tard celles de Corneille des sommes un peu plus considérables, la modicité du prix de *Venceslas* ne paraîtra pas si exagérée. Je crois donc, jusqu'à preuve du contraire, que la tradition qui fait de Rotrou un joueur effréné peut être mise au rang des fables, comme celle qui accuse Rembrandt d'avarice, et tant d'autres dont la science vient à chaque instant démontrer l'erreur. Notre intention n'est pas d'ailleurs de faire une biographie, mais une étude littéraire, et nous laisserons à d'autres le soin de défendre sa vie privée. Nous n'étudierons ici que le précurseur et le maître du grand Corneille.

Rotrou marque d'une façon très-nette et très-originale la transition de Hardy à Corneille. Rien, dans le monde des idées comme dans celui des faits, ne se produit par saccades. Les grandes personnalités ne se manifestent pas tout d'un coup. Ce sont des fruits mûris

par la lente élaboration des siècles. Un monde sépare
Hardy de Corneille, qui ne s'expliquerait pas si Rotrou
ne venait faire la transition. Mais si Corneille, si Molière lui-même, ont profité des travaux de Rotrou, s'ils
ont marché en maîtres dans une voie où il se lançait en
hésitant, c'est à lui à qui revient la part la plus ardue
du travail : celle du commencement et de l'innovation.

Dans un récent ouvrage sur Corneille, monsieur
Guizot s'étonne du titre que Corneille donnait à Rotrou,
et adresse en second lieu à Hardy des éloges dont il
se montre fort avare envers le vieux tragique. Monsieur
Guizot semble au premier abord avoir raison, car les
pièces de Rotrou restent au répertoire, *Venceslas*,
Saint-Genest, sont postérieurs aux chefs-d'œuvre de
Corneille. Le *Cid* est de 1636; — *Horace* et *Cinna*, de
1639; — *Venceslas* est de 1647; — *Polyeucte*, de 1640;
— *Saint-Genest*, de 1647. — C'est la preuve seulement que l'élève ne fut pas long à dépasser son maître.
Mais, si l'on veut bien se rappeler qu'entre la première
pièce de Rotrou, l'*Hypocondriaque*, et la première pièce
de Corneille, *Mélite*, il s'écoula onze ans (1618-1629),
on comprendra que durant cet intervalle Rotrou ait pu
acquérir une connaissance de la scène, une habitude à
se servir de ses ressources, que Corneille ne possédait
pas. Il deviendra évident que l'étude attentive des pièces
de Garnier et de Hardy lui ayant démontré la faiblesse
de sa composition et inspiré des idées rénovatrices, il
les aura communiquées à Corneille avec l'autorité de
l'expérience, et, trouvant là un esprit jeune et malléa-
ble encore, il l'aura poussé dans une voie où il ne se
sentait plus la force de marcher. L'action de Rotrou sur
Corneille, incontestable de l'aveu même du grand tra-

gique, a dû procéder par influence, par conseils, plus
que par l'exemple, et il est regrettable que monsieur
Guizot ne l'ait pas mieux compris.

Au surplus, au milieu des critiques injustes qui
pleuvaient autour du glorieux auteur du *Cid*, Rotrou
défendit courageusement son élève, et l'éloge qu'il
place dans la bouche de Saint-Genest prouve que Corneille ne fut pas seul à lutter dans la mêlée.

> Nos plus nouveaux sujets, les plus dignes de Rome,
> Et les plus grands efforts des veilles d'un grand homme
> A qui les rares fruits que sa muse a produits
> Ont acquis dans la scène un légitime bruit,
> Et de qui certes l'art comme l'estime est juste,
> Portent les noms fameux de Pompée et d'Auguste,
> Ces poëmes sans prix où son illustre main,
> D'un pinceau sans pareil a peint l'esprit romain,
> Rendront de leurs beautés votre oreille idolâtre,
> Et sont aujourd'hui l'âme et l'amour du théâtre.

En exagérant le mérite de Hardy et en passant légèrement sur l'originalité de Rotrou, monsieur Guizot
n'a pas fait preuve d'impartialité. Quelle que soit la
distance qui sépare Hardy de Jodelle et de Garnier, la
scission est évidemment plus tranchée entre Rotrou et
Hardy. Hardy, qui semble élégant comparé à ses deux
prédécesseurs, est bas quand on le met en parallèle de
Rotrou; et dans aucune des pièces de l'auteur de *Venceslas* on ne retrouvera les inconvenances de *Lucrèce*,
du *Mariage infortuné*, de l'*Hospitalité violée*. Le style,
d'ailleurs, était une pierre de touche qui devait faire
reconnaître la distance qui sépare ces deux auteurs.
Monsieur Guizot, qui avoue que le style de Hardy « a
la dureté, l'incorrection, l'impropriété, la trivialité

d'un homme à qui la nécessité de pourvoir à sa propre
subsistance et à celle d'une troupe de comédiens
coûtait quelquefois deux mille vers en vingt-quatre
heures! » serait fort embarrassé de trouver à appliquer
ces reproches à Rotrou dont le style a vieilli, sans
doute, dont certaines images se ressentent encore du
goût faux et entortillé de l'époque, mais qui, en général, se rapproche de la clarté et de la mâle vigueur
admirées chez Corneille. Jamais Rotrou n'est trivial;
et, sous ce rapport, c'est une singulière remarque à
faire que Molière, travaillant dans un temps où le goût
était bien plus épuré, se soit quelquefois servi d'expressions que l'on chercherait vainement chez Rotrou.

On peut diviser les trente-sept pièces de Rotrou qui
nous sont restées, et que contient l'excellente édition
de Desoer publiée en 1820, en trois catégories bien
distinctes. D'abord, celles composées dans le goût de
l'époque, tout chargé des imbroglios espagnols et des
gongorismes italiens. Il puise ses sujets dans les romans
de la chevalerie contrefaits, dans les réminiscences de
Durfé et de la Calprenède. Les chevaliers, les rois de
Guindaye ou de Thessalie, les bergers ivres d'amour, y
coudoient les reines d'Antioche, les impératrices de la
Grèce et les Bradamante, *crue fille de Floriselle*. C'est
un monde singulier et presque ridicule maintenant;
mais la fantaisie y prend toutes ses aises, et l'esprit se
laisse quelquefois entraîner à cette séduisante débauche
de l'imagination. Les trois quarts des ouvrages de
Rotrou sont composés dans ce genre; sa facilité s'explique alors, et l'on comprend que dans certaines
années il ait fait représenter jusqu'à cinq pièces en
cinq actes. Avec tous les moyens qu'il mit en œuvre,

les enlèvements, les substitutions, les naissances in-
connues ou supposées, les fausses morts, il n'est pas
difficile d'entortiller et de dénouer un imbroglio, et,
sous ce rapport, Rotrou rendrait des points à nos plus
adroits machinistes mélodramatiques. *Cléagenor et
Doristée*, l'*Heureuse Constance*, la *Céliane*, la *Belle
Alphrède*, la *Pèlerine amoureuse*, *Clarice*, *Florimonde*,
l'*Illustre Amazone*, *Agésilan de Colchos*, l'*Innocente
Infidélité*, les *Deux Pucelles*, sont les principales pièces
de ce genre.

La seconde catégorie comprend ses compositions
copiées du théâtre ancien. Copiées est le mot exact.
Rotrou ne s'en cachait pas. Les noms des personnages
de certaines pièces, comme les *Ménechmes*, qui n'ont
rien d'historique et qui importaient peu, ne sont même
pas changés. Dans le théâtre grec, Sophocle et Euripide
ont seuls été mis à contribution. Il semble que Rotrou
ait reculé devant la sauvage énergie d'Eschyle. Le
théâtre romain ne lui a prêté que Plaute, auquel il a
pris le sujet des *Ménechmes*, d'*Amphitryon* et des
Captifs; car l'*Hercule mourant* et l'*Antigone* de Sénèque ne sont que des imitations de Sophocle et d'Euripide. Ces copies forment cependant un des côtés les
plus marqués de l'originalité de Rotrou. Elles prouvent
que, fatigué du genre que lui imposait le goût public,
il cherchait des sujets plus nobles, plus simples et plus
élevés. Comme on n'eût pas manqué de crier haro au
novateur, il essayait, par des exemples pris dans l'antiquité, d'occuper les esprits par des caractères et des
passions, plutôt que de les fatiguer par des intrigues.
Hercule mourant est de 1652. *Antigone* de 1638. Ces
compositions précèdent donc les chefs-d'œuvre de

Corneille de plusieurs années, et marquent l'influence de Rotrou.

Viennent enfin les œuvres filles légitimes de son imagination et qui sont restées à la scène : *Le Martyre de Saint-Genest*, *Venceslas*, *Cosroès*. Ici, Rotrou ne doit son succès qu'à lui-même. La scission avec le passé est évidente, palpable. La simplicité, la grandeur, la sévérité de l'intrigue, sont bien à lui et devaient faire une singulière diversion aux œuvres de ses devanciers. Le nombre de ces pièces se borne aux trois que nous venons de nommer, mais ce sont elles qui assurent définitivement à Rotrou le titre de rénovateur du théâtre.

Voici l'analyse de quelques pièces des trois genres que nous venons d'indiquer.

Dans *Agésilan de Colchos*, le jeune Agésilan, roi de Colchos, s'éprend, à la vue d'un portrait, de Diane, fille de Florisel, empereur de Grèce et de Sidonie, reine de Guindaye. Sidonie a jadis été séduite par Florisel, qui l'a délaissée pour épouser Lucelle. Pour se venger de cet abandon, elle promet la main de sa fille à qui lui apportera la tête de son parjure amant. Agésilan se travestit en femme, et, sous le nom de Daraïde, parvient à se lier d'amitié avec Diane. Sur ces entrefaites, un chevalier Anaxarte vient soutenir à la cour de Sidonie la beauté de sa maîtresse. Agésilan, humilié de cette prétention, saute sur une épée et force Anaxarte à reconnaître la beauté de Diane entre toutes les femmes. Sidonie, à cette vue, veut faire servir le courage d'Agésilan à sa vengeance. Une tempête jette Florisel sur les côtes de Guindaye ; Agésilan, qui se trouve sur le rivage, court annoncer à Sidonie que Florisel n'existe

plus. La reine, à cette nouvelle, sent renaître son amour
pour le perfide; elle s'abandonne au désespoir et demande à voir Florisel, qui n'était qu'endormi. Toute
haine s'éteint alors dans son âme; Florisel, reconnaît
ses torts, et, devenu veuf, épouse Sidonie, qui accorde
la main de sa fille Diane à Agésilan, qui se fait reconnaître de sa maîtresse.

On remarque dans cette pièce un sentiment de la
nature qui perce au milieu des concetti dont il est enveloppé. Dans la première scène du troisième acte,
Diane s'endort auprès d'une fontaine, et sa suivante,
Ardénie, s'occupe pendant son sommeil à lui composer
un bouquet.

> Sur les bords émaillés de ce cristal humide,...
>   Au bord de ces fontaines
> Que frisent les zéphyrs de leurs fraîches haleines,
> — Que cet émail est rare et que l'œil enchanté
> S'égare doucement dans sa diversité!
> Mais, ô doux ornements dont la terre est parée,
> Que votre éclat si doux est de courte durée!

Voyez, dit plus loin Agésilan qui arrive au milieu de
la scène :

> Voyez que tout est calme et que ces doux zéphyrs,
> De peur de l'éveiller, retiennent leurs soupirs...
> Telle, ayant mis le cerf ou la biche aux abois,
> Diane se repose à l'ombre des bois.

Cette vive impression du monde extérieur doit être
notée. Elle était rare à cette époque. Je ne sache guère
que Segrais qui l'ait possédée à ce degré-là.

Les *Deux Pucelles*, qui ont servi d'original aux *Ri-*

vales de Quinault, sont encore beaucoup plus embrouil-
lées qu'*Agésilan de Colchos*. — Il est difficile de com-
pliquer une action autant que celle de cette œuvre.
Nous ne saurions mieux faire, pour en donner une idée,
que de copier la notice qui la précède dans l'édition de
Desoer : « Théodose, jeune demoiselle de Séville, tou-
chée de l'amour que lui témoigne don Antoine, et séduite par la promesse qu'il lui a faite de l'épouser,
s'est livrée à lui. Théodose est l'héroïne de la pièce,
Léocadie est la seconde. Celle-ci donne un rendez-vous
nocturne dans son appartement à don Antoine. On voit
déjà combien le titre de la pièce est singulièrement ap-
pliqué. Don Antoine, épris des charmes de Léocadie,
allait en secret chez elle, lorsqu'il reçoit une lettre de
Théodose ; agité de remords et ne pouvant surmonter
son nouvel amour, il se détermine à quitter Séville et à
se rendre à Rome. Ses deux maîtresses, par un mouvement sympathique, se déguisent en hommes et courent
sur ses traces. Le hasard les rassemble tous dans une
hôtellerie, où, parmi une infinité d'événements, le plus
bizarre est la reconnaissance que Théodose fait de son
frère dans un certain Alexandre qu'on lui donne, la
croyant homme, pour compagnon de chambrée. L'hôtesse, toujours trompée par le travestissement de Théodose, en devient amoureuse. Cet amour épisodique, la
jalousie de l'hôte, compliquent encore cet imbroglio,
mais d'une manière assez gaie. Alexandre est l'amant
de Léocadie, il la retrouve dans l'auberge et réclame
ses droits. Don Antoine retourne à Théodose, et la pièce
se termine par un double mariage. » Plusieurs scènes,
occasionnées par la méprise de l'hôtesse Alcione, sont
traitées avec entrain, et ne devaient pas peu contribuer

à assurer le succès de la pièce, qui, au dire des biographes, fut des plus brillants. La société des Beaufort, des Longueville, des La Rochefoucauld, des Chevreuse, se préparait par là à la comédie tout aussi embrouillée et tout aussi petite qu'elle allait jouer dans la Fronde.

Le sujet de *Clarice ou l'Amour constant* repose toujours sur les mêmes données. Le travestissement de Léandre en femme fait le fond de l'intrigue, qui, il faut le reconnaître, offre moins de complications que les autres. Un jeune homme, Léandre, fils de Raymond, aime Clarice, fille d'Horace. Les deux familles, après avoir été liées ensemble, sont séparées maintenant par une profonde inimitié; et Léandre, au moment où il se rendait à Florence pour aller voir sa maîtresse en secret, est enlevé par des pirates qui le retiennent en esclavage pendant six ans. Il parvient cependant à s'échapper, et, sous les habits d'une femme et le nom d'Hortense, obtient la confiance d'Horace. Toute la pièce n'est remplie que par les combats de Clarice contre son père, qui veut la contraindre à se marier, tandis qu'elle veut rester fidèle à la mémoire de son amant, qu'elle n'a pas reconnu dans Hortense. Un matamore, un médecin ridicule, veulent tous deux l'épouser, et font le comique de la pièce. Enfin, le père de Léandre meurt, et, comme gage de réconciliation, demande que Horace accorde sa fille à Léandre. Horace cède aux désirs de son vieil ami, et la pièce finit par un mariage comme un vaudeville. Observons en passant que ce sujet se rapproche de celui traité par Shakspeare dans *Roméo et Juliette*. On sait ce qu'il en a fait, et l'on peut apprécier la différence qui sépare le génie du talent.

L'amour, qui fait le fond de toutes ces pièces, y est

toujours glorifié comme une religion sans doute possible. Léandre, pendant tous ses malheurs, à travers
ses six années d'esclavage, n'a qu'une pensée : revoir
Clarice. Clarice, de son côté, ne se permet pas un doute
sur l'affection de son amant, et résiste avec persévérance à toutes les suggestions de son père. La pensée de
l'infidélité de Léandre ne traverse pas un seul instant
son esprit. Cette foi ardente et convaincue est le caractère de toutes les œuvres de cette époque, et en fait le
côté curieux et attachant.

Dans *Clarice*, Rotrou a achevé de dessiner le personnage du matamore, dont il avait esquissé plusieurs
traits dans *Agésilan de Colchos* et dans *Amélie*. Ro-
saran, Émile, Rhinocéronte, sont, sous trois formes différentes, le souvenir du *Miles gloriosus* de Plaute. Ce
type était fort amusant à cette époque, où l'on en avait
sous les yeux les originaux vivants. L'extravagance et
la fanfaronnade des officiers espagnols choquait l'esprit déjà élégant et délicat du public français. Le matamore était devenu un personnage obligé du théâtre, et
Rhinocéronte en est un portrait typique.

Qu'on l'écoute lui-même se vanter. Son valet Léonin
lui demande :

Et devant quels témoins a paru ce grand cœur?

RHINOCÉRONTE.

Il n'en reste pas un, car tous sont morts de peur.
Ma seule voix, mon ombre et mon souffle, est funeste.
Sais-tu mes qualités? lieutenant de la peste,
Intendant général des menaces du sort,
Colonel du carnage et commis de la mort,
L'effroyable terreur de la terre et l'onde;
Pour tout dire en un mot : le destructeur du monde.

Les prétentions amoureuses du matamore ne sont pas moindres que ses prétentions guerrières.

> Je ne me flatte point, mais j'ai, sans vanité,
> Entendu quelquefois parler de ma beauté.
> Aussi bien que du corps je triomphe des âmes,
> Et, si je ne te dis qu'un million de dames,
> Que j'ai mis pour un jour dedans le monument,
> Ce n'est point me vanter, c'est parler sobrement.
> Quand à blesser les cœurs j'ai ma vue occupée,
> J'ai fait autant d'exploits des yeux que de l'épée.
> Selon l'air que je prends, tout succède à mes vœux :
> Ange quand il me plait, et diable quand je veux.

Et plus loin :

> Je suis ce qui me plait ! j'ai cent fois pour un jour
> Pris ou laissé la forme ou de Mars ou d'Amour ;
> Je me fais et défais, et, comme je m'avise,
> Je me rends agréable ou m'incapitanise :
> Tantôt je me signale en mille exploits vainqueurs,
> Tantôt me divertis au carnage des cœurs ;
> Enfin, soit que je plaise ou soit que j'extermine,
> Toujours ou ma douceur ou ma force est divine.

Pour achever ce portrait, le matamore était aussi poltron que vantard, et, toutes les fois qu'il trouve à qui parler, il fait retraite, mais d'une manière fort grotesque, et se donnant à lui-même des raisons qui mettent sa vanité à l'abri. Lorsque Rhinocéronte est provoqué par Alexis, qui lui demande :

> Au moins une estocade
> Pour marquer le beau feu dont nous sommes épris ;

23.

Il répond :

> Je ne hasarde point un homme de mon prix,
> Qui sait par jugement mépriser une injure,
> Et que tout cœur mourrait de la moindre blessure.

Il y a en outre dans *Clarice* un personnage de médecin, Hippocrate, prétendant à la main de Clarice comme Rhinocéronte, et certaines scènes comiques qui font pressentir Molière.

Ce nom glorieux nous servira de transition à l'examen des pièces imitées des anciens, et en particulier des *Sosies*, qui ont fourni *Amphitryon* à Molière. C'est, je le répète encore, dans cette imitation de l'antique que se dégage l'originalité de Rotrou. Ne pouvant ou n'osant pas étudier la passion dans le drame, il s'efforçait du moins d'y chercher des caractères.

Les *Sosies* sont de 1636. Déjà, en 1632, Rotrou avait emprunté à Plaute le sujet des *Ménechmes*. Dans ces deux comédies, il suit son modèle pas à pas, scène à scène. Il y a, toutefois, dans les *Sosies*, une plus libre allure ; et le traducteur s'est permis des adjonctions et des coupures en rapport plus direct avec nos mœurs que le texte même de l'auteur latin.

Molière s'est chargé de faire de l'Amphitryon un sujet français. Nous n'avons pas à raconter la pièce, mais ce que l'on ignore généralement c'est que, en empruntant à la même source que Rotrou, il a sans façon fait pareil honneur à ce dernier, et lui a dérobé des scènes entières qui ne sont pas dans Plaute, ne se donnant pas la peine de changer les expressions. On sait qu'il en a fait de même pour Cyrano de Bergerac. Molière appe-

lait cela prendre son bien où on le trouve. Cette réponse
est fort spirituelle, certainement; toutefois il eut mieux
valu pour Molière, puisqu'il s'était laissé dérober son
bien, qu'il s'en reconstituât un autre. Il était assez riche
et assez intelligent pour cela. Je n'insiste pas, du reste,
sur cette observation, et suis fort disposé à croire que, si
les *Sosies* de Rotrou offrent une certaine curiosité,
c'est à l'*Amphitryon* de Molière qu'ils la doivent. Entre
les deux pièces, trente-deux ans se sont écoulés (1636-
1668), et il est probable que, si le succès des *Sosies* eût
été considérable, ce court espace de temps ne l'eût pas
fait oublier, et que les ennemis de Molière ne se fussent
pas fait faute de crier au plagiat.

Quoi qu'il en soit, Rotrou n'a pas été inutile à Molière,
et les citations suivantes vont le prouver :

ROTROU.

— Où s'adressent les pas? — Que t'importe? où je veux.
— Es-tu libre ou captif? — Oui. — Mais lequel des deux?
— Lequel des deux me plaît ou tous les deux ensemble.
— Ce maraud veut périr. — Tel menace qui tremble.
— Mais qui de grâce es-tu? Qui t'amène en ce lieu?
— J'appartiens à mon maître. Es-tu content? Adieu.

MOLIÈRE.

Qui va là? — Moi. — Qui moi? — Moi. Courage, Sosie.
— Quel est ton sort, dis-moi? — D'être homme et de parler.
— Es-tu maître ou valet? — Comme il me prend envie.
— Où s'adressent tes pas? — Où j'ai dessein d'aller.
— Résolûment par force ou par amour,
   Je veux savoir de toi, traître,
Ce que tu fais, d'où tu viens avant jour,
   Où tu vas, à qui tu peux être.
— Je fais le bien et le mal tour à tour,
Je viens de là, vais là, j'appartiens à mon maître. —

Le larcin continue un peu plus loin.

ROTROU.

Mon maître Amphitryon, ses ennemis domptés,
Ne m'a-t-il pas du port envoyé vers Alcmène,
Lui conter du combat la nouvelle certaine?
N'en arrivé-je pas une lanterne en main?
Voilà pas le palais de ce prince thébain?
Ne te parlé-je pas? Sais-je pas que je veille?
Tes poings ne m'ont-ils point étourdi cette oreille?
Que n'opposé-je donc ma défense à tes coups?
A quoi perds-je le temps? Que n'entré-je chez nous?

MERCURE.

Dieux! de quelles couleurs il sait peindre un mensonge!
Dois-je croire mes sens? Veillé-je, ou si je songe?
Il dit de point en point ce qui m'est arrivé;
Car mon maître, en effet, le combat achevé,
Et la main de Ptérèle ayant coupé la trame,
M'a du port Euboïque envoyé vers sa femme,
Lui conter de nos faits l'heureux événement.

SOSIE.

Je ne me connais plus : en cet étonnement,
Il me mettrait enfin au terme de le croire.
Quel présent lui fut fait après cette victoire?

MERCURE.

D'un vase précieux où Ptérèle buvait.

SOSIE.

Il sait tout mieux que moi; sans doute il nous suivait.

MERCURE.

Que mon maître aussitôt fit marquer de ses armes.

SOSIE.

Quelle lumière, ô dieux! dissipera ces charmes?
Il l'a déjà sur moi par la force emporté,
Et la raison encor semble de son côté.

Mais ma mémoire enfin a de quoi le confondre,
Et, sans être moi-même, il n'y saurait répondre,
Lorsque plus vivement choquaient les bataillons,
Qu'allas-tu faire seul dedans nos pavillons?

MERCURE.

D'un flacon de vin pur...

SOSIE.

Il entre dans la voie.

MERCURE.

Près d'un muid frais percé j'allai faire ma proie
Hardi, je l'assaillis, et lui tirai du flanc
Cette douce liqueur qui tenait lieu de sang.

SOSIE.

Je suis sans repartie après cette merveille;
S'il n'était par hasard caché dans la bouteille,
Il ne me reste plus avec quoi contester.

MERCURE.

Eh bien! suis-je Sosie? As-tu lieu d'en douter?
T'ai-je assez bien guéri de cette frénésie?

SOSIE.

Mais moi, qui suis-je donc, si je ne suis Sosie?

MERCURE.

Prends ce nom, si tu veux, quand je l'aurai quitté,
Mais devant, défais-toi de cette vanité.

Voici maintenant la scène dans Molière :

SOSIE.

Mon maître Amphitryon ne m'a-t-il pas commis
A venir en ces lieux vers Alcmène sa femme?
Ne lui dois-je pas faire, en lui vantant sa flamme,
Un récit de ses faits contre nos ennemis?
Ne suis-je pas du port arrivé tout à l'heure?

Ne tiens-je pas une lanterne en main?
Ne te trouvé-je pas devant notre demeure?
Ne t'y parlé-je pas d'un esprit tout humain?
Ne te tiens-tu pas fort de ma poltronnerie
    Pour m'empêcher d'entrer chez nous?
N'as-tu pas sur mon dos exercé ta furie?
    Ne m'as-tu pas roué de coups?...
Ce matin du vaisseau, plein de frayeur en l'âme,
Cette lanterne sait comme je suis parti.
Amphitryon, du camp, vers Alcmène sa femme
M'a-t-il pas envoyé?

MERCURE.

            Vous en avez menti.
C'est moi qu'Amphitryon députe vers Alcmène,
Et qui du port Persique arrive de ce pas;
Moi, qui viens annoncer la valeur de son bras,
Qui nous fait remporter une victoire pleine,
Et de nos ennemis a mis le chef à bas...

SOSIE.

Parmi tout ce butin fait sur nos ennemis,
Qu'est-ce qu'Amphitryon obtint pour son partage?

MERCURE.

Cinq fort gros diamants en nœud proprement mis,
Dont leur chef se parait comme d'un rare ouvrage.

SOSIE.

A qui destine-t-il un si riche présent?

MERCURE.

A sa femme : et sur elle il le veut voir paraître.

SOSIE.

Mais où, pour l'apporter, est-il mis à présent?

MERCURE.

Dans un coffret scellé des armes de mon maître.

SOSIE.

Il ne ment pas d'un mot à chaque repartie;

Et de moi je commence à douter tout de bon.
Près de moi par la force il est déjà Sosie;
Il pourrait bien encor l'être par la raison...
Lorsqu'on était aux mains, que fis-tu dans nos tentes,
  Où tu courus seul te fourrer?

MERCURE

D'un jambon...

SOSIE.

  L'y voilà!

MERCURE.

     Que j'allai déterrer,
Je coupai bravement deux tranches succulentes,
  Dont je sus fort bien me bourrer;
Et, joignant à cela d'un vin que l'on ménage,
Et dont, avant le goût, les yeux se contentaient,
   Je pris un peu de courage
   Pour nos gens qui se battaient.

SOSIE.

  Cette preuve sans pareille
  En sa faveur conclut bien;
  Et l'on n'y peut dire rien,
  S'il n'était dans la bouteille.
Je ne saurais nier, aux preuves qu'on m'expose,
Que tu ne sois Sosie, et j'y donne ma voix.
Mais, si tu l'es, dis-moi, qui veux-tu que je sois?
Car encore faut-il que je sois quelque chose.

MERCURE.

  Quand je ne serai plus Sosie,
  Sois-le, j'en demeure d'accord :
Mais, tant que je le suis, je te garantis mort
  Si tu prends cette fantaisie.

Même imitation au second acte. Voici la version de
Rotrou :

SOSIE.

J'ai trouvé, quand, bien las, j'ai ma course achevée...

AMPHITRYON.

Quoi?

SOSIE.

Que j'étais chez nous avant mon arrivée...

AMPHITRYON.

Mais as-tu vu ma femme?

SOSIE.

                Ayant fait mon possible
Pour me rendre d'abord votre porte accessible,
Enfin, rompu de coups, j'ai rebroussé mes pas.

AMPHITRYON.

Et qui t'en a chassé?

SOSIE.

                Moi, ne vous dis-je pas?
Moi que j'ai rencontré, moi qui suis sur la porte,
Moi qui me suis moi-même ajusté de la sorte,
Moi qui me suis chargé d'une grêle de coups,
Ce moi qui m'a parlé, ce moi qui suis chez vous.

Voici celle de Molière :

AMPHITRYON.

Achevons. As-tu vu ma femme?

SOSIE.

                      Non.

AMPHITRYON.

                      Pourquoi?

SOSIE.

Par une raison assez forte.

AMPHITRYON.

Qui l'a fait y manquer, marand? Explique-toi!

SOSIE.

Faut-il le répéter vingt fois de même sorte?
Moi, vous dis-je, ce moi plus robuste que moi;
Ce moi qui s'est de force emparé de la porte;
    Ce moi qui m'a fait filer doux;
    Ce moi qui le seul moi veut être;
    Ce moi de moi-même jaloux;
    Ce moi vaillant, dont le courroux
    Au moi poltron s'est fait connaître;
    Enfin ce moi qui suis chez nous;
    Ce moi qui s'est montré mon maître;
    Ce moi qui m'a roué de coups.

Même similitude dans la scène suivante, où Mercure, sous la figure de Sosie, défend à Amphitryon l'entrée de sa maison.

ROTROU.

AMPHITRYON.

Sosie!

MERCURE.

    Eh bien! c'est moi, crains-tu que je l'oublie?
Achève, que veux-tu?

AMPHITRYON.

      Traître! ce que je veux?

MERCURE.

Que ne veux tu donc point? réponds-moi si tu peux!
Il pense s'adresser à quelque hôtellerie,
De la façon qu'il frappe, et qu'il parle et qu'il crie.
Eh bien! m'as-tu, stupide, assez considéré?
Si l'on mangeait des yeux, il m'aurait dévoré.

AMPHITRYON.

Quel orage de coups va pleuvoir sur ta tête!
Moi-même j'ai pitié des maux que je t'apprête.

MOLIÈRE.

AMPHITRYON.

Sosie! holà, Sosie!

MERCURE.

Eh bien! Sosie, oui, c'est mon nom;
As-tu peur que je ne l'oublie?...
Eh bien! qu'est-ce? M'as-tu tout parcouru par ordre?
M'as-tu de tes gros yeux assez considéré?
Comme il les écarquille et paraît effaré!
Si des regards on pouvait mordre,
Il m'aurait déjà déchiré.

AMPHITRYON.

Moi-même je frémis de ce que tu t'apprêtes
Avec tes imprudents propos.
Que tu grossis pour toi d'effroyables tempêtes!
Quels orages de coups vont fondre sur ton dos!

Enfin les vers suivants :

Point, point d'Amphitryon, où l'on ne dîne point...
Cet honneur, ce me semble, est un triste bagage;
On appelle cela lui sucrer le breuvage.

Rappellent de trop près les vers de Molière :

Le véritable Amphitryon
Est l'Amphitryon où l'on dîne...
Le seigneur Jupiter sait dorer la pilule.

pour que l'on ne puisse affirmer en toute sécurité que

Molière s'est contenté de les retourner, et que le comique de la pensée ne vient pas de lui.

Hercule mourant est imité des *Trachiniennes*, de Sophocle, et *Hercule au mont OEta*, de Sénèque. Cette pièce est le premier essai de Rotrou sur un sujet antique, et il est malheureux qu'il se soit inspiré du genre hyperbolique et déclamatoire de Sénèque plutôt que de la simplicité de Sophocle. La tragédie, montée sur ce ton, devient quelque chose d'insupportable, et Corneille n'est pas tout à fait exempt de ce défaut. Seulement, son bon goût lui défendant de mettre l'emphase dans l'expression, il l'a mise dans le caractère de ses personnages.

Hercule mourant est de 1632. Il est précédé d'une ode dédicatoire au cardinal de Richelieu, dont Rotrou était pensionné. Cette ode, comme toutes celles des gens de lettres à leurs protecteurs, est montée sur un ton hyperbolique que l'on révoquerait en doute si l'authenticité n'en n'était pas parfaitement démontrée; elle inspire de tristes réflexions, quand on songe à ce qu'a dû souffrir l'orgueil de l'homme qui devait écrire plus tard une si magnifique lettre.—Il dit au cardinal-duc, que

> Ton ardeur rompt tous les obstacles
> Et produit de si grands effets,
> Que qui ne croit pas aux miracles
> Doit douter de ce que tu fais,

L'éloge va si loin, que Rotrou arrive à promettre à la France, sous l'administration du grand cardinal, les renversements de saisons que les fouriéristes espèrent du phalanstère. Un mois d'hiver, cinq mois de printemps, et le reste à l'avenant.

De l'or d'une perruque blonde
La terre enfin se parera,
Toute grosse qu'elle sera
De l'aliment de tout le monde.

C'est un triste document de plus à ajouter à l'histoire de la dignité des gens de lettres.

Dans *Antigone* (1638), Rotrou a soudé ensemble l'*Antigone* de Sophocle et les *Phéniciennes* d'Euripide. Mais, comme les spectateurs demandaient à cette époque un grand nombre d'incidents, il a ajusté côte à côte deux actions parfaitement distinctes, et a ainsi retiré l'intérêt à sa tragédie. Les deux premiers actes sont remplis par la rivalité d'Étéocle et de Polynice, les trois derniers par les soins religieux d'Antigone pour donner la sépulture au corps d'Étéocle. Ils se terminent par la mort d'Antigone et de son amant Hémon, qui se tue sur son corps. Aussi Racine est-il dans le vrai quand il dit dans la préface des *Frères ennemis* : « Ce sujet avait été traité autrefois par Rotrou, sous le nom d'*Antigone*. Mais il faisait mourir les deux frères dès le commencement de son troisième acte. Le reste était, en quelque sorte, le commencement d'une autre tragédie, où l'on entrait dans des intérêts tout nouveaux. Et il avait réuni en une seule pièce deux actions différentes, dont l'une sert de matière aux *Phéniciennes* d'Euripide, et l'autre à l'*Antigone* de Sophocle. Je compris que cette duplicité d'action avait pu nuire à sa pièce, qui, d'ailleurs, était remplie de quantité de beaux endroits. »

Racine, du reste, comme Rotrou, ne se fit pas faute d'altérer les personnages de sa tragédie. Et il faudrait bien se garder de croire, après avoir lu *Antigone* ou les *Frères ennemis*, que l'on peut se faire une idée des drames grecs. La lutte des deux frères thébains peut, jusqu'à un certain point, intéresser des auditeurs français, car elle donne lieu au développement d'une passion éternellement humaine : la haine; mais il ne peut en être de même du personnage d'Antigone. Nous n'avons plus pour les morts la même religion que la théogonie grecque toute matérialiste devait inspirer. Ce n'est pas un dogme de la religion chrétienne, que les âmes de nos parents privés de sépulture soient destinées à errer éternellement aux enfers. Rotrou condamnait donc forcément ces trois derniers actes à la monotonie en traitant un sujet aussi étranger aux mœurs modernes.

Dans les pièces pour lesquelles Rotrou ne doit rien à personne, *Venceslas* est la seule qui soit restée au répertoire. Le *Martyre de saint Genest*, représenté, il y a quelques années, au théâtre de l'Odéon, n'obtint qu'un médiocre succès. Tout en rendant justice aux beautés de premier ordre qui brillent dans *Venceslas*, j'avoue que je préfère le *Martyre de saint Genest*. J'y trouve un souffle plus mâle et plus élevé, une plus grande simplicité et plus de naturel que dans *Venceslas*.

Le sujet de cette tragédie est sans doute emprunté à une pièce de Rojas parfaitement inconnue maintenant : *On ne peut être père et roi*. On sait qu'alors le théâtre espagnol était familier à nos auteurs. Venceslas, roi de Pologne, a deux fils, Ladislas et Alexandre, aimant tous deux la même femme, Cassandre, duchesse de Kœnigsberg. Ladislas, l'aîné, le successeur de Venceslas, a vu ses hommages repoussés par Cassandre, qui aime en secret Alexandre. Le prince, furieux de ses

24.

mépris, poignarde son propre frère au moment où,
sous un nom d'emprunt, il vient d'épouser la belle duchesse. Celle-ci vient demander vengeance à Venceslas, qui se trouve ainsi placé entre ses droits de père
et ses devoirs de roi. Enfin, supplié par la jeune sœur
de Ladislas, Théodore, et par son amant le duc de Courlande, le plus ferme appui de la Pologne, qui intercè-
dent tous deux en faveur de Ladislas, il le condamne
à mort et abdique en sa faveur avant son exécution,
rendant ainsi hommage à la justice et sauvegardant
les droits paternels.

La première impression de cette tragédie est saisissante et majestueuse. Tous les caractères ont une originalité bien tranchée, et en même temps une grande
élévation. Il est fâcheux que Rotrou l'ait compliquée
d'intrigues inutiles à la marche du sujet. L'amour du
jeune Alexandre pour Cassandre n'est qu'un prétexte
au crime de Ladislas, crime qui se commet dans des
circonstances dont le respect pour le nom du vieux tragique peut seul faire excuser la futilité. Le personnage
de l'infante Théodore est au moins superflu, et l'amour
qui l'unit au duc de Courlande complique l'action
d'un rouage inutile. D'un autre côté, Rotrou a su ménager l'intérêt avec une extrême habileté. Il n'est pas
jusqu'au personnage sacrifié d'Alexandre qui n'offre
un attachant et doux intérêt. Le roi Venceslas rappelle
un vieux héros de Corneille, le vieil Horace, le vieux
don Diègue, espèces de monstres de grandeur, taillés
tout d'une pièce dans un bloc de bronze. Certaines scènes sont magnifiques, entre autres celle qui ouvre la
pièce d'une façon si nette et si tranchée, et la scène
quatre du cinquième acte, où Venceslas, avant d'avoir

abdiqué, exhorte Ladislas à montrer sur l'échafaud le
courage d'un roi et à faire

> Douter à toute la province,
> Si, né pour commander, et destiné si haut,
> Vous mourez sur un trône ou sur un échafaud.

En 1759, madame la marquise de Pompadour, rendant justice à *Venceslas*, mais en trouvant le style
suranné, ordonna à Marmontel de revoir la pièce. La
marquise, qui avait le goût délicat, n'en fit pourtant
pas preuve dans cette occasion. Marmontel entortilla
dans un style sans couleur et sans goût les rudes accents
de Rotrou, émonda les branches vigoureuses et de
plein jet, et tailla ce robuste chêne comme un if de
Sceaux ou de Choisy. Mais, Dieu merci, la punition de
ce sacrilége ne se fit pas attendre, et il raconte lui-
même, dans ses Mémoires, qu'au moment de la représentation, Lekain rétablit le rhythme primitif, ce qui
fit manquer les répliques et échouer la représentation.
Que cette incartade reste comme un éloge à la mémoire de Lekain!

Le *Martyre de saint Genest*, comme forme et
comme fond, me semble devoir être préféré à *Venceslas*. L'action est beaucoup plus simple. La conversion au christianisme de Genest, acteur païen,
pendant qu'il jouait le rôle d'Adrien devant l'empereur
Dioclétien, suffit à remplir les cinq actes de cette tragédie, sans que l'intérêt soit un seul moment suspendu.
Rotrou a su avec une habileté égale, sinon supérieure
à celle de Corneille, occuper l'esprit des spectateurs
par des moyens d'une simplicité extrême. Lorsque

l'intérêt du personnage semble diminuer, il appelle à
son aide la curieuse peinture de l'intérieur du théâtre
d'alors. L'on pourra s'étonner que nous appelions
simple une action qui semble double, puisqu'elle exige
la représentation d'un théâtre sur le théâtre même, et
que Rotrou a lui-même partagé ses acteurs en deux
catégories, les acteurs eux-mêmes et les personnages
qu'ils représentent dans la pièce d'Adrien. Mais nous
ferons observer que ceci est une affaire de machiniste,
et que l'unité, la simplicité de l'action, n'en souffre
nullement. Que Genest s'appelle Genest, qu'il s'appelle
Adrien, l'intérêt est toujours le même, et l'esprit ne
fait pas de confusion quand, au quatrième acte, Genest,
illuminé par la foi divine, confesse sa nouvelle religion,
et laisse là le rôle d'Adrien pour reprendre sa propre
personnalité.

Ce magnifique sujet a noblement inspiré Rotrou, et
le style du *Martyre de saint Genest* est bien moins
chargé d'archaïsmes que celui de *Venceslas*. Dans cette
dernière tragédie, les vers de versificateurs abondent;
dans *saint Genest*, ils sont rares, tandis que les vers
de poëtes s'y trouvent à chaque instant, et des vers
spontanés, éclos comme des fleurs, des vers qui semblent des battements d'ailes dans le ciel de la poésie :

> Souffle doux et sacré qui me viens enflammer,
> Esprit saint et divin qui me viens animer,
> Travaille à mon salut, achève ton ouvrage
> Guide mes pas douteux dans le chemin des cieux...
> J'ai vu tendre aux enfants une gorge assurée
> A la sanglante mort qu'ils voyaient préparée,
> Et tomber sous le coup d'un trépas glorieux
> Ces fruits à peine éclos déjà mûrs pour les cieux...

C'est lui qui du néant a tiré l'univers,
La terre à son pouvoir rend un muet hommage,
Les rois sont ses sujets, le monde est son partage.

Ce dernier vers ne rappelle-t-il pas à la mémoire le magnifique exorde de l'oraison funèbre de la reine d'Angleterre?

Si César m'est cruel, Dieu me sera prospère;
C'est lui que je soutiens, c'est en lui que j'espère;
Par son soin, tous les jours, la rage des tyrans
Croit faire des vaincus et fait des conquérants...
N'épargne pas ton sang en cette sainte guerre;
Et redonnes à Dieu qui sera ton appui
La part qu'il te demande et que tu tiens de lui.

Enfin, au quatrième acte, lorsque Genest, abandonnant son personnage, confesse par lui-même sa nouvelle religion, Rotrou lui met dans la bouche ces vers magnifiques :

Faisons voir, dans l'ardeur dont ce feu nous consomme,
Toi le pouvoir d'un Dieu, moi le devoir d'un homme;
Toi l'accueil d'un vainqueur sensible au repentir,
Et moi, Seigneur, la force et l'ardeur d'un martyr.

Telles sont les œuvres principales de Rotrou. Il possédait peut-être à un plus haut degré que Corneille la mâle énergie que l'on admire chez l'auteur du *Cid*. Il ne sut pas en ménager les effets avec autant d'art, en disposer et résumer le mouvement avec une habileté pareille. Venu à une époque de transition, il fut lui-même un poëte de transition; mais sa transition n'était pas stationnaire. Son mouvement vers l'avenir est trop

marqué pour que le doute même soit permis. Le goût,
chez lui, n'avait pas ce tact qui frappe chez Corneille
et que Racine conduisit jusqu'aux premières limites
du maniérisme. La forme de son style est souvent
surannée, et c'est à cela, surtout, qu'il faut attribuer
l'oubli qui se fait autour de son nom. Je sais que c'est
là une considération secondaire, et que les *Contes* de
La Fontaine ou les *Comédies* de Molière, pour être écrits
dans un style déjà ancien, n'en seront pas moins éternellement jeunes. Mais c'est là une marque du génie,
et Rotrou n'avait que du talent. Malgré ces taches, il
n'en reste pas moins le rénovateur réel de notre
théâtre. Il suffit, je le répète en terminant, de comparer Rotrou à tous ses devanciers, pour se convaincre
de cette vérité. Mais, la chronologie littéraire nous fit-
elle défaut, le respect de Corneille, ses propres expressions, seraient une preuve suffisante et dont l'autorité
ne peut être raisonnablement contestée.

HONORÉ DE BALZAC

HONORÉ DE BALZAC.

La mort de monsieur de Balzac est récente, et cependant il semble, à voir la réputation grandissante de son nom, le succès chaque jour plus solide de ses ouvrages, la gloire de moins en moins contestée de ses créations, qu'un plus long laps de temps se soit écoulé depuis que cette douloureuse nouvelle vint frapper les amis de son magnifique talent. Nous sommes ses contemporains, beaucoup d'entre nous se rappellent encore ses débuts, et pourtant nous le jugeons déjà — nous le pouvons croire du moins à l'unanimité des opinions — avec l'impartiale bienveillance de la postérité. La raison pour moi en est simple, mais malheureusement ce n'est pas là un des beaux côtés de l'histoire contemporaine. Monsieur de Balzac était le fils de ses œuvres; il s'était formé seul, il avait grandi et s'était fortifié sans s'appuyer sur personne à force d'entêtement, de persévérance, de travail. Il avait conservé de cette éducation solitaire une indépendance d'allure qui froissait les écoles littéraires de ce temps qui se sont

25

constituées en soutenant quand même chacun de leurs
membres, en organisant une camaraderie habile, puisque le public s'y est laissé prendre. Cette gloire les of-
fusquait, c'était une critique et un reproche contre
elles. Elles ne se firent pas faute de chercher à l'amoin-
drir, de lui lancer aux jambes toutes les objections
perfides qu'elles purent trouver. Balzac commit la faiblesse d'y être sensible et de répondre à ce mauvais
vouloir. Sa réponse se fit attendre, mais ce fut un chef-
d'œuvre de vérité et d'observation, un *Grand Homme
de province à Paris*. Elle lui aliéna à jamais la partie
de la presse et des journalistes dont il venait de faire
un si véridique et si repoussant tableau. Le public est
indécis de sa nature, il n'est jamais certain de ses impressions et de ses jugements. Devant ce peu de sympathie pour Balzac, il put croire qu'il se trompait, et,
de crainte du ridicule, n'osa jamais avouer bien franchement son admiration. Il ne fallut rien moins que la
mort de l'illustre écrivain pour mettre fin à cette in-
certitude. L'envie devait se taire devant cette tombe
fraîchement ouverte; le sentiment public put parler
seul après les petites colères qu'une illustre présence
ne venait plus surexciter, et, en retrouvant son impression première, il marcha sans entraves, et fit vite le
chemin que nous lui voyons parcourir aujourd'hui.

La mort est venue surprendre monsieur de Balzac au
plus beau moment de sa carrière. Il avait alors cinquante
ans. Il touchait le but, il allait faire une réalité de son
rêve, et donner un corps à des chimères opiniâtrément
caressées pendant trente années dont le labeur épou-
vanterait les plus hardis et les plus courageux. Gloire,
amour, fortune, repos, existence douce, large, intelli-

gente : il avait les mains pleines, il n'avait plus qu'à les fermer, la mort les lui ouvrit violemment, et ces biens, si péniblement amassés, tombèrent en poussière sur une tombe.

On raillait volontiers monsieur de Balzac de ses préoccupations de bien-être; on avait ri de l'appartement de la rue Richelieu, on avait plaisanté ses jardins, on s'était moqué de sa maison de Passy; mais au fond on s'intéressait à lui, et, par un revirement bien commun à l'opinion publique, on racontait des merveilles impossibles et ridicules de la maison des Champs-Élysées, comme si l'on eût voulu lui donner par anticipation le luxe que l'on désirait pour lui. On comprenait qu'il y avait là une lutte gigantesque contre l'adversité, on pressentait un lutteur trempé de façon à ne pas lâcher; et, sans avoir été un deuil général, on peut affirmer que ce public, si indifférent et si banal, ressentit, quand cette mort fut annoncée, autre chose que le regret de perdre un de ses amuseurs. La fin de l'homme l'attristait autant que le silence du romancier.

J'ai eu l'honneur de voir monsieur de Balzac dans ses dernières années, lorsqu'il s'occupait d'orner dignement sa jolie maison de la rue Beaujon, et j'ai pu étudier les naïvetés et les impatiences de cette organisation dont l'intelligence seule s'était exercée et qui avait conservé un cœur d'enfant. L'imagination y jouait un rôle incroyable, une imagination vive, ardente, facile, trop facile même, car elle permettait à monsieur de Balzac d'aborder les sujets les plus divers, les plus opposés, les plus étrangers aux préoccupations de toute sa vie, avec une énergie qui laissait l'interlocuteur indécis de savoir si le Parisien avait toute sa tête, ou si le Tou-

rangeau ne le gaussait pas. On a prétendu que, dans un
moment où les éditeurs le volaient trop évidemment, il
avait songé, pour gagner de l'argent sans avoir recours
à eux, à louer une boutique et à y vendre des ananas
à cinq sous, pour *mettre les ananas à la portée du peuple*. Il y avait toute une dissertation sur le prix de revient des ananas. J'ignore ce qu'il y a de vrai dans
cette assertion, mais je l'ai entendu développer sérieusement des projets au moins aussi extravagants que celui-là. Il semble qu'il ait gardé tout le sentiment de la
réalité de la vie pour ses ouvrages. A force de vivre avec
ses créations et dans les impossibilités de ses romans,
ce sentiment avait disparu chez lui, et, lorsque la réalité venait lourdement démentir sa fiction, il était déjà
engagé trop avant dans un autre rêve pour s'apercevoir
de ce déboire.

L'on admire beaucoup l'observation de monsieur
de Balzac, et l'on tombe, selon moi, dans une grave
erreur. Sans être dépourvu de cette précieuse faculté,
ce qui domine surtout chez lui, c'est l'imagination.
Monsieur de Balzac a beaucoup plus deviné qu'il
n'a observé, et monsieur Ph. Chasles a pu très-justement dire de lui que c'était *un voyant*. Il voyait en effet par intuition; mais, quand il faisait une observation
fausse, il avait le talent de se rendre si bien maître de
son lecteur, de le placer sous un charme si attrayant,
de l'envoûter si bien, qu'il lui faisait perdre complète-
ment le souvenir de sa propre expérience, et ne plus
songer aux erreurs dans lesquelles il s'avançait comme
un personnage même du roman.

C'est là un des premiers mérites de monsieur de Balzac, et c'est là un des signes du génie littéraire. Il re-

mue, il impressionne, il émeut. Allez donc rechercher
la légitimité de votre émotion quand vous êtes haletant, bouleversé, quand vous avez la tête pleine d'images et le cœur rempli de sanglots !

Je connais peu d'exemples aussi frappants que monsieur de Balzac de ce que peuvent la force de caractère,
l'énergie et la suite de volonté. On peut le dire aujour-
d'hui, il ne possédait aucune des facultés natives de l'é-
crivain. Singulièrement inhabile à agencer un plan,
lourd et embarrassé dans son style comme dans une
armure qu'il n'eût pas su porter, retournant dix
fois la même pensée dans des termes différents avant de
trouver une expression à peu près convenable, un travail opiniâtre fit tomber tous les obstacles qui s'éle-
vaient devant lui. Les détestables romans qu'il publia
pendant dix ans sous le nom de lord R'hoone, Viellerglé, etc., et dont on s'est tant moqué, préparèrent la
Physiologie du Mariage. A force de vouloir, il se fit le
style qui a écrit les *Célibataires* et la *Vieille Fille;* à
force de persévérance, il devient l'arrangeur qui a composé une *Ténébreuse affaire* et *César Birotteau*. Balzac se fit écrivain, *invita Minerva*, et sa gloire ne peut
qu'y gagner. Sa facilité est devenue une chose si vulgaire qu'on lui sait pour ainsi dire gré de sa difficulté.

La centralisation de la France n'a pas si bien réuni
et fondu dans un même ensemble les diverses provinces
dont elle se compose, que l'on ne puisse retrouver et
suivre, sans trop de difficultés, les courants distincts
qui sortent de chacune d'elles. Il pourrait être curieux
de faire une histoire de la littérature contemporaine
par groupes géographiques, et d'indiquer le mérite et
les défauts communs aux groupes des Provençaux, des

25.

Marchois, des Comtois, des Bretons, des Flamands, des Tourangeaux. Balzac serait évidemment le chef de ces derniers.

Cette noble et grasse Touraine, ce climat facile et abondant, ce doux vivre qui en est le résultat et l'essence, tournent l'esprit vers un certain côté sensuel et railleur auquel le génie de Rabelais a donné sa plus illustre expression. C'est le fond même de Balzac, le tuf qui reparaît quand on sonde par curiosité les alluvions successives déposées par la différence des temps. Il était Tourangeau et rabelaisien par excellence dans la *Physiologie du Mariage*, ce livre si profond, si impitoyablement vrai, qui fait trembler les hommes et sourire les femmes; il était Tourangeau et disciple du joyeux roi Louis XI dans les délicieux *Contes drolatiques*, dernier retentissement de la vieille gaieté gauloise dans un siècle ennuyeux et gourmé. C'est enfin le Tourangeau qui reparaissait une dernière fois et d'une merveilleuse manière dans ses types du cousin Pons, victime de sa passion par ses franches lippées, et du baron Hulot, mourant dans l'impénitence finale, et dont la luxure eût fait la fortune sous les Valois, le succès sous la Régence, et le charme sous Louis XV.

Monsieur de Balzac avait conservé pour la Touraine un penchant dont il ne se cachait pas et dont il semble que sa patrie ait voulu le récompenser. Toutes les fois qu'il touchait ce sol sacré, et par quelque côté qu'il y rentrât, il y trouvait les veines les plus heureuses, les plus délicates de son génie. En dehors de la tendance rabelaisienne, n'est-ce pas en Touraine que se meuvent ses plus délicieuses créations? Essayez de placer autre part que dans les vignes des coteaux de Saint-Cyr

cette closerie de la Grenadière, où lady Brandon vient
si noblement expier dix ans de bonheur et d'amour.
Séparez madame d'Aiglemont, l'immortel original de
la femme de trente ans, des coteaux de Rochecorbon
ou des fenêtres de la rue Royale, et vous verrez ce qui
restera! Peut-on se figurer l'abbé Birotteau roulant
son ventre plein et son cerveau vide autre part que
derrière le chevet de Saint-Gatien et dans l'ombre hu-
mide des contre-forts de la rue de la Psalette? N'est-ce
pas enfin des vertes prairies de Saché et de Pont-de-
Ruan que s'élève, à travers les tourelles et les poivriè-
res du château de Clochegourde, cette angélique figure
de madame de Mortsauf, le type le plus parfait, le plus
élevé, le plus adorable de l'amour et du dévouement;
la figure la mieux trouvée et la plus observée en
même temps, le chef-d'œuvre peut-être de monsieur de
Balzac?

Je n'insisterai pas sur cette observation, mais je ne
l'abandonnerai pas non plus sans faire remarquer que
cette trace rabelaisienne perce dans presque tous les
ouvrages de monsieur de Balzac. N'est-ce pas elle que
l'on retrouve dans l'illustre Gaudissart? Le vieux docteur Rouget et son fils, l'amant de la belle Rabouil-
leuse, ne sont-ils pas entièrement pensés dans ce sens?
Mademoiselle Cormon et le chevalier de Valois ne s'y
rattachent-ils pas? N'est-ce pas enfin aux impressions
sensuelles de Rabelais que se rattache la fameuse scène
du baiser donné à la Préfecture de Tours dans le *Lys
dans la Vallée*? Il y a là de certaines comparaisons qui
eussent fait venir l'eau à la bouche de Gargantua.

Cependant, côte à côte avec cette première et profonde nature du terroir, monsieur de Balzac possédait

autant que pas un le sentiment vague, indéfini, inquiet
du spiritualisme moderne. N'est-ce pas lui le seul parmi
les écrivains contemporains qui ait essayé de vulgariser les idées extranaturelles des illuminés allemands et
suédois? Si quelqu'un d'entre nous a mis parfois le nez
dans les livres hiéroglyphiques de Swedenborg, de Ja-
cob Bœhme ou de Weishaupt, n'est-ce pas que le roman
de *Seraphitüs-Seraphita* avait attiré l'attention sur ces
étranges hallucinations? L'imagination abandonnée à
elle-même dans un cerveau mal fait et s'enivrant de ses
propres écarts l'a presque trouvé pour apôtre, comme,
à un certain moment, l'oracle joyeux et sensuel de la
dive bouteille l'avait eu pour grand prêtre.

Et ce n'est pas le mysticisme seulement qui a attiré
quelque temps cette intelligence avide de travail et de
connaissances, c'est encore l'alchimie, comme dans la
Recherche de l'absolu, dont les détails, ciselés avec un
soin d'ouvrier chinois, sauvent difficilement la faiblesse
de fonds; c'est encore le somnambulisme, la nécroman-
cie, comme dans *Ursule Mirouet*, que je regarderais
volontiers comme un chef-d'œuvre, si je n'étais pas disposé à en dire autant de presque tous les romans de
monsieur de Balzac. Ce mysticisme et ce sensualisme
exagérés se développant à côté l'un de l'autre sont une
singularité que l'on n'a pas suffisamment remarquée. En
y regardant de près, peut-être serait-ce là une critique
de monsieur de Balzac. Cette inquiétude qui touche à
tout n'est pas le propre de nos grands écrivains. « La
clarté est le vernis des maîtres, » a dit Vauvenargues, et
ce vernis, Balzac le possède rarement. Avant d'être de
grands écrivains, ce sont surtout des esprits précis, nets,
clairs, marchant sûrement dans une voie dont ils décou-

vrent sûrement le but. Leurs œuvres forment un ensemble d'où se dégage une haute pensée morale qui ne
permet pas à l'esprit de vaciller un instant. Est-il possible de garder cette tranquillité d'esprit entre la lecture des *Contes drolatiques* et de *Seraphitüs*, et ce
rapprochement seul n'est-il pas un reproche?

Soyons juste toutefois, et reconnaissons que cette inquiétude maladive est moins le fait de l'homme que
celui du temps où il a vécu, et qu'à ce compte l'illustre Tourangeau est un de ceux qui ont le mieux réfléchi leur époque. L'éloge, comme on le voit, est
bien près du blâme. Un peu d'examen nuit à monsieur de Balzac, beaucoup lui profite.

Comme Beaumarchais, monsieur de Balzac était essentiellement homme de lettres. Il était fier de sa profession; il en maintenait la dignité chez lui et la défen-
dait courageusement chez les autres. Tout ce qui avait
rapport à leurs droits, à leurs intérêts, à leur position,
le trouvait pour défenseur. Cette protection n'était pas
seulement dans les mots, elle fut bien souvent effec-
tive, et l'on pourrait citer des noms dont la plus grande
gloire vient de Balzac, qui facilita leurs débuts. Ce
sentiment charitable pour ses confrères fut quelquefois
même poussé jusqu'à l'exagération. En les voyant aux
prises avec les nécessités de la vie, Balzac regrettait le
temps où chaque grand seigneur avait un littérateur à
sa solde comme un perruquier ou un coureur. Alors
le pain de chaque jour était en effet assuré; mais qui
ne sait que c'était la plupart du temps aux dépens de
la dignité de l'homme et de sa conscience? Les mémoires du temps sont remplis des humiliations des hommes
de lettres dont certaines dédicaces font foi. Molière et

Corneille, hélas! n'en étaient pas exempts, et, plus près
de nous encore, Voltaire encore jeune, roué de coups
par les gens du duc de Béthune, ne pouvait en tirer satisfaction.

Sa sympathie eût dû faire comprendre à monsieur
de Balzac qu'il était plus noble et plus digne de ne servir personne, de ne mettre ses facultés à la solde de
qui que ce soit, de ne devoir qu'au public la réputation et l'aisance qui en est la suite, et que les douloureuses difficultés des débuts ne sont que les épreuves
de la chevalerie. C'est là que l'on reconnaît les forts;
les faibles trébuchent et tombent dès les premiers pas.

Monsieur de Balzac est un des premiers à avoir attiré
l'attention sur le tort que faisait à la librairie française
la contrefaçon belge. Les préfaces de quelques-uns de
ses romans, si regrettablement enlevées dans la mauvaise édition Hetzel, sont des plaidoyers fort éloquents
et fort concluants contre cette singulière industrie, qui
constitue un vol des mieux qualifiés. Nous sommes déjà
loin de cette époque, et plusieurs traités internationaux
réglementent, je crois, cette matière; mais il ne faut pas
oublier que Balzac signala le premier cette lacune et
revendiqua, au nom des lois les plus élémentaires de
la justice, les droits de la propriété indignement violés.

Le dirai-je toutefois? Il y a dans cette cause, défen-
due par un écrivain, par un littérateur aussi illustre
que monsieur de Balzac, quelque chose qui me froisse.
Les réclamations eussent été des mieux fondées dans la
bouche d'un éditeur, mais il me semble qu'il eût été
plus digne à un grand écrivain de garder le silence.
Qu'un législateur, qu'un libraire blessé dans ses intérêts et dans son commerce prissent cette cause en main,

rien de mieux; mais qu'une illustration littéraire, qu'un des maréchaux de France de la littérature, comme il s'appelait lui-même, soit venu réclamer son salaire comme le plus brutal des manœuvres et couper le murmure de son style par le bruit des écus, il y a là un manque de convenance qui vous met mal à l'aise. Le mérite littéraire, comme la gloire militaire, comme l'illustration de l'homme d'État, comme toutes les choses glorieuses de ce monde, ne s'escompte pas en pièces de cent sous; le respect des générations, la sympathie des contemporains, les admirations silencieuses ou bruyantes, les discussions passionnées, les critiques violentes ou vigoureuses, sont leur véritable salaire. La gloire ne se paye pas à beaux deniers comptants; c'est une chose vaine, c'est ce qui fait sa grandeur, et, à ce compte, la contrefaçon belge, en répandant les œuvres et le nom de Balzac, en vulgarisant son talent, payait ses œuvres beaucoup plus cher que les éditeurs français.

C'est au même titre et dans le même but que monsieur de Balzac fut un des fondateurs de la société des gens de lettres. Je suis certain que dans sa pensée le principe était excellent. Il voulait, en donnant aux gens de lettres toutes les facilités pour recouvrer le prix de leurs travaux et de leurs veilles, assurer leur indépendance et relever leur dignité; mais le résultat a singulièrement faussé l'idée première, et je doute que, si le fondateur revenait, il ne fût pas surpris de voir ce qu'est devenue sa conception originelle. Les chicanes, les débats grotesques, les interminables réclamations pour quelques centimes dont retentissent journellement les tribunaux, feraient penser, à ceux qui voudraient juger la littérature contemporaine d'après cette société, que l'art d'écrire est devenu une marchandise dont on tient boutique, et feraient réfléchir ceux qui vantent le désintéressement et le détachement des artistes.

Ce qu'il y a de plus curieux et ce qui montre la contradiction de la nature humaine, c'est que, tout en se donnant un mal réel pour sauvegarder la position des gens de lettres, personne, je le répète n'avait plus à s'en plaindre, personne ne les connaissait mieux et ne les jugeait d'une façon plus sévère et plus juste. Il ne les a pas seulement dépeints au vif dans un *Grand Homme de province à Paris*, il y est revenu dans la *Physiologie de la presse*, où il les a classés avec leurs caractères distinctifs, leur ignorance, leur vanité, leur étroitesse d'esprit, comme dans un cabinet d'histoire naturelle.

Monsieur de Balzac, comme ses illustres contemporains, comme monsieur Hugo, comme monsieur de Lamartine, n'a pas débuté de bonne heure dans la carrière des lettres. Le désir d'être auteur le préoccupa, il est vrai, dès son entrée dans la vie; je crois même que l'aveu de ce désir et la lecture d'une certaine tragédie d'Henriette d'Angleterre le brouilla momentanément avec son père; mais, enfant d'une famille pauvre, il fut contraint de chercher dans une carrière moins glorieuse, mais moins précaire aussi, des moyens d'existence assurés. Il fut tour à tour clerc d'avoué, éditeur, imprimeur, fondeur en caractères. C'est à l'exercice de ces diverses professions que nous avons dû les exacts et amusants détails de la *Comtesse à deux maris*, du *Grand Homme de province*, de *David Séchard*; ce sont les luttes terribles qu'il eut à soutenir, les effroyables

expédients auxquels il fut forcé d'avoir recours qui ont
fourni les personnages de César Birotteau, et les Gob-
seck, les Palma, les Gigonnet et tous les usuriers à leur
suite.

Si la vocation de monsieur de Balzac n'était ni dans
la chicane, ni dans l'industrie, il profita du moins de
son passage pour s'approprier tout ce qui, dans ces professions, était du ressort du drame ou de la comédie.
Malgré ces sévères occupations, le démon tentateur n'en
poursuivait pas moins sa victime, et les vingt ou trente
volumes de Viellerglé, d'Horace de Saint-Aubin; les *Don
Gigadas*, les *Jeanne la Pâle*, les *Vicaire des Ardennes*,
sont là pour témoigner des courageux efforts de celui
qui devait plus tard écrire le *Curé de Tours*. Au reste,
cette persévérance et cette opiniâtreté, il les tenait de
son père, qui, quoique d'une vieille famille de France,
avait embrassé avec ardeur les principes de 89, et avait
été le modeste *alter ego* de Robert Lindet dans les immenses travaux de ce conventionnel, un des caractères
les plus probes et les plus fermes, mais aussi les plus
durs de cette époque.

Le premier ouvrage auquel monsieur de Balzac mit
son nom, celui qui commença à attirer l'attention sur
lui fut les *Chouans*, sur lesquels nous reviendrons tout
à l'heure. Les *Chouans* datent de 1827. A cette époque,
monsieur de Balzac avait vingt-huit ans. Il n'était donc
pas de la première jeunesse, et la renommée avait à lui
payer les arrérages de messieurs Viellerglé et compagnie.

Les premières années de monsieur de Balzac sont
obscures. Il les passa à Tours dans une grande maison
dont on retrouvera plus tard la topographie dans la

26

Femme de trente ans. A quatorze ans, en 1813, il entra au collège de Vendôme, où il resta peu de temps, mais assez pour que son esprit en gardât un souvenir de tristesse et de douleur qui s'épanchera en pages désolées dans les premiers chapitres du *Lys dans la Vallée*. Lorsque Félix de Vandenesse décrit si bien ce triste apprentissage d'une âme tendre et rêveuse avec la douleur, c'est Balzac qui parle. Je voudrais, pour ma part, que toutes les mères lussent cette affreuse histoire avant de se séparer de leurs enfants pour les confier à l'Université. Alors tomberaient toutes ces banalités de cuistres « des plus beaux jours de la vie passés au collège; » alors on comprendrait mieux ce manque absolu de cœur qui caractérise l'Université de France, et les vices de cette institution qui a tout fait pour l'instruction et rien pour l'éducation, qui a produit des savants et jamais un homme, apparaîtraient dans tout leur jour.

L'exil dans ce collège remua profondément l'âme du jeune Balzac, il y est revenu, dans *Louis Lambert*, amplification d'un fait vrai, personnage bizarre, mais qui a existé; et plus tard encore, il a placé à Vendôme, dans une atmosphère de ruine et de désolation navrante, le sujet de l'émouvante scène de la *Grande Bretèche*.

Les premiers romans de monsieur de Balzac, ceux de la période des pseudonymes sont illisibles. Invention et style, fonds et forme, tout est de la plus plate nullité. Cependant, à force de volonté, à force d'essais infructueux, il avait fini par acquérir une certaine habileté dont les *Chouans* sont l'expression. Ce roman, qui est devenu la première révélation du talent de monsieur de Balzac, est par le fait le dernier de la

première période de ses travaux, celle où il se donne
artificiellement les facultés littéraires que la nature lui
avait refusées. L'imitation de Walter Scott s'y trouve
à chaque pas, et Balzac, d'ailleurs, professa pour le
romancier écossais une admiration dont il consigna
l'expression à chaque page de ses ouvrages. Mais, à cette
époque, son enthousiasme allait encore à la servilité
(littéraire s'entend) et était partagé par trop de monde
en France pour que nous l'en blâmions. On en retrouve la trace dans son étude sur *Catherine de
Médicis* et dans l'*Enfant maudit*, qui, incorporés dans
la Comédie humaine, sont évidemment des romans de
l'extrême jeunesse remaniés et remis à neuf.

Balzac, comme Alfred de Vigny, mais avec plus d'originalité, voulait appliquer le procédé de Waverley à
l'histoire de France. C'est ce qu'il fit dans les *Chouans*.
Seulement il ne s'apercevait pas qu'en lui empruntant
son idée il s'emparait aussi de sa manière froide, lourde,
ponctuelle, formaliste, entrant péniblement en matière,
embarrassée à chaque pas d'entraves et de détails qui
plaisent aux lecteurs anglais et font le succès de l'auteur de l'autre côté du détroit, mais qui ne conviennent
pas à des lecteurs français, pour lesquels l'action, la
vivacité du fait, la promptitude de l'intérêt, sont de
première nécessité. C'est ce qu'a parfaitement compris
monsieur Alexandre Dumas dans ses divers romans sur
notre histoire nationale. Au lieu de se fatiguer en sérieuses recherches historiques et de devenir un écrivain archéologue des plus exacts et des plus savants
comme sir Walter Scott, au lieu de s'épuiser à faire
concorder entre eux les lieux et les faits, les mœurs et
les personnages, comme monsieur de Balzac dans les

Chouans, monsieur Alexandre Dumas, en brodant avec
une excessive légèreté sur un fonds de cancans historiques des scènes sans corrélation nécessaire entre elles, a
prouvé qu'il connaissait parfaitement le public auquel
il avait affaire, et a donné à son esprit le genre d'ali-
mentation qui lui convenait.

Lorsque enfin monsieur de Balzac entreprenait ses
études de mœurs, il se montrait imitateur intelligent
de Walter Scott, c'est-à-dire qu'en lui empruntant son
système analytique, qui est du domaine de tous, il se
portait sur d'autres objets que lui et trouvait par là
son incontestable originalité. Si l'on comparait jamais
Balzac à Walter Scott, ce serait là, selon moi, la supériorité du romancier français. L'un décrit avec un soin
scrupuleux les maisons, les costumes, les armes; ses
romans font l'effet d'un cabinet de curiosités; il nous
montre des personnages qui ne sont plus des caractères
privés et ne sont pas encore des figures historiques, et
qui se présentent froidement au souvenir du lecteur,
tandis que l'autre est descendu au fond du cœur humain, et s'y est même perdu quelquefois. Au milieu
de son analyse la plus déliée, la plus ténue, la plus
exagérée, par moments on sent toujours les battements
du cœur, la fièvre de la vie, l'homme enfin. Ses
créations agissent et se meuvent, on les connaît, on se
passionne pour elles, on les aime ou on les méprise, et
l'on en cherche incessamment dans le monde réel les
types et les exemples.

Entre la publication des premières *Études de mœurs*
et celle des *Chouans*, se place la *Physiologie du Mariage*, qui a valu à monsieur de Balzac tant d'accusations d'immoralité et par conséquent tant de succès.

Ce livre parut pour la première fois sans nom d'auteur,
et, au dire des gens compétents, la matière était si bien
étudiée, si complétement approfondie, la lumière était
projetée dans des replis prudemment laissés jusque-là
dans l'ombre par une main si expérimentée et si sûre,
que l'on créa, pour lui en faire honneur, un vieillard
touchant à la fois à Louis XV et à Louis XVIII, comme
il en a placé lui-même plusieurs dans ses romans.

Ce livre, comme quelques personnes le soutiennent
encore résolûment, est-il, en effet, aussi immoral
qu'on a bien voulu le dire? Je ne le crois pas, et il est
à remarquer que les femmes qui, seules, pourraient
être compétentes, tiennent à son égard une réserve de
bon goût certainement, mais qui en dit beaucoup.

Si l'on veut considérer le mariage au point de vue
social et politique, si l'on est bien convaincu que la
société moderne repose tout entière sur cette admirable
institution, on reprochera à juste titre à l'auteur d'a-
voir pu en ébranler les bases, et d'avoir apporté des
armes funestes en des mains inexpérimentées; si l'on
ne voit, au contraire, que la question philosophique,
que le côté abstrait, peut-être restera-t-on convaincu,
après la lecture de ce singulier ouvrage, de la vérité
de cet aphorisme de la première page, « que le mariage
est une institution nécessaire au maintien des sociétés,
mais qu'il est contraire aux lois de la nature. » Ce
sujet est bien délicat pour être traité en passant; l'on
peut faire remarquer, cependant, que le second reproche adressé à monsieur de Balzac, de vouloir tourner
en dérision la vertu des femmes, tombe singulièrement
devant l'aphorisme XVIII : « Une femme vertueuse a
dans le cœur une fibre de plus ou de moins que les

26.

autres femmes, elle est stupide ou sublime. » Placer
la vertu si haut, n'est-ce pas lui rendre le seul hommage qu'elle mérite? Cela vient, je crois, d'une fausse
interprétation, ou, si l'on veut, d'une fausse application
du mot vertu. Pour les uns il ne signifie que l'apparence de la vertu : ceux-là s'indignent de l'immoralité
de la *Physiologie du Mariage*; pour les autres, il s'applique à la réalité même, c'est celle-là qu'honore
Balzac et dont la rareté l'effraye et le fait s'incliner
quand il la rencontre.

Si l'on considère le mariage dans les mœurs modernes, on est frappé de voir l'adultère, cette chose
terrible aux yeux de la loi, cette épouvantable pertur-
bation apportée à la succession de la famille, regardé
tacitement et implicitement comme un correctif au mariage. Quel est l'observateur, quel est l'esprit réfléchi
qui n'a pas été choqué de la légèreté avec laquelle on
traite l'adultère dans le monde? Le mari y est toujours
bafoué, presque toujours condamné, et la plupart du
temps avec raison; la femme, au contraire, ne s'y voit
entourée, recherchée, admirée qu'autant qu'on lui
suppose quelques aventures dont l'adultère fasse tous
les frais; et, par une contradiction étrange, sur dix
femmes mariées il y en aura neuf qui conseilleront aux
jeunes filles de ne pas les imiter. Les unions illicites y
sont acceptées, consacrées par une sanction plus forte
que celle du prêtre et que celle de la loi. Les mœurs y
narguent la loi, les graves considérations du législateur y sont bafouées par des convenances. Que veut
dire pourtant cela? Qu'y a-t-il au fond de cette singulière et perpétuelle antithèse? De quel côté est la raison?
La loi a-t-elle tort, ou les mœurs? Le mariage est-il

une nécessité naturelle ou une convenance sociale?
L'adultère est-il un crime comme le veut la loi, ou un
remède comme pourraient le faire supposer les mœurs?
ou bien n'est-il ni l'un ni l'autre, et la question, pour
être résolue, aurait-elle besoin d'être placée sur un terrain neutre et intermédiaire? Telles sont quelques-uns
des aspects de la question développée dans ce livre, et
monsieur de Balzac est coupable à la façon de ce médecin qui sonde une plaie avec laquelle le malade vit
depuis de longues années.

D'ailleurs ces reproches d'immoralité ne touchent
guère et n'ont pour but que de mettre en garde, non
pas contre l'accusé, mais contre l'accusateur. Il faut se
défier de ceux qui se scandalisent. Les livres pareils
sont toujours entourés, par le respect même de leurs
auteurs, de tant de préfaces, d'avant-propos, d'avertis-
sements, que l'on connaît dix fois leur contenu avant
de les ouvrir, que l'on est mal venu de se plaindre, et
que la bonne foi des accusateurs peut être à bon droit
suspectée. Pourquoi le lisiez-vous, puisque vous êtes si
moral? Ces gens-là me font l'effet de ces filous qui se
jettent dans la foule en criant : Au voleur! « Quiconque
apporte sa pierre dans le domaine des idées, dit monsieur de Balzac dans sa préface, quiconque signale un
abus, quiconque marque d'un signe le mauvais pour
être retranché, celui-là passe toujours pour être immoral. Le reproche d'immoralité est le dernier qui reste à
faire quand on n'a rien à dire à un poëte... Quand on
veut tuer quelqu'un, on le taxe d'immoralité. Cette
manœuvre, familière aux partis, est la honte de tous
ceux qui l'emploient. » N'est-ce pas monsieur Jules
Janin, l'auteur de l'*Ane mort et la Femme guillotinée*,

de *Barnave*, de la *Confession*, qui disait dans un
compte rendu : « Ce livre est infernal? » L'on conviendra que, si tous les reproches d'immoralité ont autant
d'à-propos, on peut s'en inquiéter médiocrement.

Après le succès anonyme de la *Physiologie du Mariage*, commence la publication des premières *Scènes
de la Vie privée* et de la *Comédie humaine*, par la *Maison du Chat qui pelote* et le *Bal de Sceaux*. C'était
vers 1830, et, bien que ces temps soient fort éloignés
de nous, le succès grandissant de ces premières études
est encore présent à notre mémoire. A cette époque,
l'école affadie de l'Empire avait soulevé contre elle
une réaction à outrance. Sans trop se rendre compte
de ce mot, l'on voulait du drame; le moyen âge avait
beaucoup de succès, les romanciers d'alors faisaient du
moyen âge par mode, car au fond ils ignoraient cette
époque autant que leurs prédécesseurs; monsieur d'Arlincourt était admiré sérieusement. Il arrivait de partout, dans la littérature, un bruit de ferraille, de lames
de Tolède, de miséricordes, pareil à celui que fait en
passant dans une rue une charrette chargée de barres
de fer. Mais cette littérature, tout émouvante qu'elle
fût, ne tarda pas à devenir insuffisante, et l'on passa au
genre cadavérique. On introduisit les morts, les pendus, les charniers, en accusant Delille de fadeur. Je le
crois bien! Mais ce qui est triste à dire, c'est que l'on
était aussi fade que lui. Seulement, au lieu d'arriver
à la fadeur par l'ennui, on y arrivait par l'horrible et
souvent par le niais.

Balzac fut un des premiers à tourner le dos à ce
genre, et à ramener l'attention publique dans une voie
plus littéraire et plus sérieuse. Il comprit et fit com-

prendre que le drame n'était pas à l'extérieur, mais à
l'intérieur, qu'il pouvait se trouver autant de passion,
autant de rage, autant d'ivresse et de douleurs dans
l'âme d'un marchand de draps, d'une parfumeuse,
d'un millionnaire, d'une duchesse ou d'un élégant, que
dans celle d'un malandrin ou d'un page, d'un chevalier ou d'une bohémienne ; que le cœur battait autant
sous un habit noir que sous une jaquette armoriée, et
que l'antre d'un usurier, l'étude d'un notaire, le cabinet d'un juge, le boudoir d'une jolie femme, le salon
d'un banquier, le galetas d'un étudiant, pouvaient
contenir autant d'émouvantes tragédies que les tours
d'un château fort, les murs d'un cloître ou les salles
d'un palais. Il restitua toute sa valeur, tout son intérêt
à la vie privée. Il nous fit assister à des comédies de
coin du feu, aussi vraies et aussi amusantes que celles
de Molière ; à des tragédies jouées en plein Paris,
en plein jour, par des gens en bottes et en chapeau
rond, auprès desquelles les tragédies classiques pâlis-
saient singulièrement ; à des drames où les coups de
poignard étaient remplacés par des coups d'œil qui
tuaient tout aussi bien ; à des duels où les mots bles-
saient comme des épées.

Il prit pour théâtre le monde ; pour acteurs, la société moderne ; pour intrigue, les intérêts mélangés
aux passions ; pour spectateurs, les acteurs mêmes qui
se jouaient et se jugeaient tour à tour. En un mot,
pendant vingt ans, il prit les empreintes successives de
la société moderne comme un mouleur prend le masque
d'un visage, et en revit lui-même les épreuves au ciseau. Que certaines empreintes aient été moulées à des
époques exceptionnelles, que les coups de ciseau aient

été donnés à faux, accusant trop certaines parties et en négligeant d'autres, cela est certain, mais n'infirme en rien l'exactitude générale de l'œuvre, le soin avec lequel elle est travaillée, les magnifiques qualités qui la distinguent, la force de volonté qui a présidé à son exécution et qui ne s'est pas ralentie pendant vingt ans.

Balzac, toutefois, n'est pas toujours resté dans les limites qu'il s'était imposées ; et à force de vouloir découvrir le drame sous les profondeurs les plus calmes de la société, il est tombé dans la faute qu'il eût pu reprocher aux dramaturges patentés. Dans les *Treize*, par exemple, il ne lui a fallu rien moins que son art infini pour sauver l'invraisemblance de la donnée première. L'incontestable intérêt qui s'attache aux trois épisodes publiés sous ce titre est à l'émotion véritable ce que la sentimentalité est au sentiment. Les personnages principaux : Ferragus, l'élégant de Marsay, Montriveau, Paquita Valdès, sont fort amusants, mais faux, archifaux ; et le moindre sergent de ville mettrait en fuite cette société fantastique. Mais ces invraisemblances ont été sauvées par des développements du plus vif intérêt et par des créations dont le souvenir est encore dans toutes les mémoires. Madame Jules mourant pour garder à son père le terrible secret qu'elle ne peut communiquer à son mari, la charmante Antoinette de Langeais, si douloureusement prise dans les filets de sa coquetterie, resteront comme deux des plus délicieuses créations de Balzac, qui en a tant animé.

Pour ma part, je me rappelle encore le succès des premiers chapitres des *Treize*, et l'étonnement de cette société qui crut un instant à l'existence de ce monde

souterrain. Tout le Paris intelligent d'alors s'interres-
sait à Ferragus, à Ida Gruget, à madame Jules, à Monsieur de Maulaincourt, et je vois encore, au milieu des
préoccupations politiques d'alors et des coups de fusil
des émeutes, cette suite de curieux allant en pèlerinage
examiner la maison de la rue Soly avec autant d'intérêt
que si un drame réel s'y fût joué.

On a souvent ri de Balzac croyant fermement à son
œuvre et la poursuivant avec la conviction d'un devoir
accompli, d'un service rendu à la société. Loin d'en
rire, on devrait au contraire l'imiter. Si chacun, avant
de prendre la plume, se sentait en présence d'un devoir, avait un but bien déterminé à l'avance et y mar-
chait avec résolution, si l'on comprenait qu'en développant sa pensée on peut agir sur des pensées étrangères, les frapper d'impuissance ou les développer dans
le sens du bien; si, enfin, l'on se rendait compte que,
si humble qu'il soit, on exerce un sacerdoce tempo-
raire qui, pour être légitime, doit être profitable à
tous, le nombre de ces œuvres hâtives, qui encombrent
le champ littéraire, serait de beaucoup diminué, et l'on
ne serait plus affligé par cet incroyable mélange de
pensées, d'images et de mots contradictoires qui font
des lettres françaises un étrange chaos. Il faut le reconnaître, l'école romantique a poussé aux dernières
limites l'art de parler sans avoir rien à dire, elle a tué
la pensée chez ses disciples, et nous voyons de trop
tristes conséquences de cette influence pour ne pas
rendre prochaine la nécessité d'une réaction. C'était de
plus haut que monsieur de Balzac considérait sa mission. Il lui donnait peut-être une importance discuta-
ble; mais de cette foi en lui résultent un ensemble dans

son œuvre, une suite et une corrélation dans ses diverses parties qu'on ne trouverait pas ailleurs.

Écoutons-le parler lui-même dans l'exposition de la
Comédie humaine. Ces paroles nous donneront l'idée
de l'importance qu'il attachait à son œuvre et expli-
queront les principes qu'il essayait de vulgariser. « La
loi de l'écrivain, ce qui le fait tel, ce qui, je ne crains
pas de le dire, le rend égal et peut-être supérieur à
l'homme d'État, est une décision quelconque dans les
choses humaines, un dévouement absolu à des principes. Machiavel, Hobbes, Bossuet, Leibnitz, Kant, Montesquieu, sont la science que les hommes d'État ap-
pliquent. « Un écrivain doit avoir en morale et en
« politique des opinions arrêtées; il doit se regarder
« comme un instituteur des hommes; car les hommes
« n'ont pas besoin de maîtres pour douter, a dit Bo-
« nald. » J'ai pris de bonne heure pour règle ces
grandes paroles... Quant au sens intime, à l'âme de
cet ouvrage, voici les principes qui lui servent de
base.

« L'homme n'est ni bon ni méchant, il naît avec
des instincts et des aptitudes; la société, loin de le dé-
praver, comme l'a prétendu Rousseau, le perfectionne,
le rend meilleur; mais l'intérêt développe aussi ses
mauvais penchants. Le christianisme, et surtout le catholicisme, étant un système complet de répressions
des tendances dépravées de l'homme, est le plus grand
élément d'ordre social.

« En lisant attentivement le tableau de la société,
moulée, pour ainsi dire, sur le vif avec tout son bien
et tout son mal, il en résulte cet enseignement que si
la pensée ou la passion, qui comprend la pensée et le

sentiment, est l'élément social, elle en est aussi l'élément destructeur. En ceci, la vie sociale ressemble à la vie humaine. On ne donne aux peuples de longévité qu'en modérant leur action vitale. L'enseignement, ou mieux l'éducation par des corps religieux, est donc le grand principe d'existence pour les peuples, le seul moyen de diminuer la somme du mal et d'augmenter la somme du bien dans toute société. La pensée, principe des maux et des biens, ne peut être préparée, domptée, dirigée que par la religion. L'unique religion possible est le christianisme... Il a créé les peuples modernes, il les conservera. De là sans doute la nécessité du principe monarchique. Le catholicisme et la royauté sont deux principes jumeaux... J'écris à la lueur de deux vérités éternelles : la religion, la monarchie, deux nécessités que les événements contemporains proclament, et vers lesquelles tout écrivain de bon sens doit essayer de ramener notre pays. Sans être l'ennemi de l'élection, principe excellent pour constituer la loi, je repousse l'élection prise comme unique moyen social... Étendue à tout, elle nous donne le gouvernement par les masses, le seul qui ne soit point responsable et où la tyrannie est sans bornes, car elle s'appelle la loi... Sous ce rapport, au risque d'être regardé comme un esprit rétrograde, je me range du côté de Bossuet et de Bonald, au lieu d'aller avec les novateurs modernes. Napoléon avait merveilleusement adapté l'élection au génie de notre pays. Aussi les moindres députés de son corps législatif ont-ils été les plus célèbres orateurs des Chambres sous la Restauration. Aucune Chambre n'a valu le corps législatif en les comparant homme à homme. Le système

27

électif de l'Empire est donc incontestablement le meilleur.

« Certaines personnes peuvent trouver quelque chose
de superbe et d'avantageux dans cette déclaration. On
cherchera querelle au romancier de ce qu'il veut être
historien, on lui demandera raison de sa politique. J'o-
béis ici à une obligation, voilà toute ma réponse. L'ouvrage que j'ai entrepris aura la longueur d'une histoire, j'en devais la raison, encore cachée, les principes
et la morale. »

Chose singulière ! devant cette supériorité sur
l'homme d'État si intrépidement énoncée, en enten-
dant ces grands noms de Machiavel, de Leibnitz, de
Bossuet, de Montesquieu. il ne vient pas à l'idée d'être
choqué de cet amour-propre. On y sent l'exagération
d'un homme convaincu, mais nullement l'outrecuidance d'une vanité poussée à l'extrème. C'est le légitime orgueil d'une grande intelligence, ce n'est pas la
mesquine vanité d'un esprit étroit.

On s'est demandé quelquefois si le plan de monsieur
de Balzac était tracé à l'avance, si, en commençant les
premières *Scènes de la Vie privée*, il entrevoyait l'ensemble de la *Comédie humaine* tel qu'il existe maintenant et tel que la mort l'a laissé. Pour ma part, je le
crois. Toute la partie comprise sous le nom d'*Études
de mœurs*, avec ses cinq ou six cents acteurs, avec ses
affaires, ses affections, ses intérêts, sa généalogie, sa
géographie, son histoire particulière, devait forcément
être arrêtée à l'avance dans sa tète, non pas peut-être
avec les développements que l'exécution vient ajouter ou
restreindre au moment même, mais avec la prévision
de ces développements, avec ses sérieuses difficultés,

ses croisements et ses mélanges perpétuels, et le nombre infini des scènes nécessaires pour n'en laisser aucune face dans l'ombre.

Voici, d'après monsieur de Balzac lui-même, comment était divisée la *Comédie humaine*. Il la séparait d'abord en trois grandes parties : *Études de mœurs*, *Études philosophiques*, *Études analytiques*, dont les deux dernières n'avaient aucune espèce de corrélation avec la première. La *Comédie humaine* est tout entière dans la première partie. Les *Études de mœurs* se séparaient elles-mêmes en six livres : *Scènes de la Vie privée*, *Scènes de la Vie parisienne*, *Scènes de la Vie de province*, *Scènes de la Vie de campagne*, *Scènes de la Vie militaire*, *Scènes de la Vie politique*. Les *Scènes de la Vie militaire* et les *Scènes de la Vie de campagne* sont les plus incomplètes. Je ne connais des premières que les *Chouans* et une *Passion dans le désert*. Dans les secondes, le *Médecin de campagne* et le *Curé de village* ont seuls été publiés. Les *Paysans* parurent en feuilletons dans le journal la *Presse*; mais cette publication ne tarda pas à être interrompue, et l'on n'a sans doute pas oublié le caractère de vérité, d'observation judicieuse, dont elle était empreinte. C'était peut-être la première fois qu'un écrivain, laissant là les églogues et les pastorales pour ce qu'elles valent, osait peindre les mœurs des paysans telles qu'elles sont, vicieuses, perverses, dépravées. Le tableau n'était ni flatté ni flatteur, il était vrai. Il y avait des scènes d'astuce sauvage que Cooper eût signées. Ce roman, qui promettait de si nouvelles révélations, ne fut jamais continué.

Les classifications que je viens d'indiquer ne sont

pas très-exactes, et la place de plusieurs d'entre elles
ne se trouve pas suffisamment justifiée. Les *Scènes de
la Vie de campagne* ne devraient former qu'une subdi-
vision des *Scènes de la Vie de province*. Les *Scènes
de la Vie parisienne* appartiennent aux *Scènes de la
Vie privée*, dont le cadre n'est pas bien délimité; mais
je ne m'arrêterai pas à ces remarques, qui n'ont jamais préoccupé aucun lecteur. Il demande avant tout
l'intérêt, l'émotion, l'observation plaisante ou profonde, l'intuition facile et pénétrante, et s'inquiète peu
de savoir dans quelle catégorie l'intelligence méthodique de l'auteur aura placé son plaisir.

Il ne fut pas difficile de s'apercevoir, dès les premiers succès de Balzac, que son principal mérite serait
une extrême facilité d'analyse, un goût et une recherche de détails que l'on a comparés justement aux talents
microscopiques de Gérard Dow et de Metzu. En appliquant ce procédé à des observations purement physiques et pittoresques, comme la description d'un appartement, de la démarche ou des vêtements d'un personnage, Balzac a rencontré des effets très-inattendus
et assez justes la plupart du temps; mais j'avoue que,
transporté dans l'ordre moral, malgré tout le plaisir
qu'il m'a souvent causé, je ne puis me montrer aussi
indulgent. Il offrirait un intérêt incontestable si l'on
s'en servait avec une extrême réserve et surtout avec
une délicatesse d'à-propos qui dédommageât de cette
ténuité fatigante d'observations; mais Balzac, je le répète, devinait beaucoup plus qu'il n'observait, et,
comme souvent il devinait faux, son système de dis-
section devient alors des plus pénibles. Non-seulement
à force de manier le scalpel, il finit, comme on l'a dit

très-spirituellement, par disséquer la table ; mais souvent il dissèque à côté et coupe rien en quatre. Quand, au contraire, il rencontre juste, ce que les caractères ainsi étudiés peuvent gagner en intérêt, ils le perdent en ensemble et en simplicité. Comme chez les maîtres, les actes ne sont pas chez Balzac une conséquence naturelle des caractères, ils n'en découlent pas vivement et simplement, et une parole prononcée demande de longues pages d'explication ou plutôt de justification. Je rends justice à tout l'art avec lequel cette justification est présentée ; mais je me souviens aussi que Lesage, Sterne, Molière, l'abbé Prevost, Bernardin de Saint-Pierre, n'en ont pas eu besoin pour créer des types éternellement vrais et éternellement vivants. Il est vrai que beaucoup des créations de Balzac ne sont que des études dont une analyse extrême a fait des types. C'est en ce sens que la *Vieille Fille*, le *Curé de Tours*, l'*Interdiction*, passent pour des chefs-d'œuvre.

La comparaison des *Études de la Vie parisienne* avec celles de la *Vie de province* rendra ceci plus clair. L'existence tout en dehors, toute d'action de Paris, cette promptitude, cette énergie de décision nécessitée par les habitudes de la vie parisienne, où les événements se pressent et se succèdent avec une violence et une rapidité vertigineuses, n'offraient qu'un champ rebelle à la nature patiente de son examen. Il paraît en avoir été effrayé, et la plupart de ses tableaux sont ou monstrueux ou impossibles. C'est le monde où s'agitent les amusantes, mais extravagantes créations de Vautrin, de Ferragus, de la Fille aux yeux d'or. Mais il est à l'aise, au contraire, dans la vie de province, où l'ac-

27.

tion est à peu près nulle, où la monotonie enlève tout
ressort extérieur à l'âme, où les petits événements prennent de grandes proportions. Ces existences concentrées,
ces activités qui gagnent en ténacité ce qu'elles perdent
en expansion, ces luttes qui n'ont qu'elles-mêmes pour
témoins et pour confidents, ces plaisirs et ces douleurs,
ces intérêts hostiles qui se rencontrent et se combattent
pendant des années entières dans l'espace de quelques pieds carrés, se trouveront à point nommé pour
exercer ses facultés analytiques.

C'est à cette facilité d'analyse, qui le rendait éminemment propre à étudier le caractère des femmes,
réunion de petites passions, de petits intérêts, de petits
mobiles, auxquels la succession continue et la persévérance finissent par donner de hautes proportions, que
monsieur de Balzac dut ses succès auprès d'elles. Il réussit comme on réussit toujours, en les flattant. Il pallia
leurs défauts, les présenta sous un jour plein d'attraits,
fit la société ou la nature solidaire de leurs fautes,
mais jamais leurs intentions, et exagéra, avec une
courtoisie dont personne n'aura le courage de le blâmer, leurs belles et nobles qualités. En les plaçant
dans les deux extrêmes, en en faisant des anges ou des
victimes, il conquit à son profit les plus énergiques
hérauts de réputation. Quelle est la femme qui eût eu
le courage ou la bonne foi d'avouer que ces regards
qui révèlent tout un passé, que ces existences avouées
en un mot, que ces amours, ces haines, ces dévoue-
ments concentrés des années entières avec la discrétion
d'un prisonnier qui travaille à son évasion, ne sont
que les rêves d'une imagination richement dotée? Aucune. Et, s'en fût-il trouvé une seule, cet aveu eût été

étouffé dans le concert d'éloges qui s'élevait de toutes parts autour du spirituel romancier.

La méditation et l'observation avaient-elles conduit Balzac à la connaissance difficile des femmes? Je le crois volontiers; mais a-t-il dit tout ce qu'il savait? n'a-t-il pas caché une partie de la vérité? A-t-il donné à ses portraits cette portée que la Rochefoucauld a concentré dans quelques-unes de ses maximes? Que d'autres, mieux instruits, en décident; mais, en vérité, il avait trop d'esprit pour le risquer. S'il n'a laissé entrevoir qu'un seul côté de la réalité, quel est l'homme assez fort, assez philosophe ou assez niais pour faire voir l'autre?

Les femmes sont les dupes des hommes. Celui qui leur a persuadé le premier qu'elles étaient plus fines qu'eux a fait un coup de maître. Certaines de leur habileté incontestée, elles s'y confient avec une sécurité, un aveuglement étranges; et les intérêts masculins y trouvent trop leur profit pour qu'il ne soit pas peu charitable de les détromper. Balzac, loin de le faire, a resserré le bandeau sur leurs yeux, et c'est à la moins belle portion du genre humain à lui en être reconnaissante.

Il sut mettre une sorte de raffinement dans cette protection indirecte demandée aux femmes en s'adressant à celles qui les résument le plus complétement et avec le plus de charme : aux femmes de trente ans. Cette adresse fut un acte de génie; cette création restera comme un type immortel auquel son nom sera indissolublement attaché. Les types littéraires des femmes de cet âge existaient avant lui; mais il sut le premier recueillir les traits épars, les lambeaux dispersés, et les coordonner dans une espèce de système qui gardera à tout jamais son empreinte. La femme de trente ans, avec sa beauté pleinement épanouie, sa science de la vie, son activité intellectuelle complétement développée, la connaissance des ressources dont elle peut disposer pour attaquer ou pour se défendre, son désenchantement général, mais non complet, qui la rend ménagère des dernières forces de son cœur et met à un plus haut prix la douceur de pénétrer au fond du sanctuaire où elle les conserve avec avarice sous une triple clef d'or; la femme de trente ans, ne gardant de la jeunesse que la grâce, et n'ayant encore de l'âge mûr que l'éclat, c'est le bien de Balzac, c'est son Amérique, et, plus heureux que Colomb, sa découverte est là qui réclamera éternellement en sa faveur.

Les écrivains qui ont joint les facultés critiques à un génie créateur sont rares. En général, ces deux mérites s'excluent. Pour bien faire une chose, l'esprit, comme le corps, a besoin de s'y appliquer exclusivement et perd en profondeur ce qu'il acquiert en étendue. L'universalité se rencontre bien rarement, et bien rarement aussi les créateurs ont fait des juges bien compétents. Mais, quand cela s'est rencontré, leurs jugements ont toujours été marqués d'un vif et singulier cachet de justesse. Dès qu'ils parviennent à s'isoler de leur système particulier, ils jugent avec une connaissance de cause que les critiques de profession ne possèdent évidemment pas. Sous ce rapport, les critiques de Balzac méritent qu'on s'y arrête.

Elles parurent toutes dans de petits volumes mensuels nommés *Revue parisienne*, dont le succès des *Guêpes* lui avait donné l'idée et dont la publication

cessa au bout de six mois, en laissant une ineffaçable
trace dans la mémoire de leurs lecteurs. Politique,
littérature, critique, ils embrassaient toute la matière
habituelle des Revues. Sauf quelques vers de monsieur
Ferdinand de Grammont, ils étaient rédigés par monsieur de Balzac seul, avec un talent particulier à chaque sujet qui en rend la collection curieuse et intéressante.

Ce fut dans la *Revue parisienne* que parut l'article
sur la *Chartreuse de Parme*, véritable révélation qui fit
plus pour la renommée de monsieur Beyle que vingt ans
d'esprit dépensé en travaux inconnus. L'article est supérieur au roman de toute la supériorité de monsieur de
Balzac sur monsieur Beyle. Les défauts de cet ouvrage,
ces passions faussées par l'exagération des détails, ces
scènes embarrassantes étudiées et poursuivies avec une
contention d'esprit puérile, loin de choquer Balzac, devaient lui plaire au contraire, à lui qui avait su tourner
cet écueil avec tant d'habileté, et faire de ces défauts un
mérite. Puis, il faut le dire aussi, les personnages principaux, Fabrice, la duchesse de Sanseverino, le comte
Mosca, sont des créations d'un esprit distingué, original, plus observateur que Balzac lui-même, qui conçoit bien, mais auquel l'instrument fait défaut, et qui
trébuche à chaque instant dans le fossé en ne voulant
pas suivre la grand' route. Dans l'étude de Balzac,
chaque caractère reprend sa valeur et son plan, tout
est en saillie qui mérite de l'être, chaque détail est
éclairé par la lumière qui lui convient. Pour ma part,
après avoir repris vainement à plusieurs reprises la
lecture du roman de monsieur Beyle, l'étude de monsieur de Balzac me redonna du courage, et, en allant

jusqu'au bout, j'y ai trouvé un vif plaisir. C'était une énigme dont j'avais enfin la clef.

C'est encore la *Revue parisienne* qui osa la première faire justice de monsieur Delatouche, talent médiocre qui dissimula pendant longtemps son impuissance derrière son envie, imagination rétive et sèche, se jetant, par incapacité, dans l'étrange et le monstrueux. La justice de monsieur de Balzac fut sévère; mais elle savait qu'en frappant fort elle appliquait la loi du talion.

Enfin, monsieur de Balzac eut le bon goût de se montrer sympathique à ses jeunes confrères qui tentaient une carrière aux débuts de laquelle il avait rencontré tant de difficultés, et de les aider à franchir les premiers pas. Dans ce cas, la finesse de son discernement égala la bienveillance de sa sympathie. Son éloge du roman de *Suzanne* et de *Collinet*, par Édouard Ourliac, en tirant ce nom de l'obscurité, appela l'attention sur les débuts d'un maître; car, d'après Balzac lui-même, il y avait chez Édouard Ourliac, à l'état encore imparfait, mais déjà sensible, plusieurs des qualités constitutives des grands talents, la rapidité du récit unie à la clarté du style, quelque chose de cette précision railleuse avec laquelle Voltaire a écrit ses contes, et, pour ceux qui l'ont connu, il est hors de doute que la mort est venue interrompre une belle moisson littéraire. Au milieu des innombrables productions de l'époque, c'était la preuve d'un goût bien exercé de mettre précisément le doigt sur une des seules œuvres qui en resteront.

La forme dramatique tenta aussi Balzac comme elle a tenté tous les écrivains contemporains : madame

Sand, monsieur de Lamartine, Alfred de Musset. Il doit
se trouver, en effet, une extrême jouissance, pour quelqu'un habitué de faire de sa pensée l'amusement de la
foule, à la sentir agissant sur trois ou quatre mille
spectateurs à la fois. Cette promptitude de communica-
tion doit présenter un singulier attrait. Monsieur de
Balzac apporte dans ces études la même persévérance
que dans ses travaux de romancier. Son apprentissage
dura six années marquées par des chutes dont le retentissement dura longtemps. *Vautrin*, *Quinola*, *Pamela
Giraud*, la *Marâtre*, tombèrent avec un bruit qu'elles
n'eussent pas fait en vivant. Ces chutes, il faut bien
l'avouer, étaient justes, et ces pièces, assez médiocres
au point de vue littéraire, n'étaient pas meilleures au
point de vue dramatique. Si à la scène on ne tient pas
compte d'une certaine perspective indispensable à l'intelligence des spectateurs, on arrive à une aggloméra-
tion de scènes, mais non pas à un ensemble dramatique. C'est une lorgnette qu'il faut savoir mettre au
point visuel. Si elle n'y est pas, l'œil n'y voit rien, ou
y voit trouble. Cette science de perspective est quelquefois un don inné, comme chez monsieur Alexandre
Dumas; le plus souvent elle est obtenue par la persévérance, comme chez monsieur Scribe, qui composa,
dit-on, quinze ou vingt vaudevilles avant de pouvoir
en faire accepter un, et dont le moule est petit, toujours le même, mais remarquablement habile. Les
hommes de génie comme Molière ne tiennent pas
compte de ces exigences; mais les caractères qu'ils
dessinent sont observés d'une façon si puissante, que
l'on ne songe pas au reste et que leur génie fait tout
accepter.

Malgré son insuccès, Balzac persévéra, et *Mercadet*,
joué dernièrement, témoigne de ce qu'il eût fait en ce
genre si la mort n'était pas venue briser cette puissante volonté. Il y a des scènes qui semblent dictées par
l'esprit alerte, caustique, pénétrant de Beaumarchais.
Ceci est d'autant plus remarquable que ce n'est pas la
légèreté de l'allure qui distingue Balzac. Cette pièce
était, dit-on, primitivement en cinq actes que l'on a
réduits à trois. Cette réduction est regrettable; car, telle
qu'elle est, elle est écourtée, hâtive, gênée dans sa
marche, et il se pourrait bien que les gens du métier
eussent été trop peu discrets dans leurs coupures.
Quoi qu'il en soit, je reste convaincu qu'avec *Mercadet*
monsieur de Balzac avait trouvé sa véritable forme dramatique, et qu'en appliquant sa verve railleuse, son
vieil esprit tourangeau, à la satire des mœurs modernes, il eût rencontré des effets dont il a emporté le secret avec lui.

Il est chez monsieur de Balzac un côté digne de ne
pas rester tout à fait dans l'ombre, c'est le côté politique. Je ne prétends pas donner monsieur de Balzac
comme un politique pratique, je suis loin de croire que
l'observation des passions de notre pays mises en rapport actif avec ses intérêts, que l'étude du caractère
français dans certaines circonstances identiques, aient
été souvent l'objet de ses méditations. Tout en reconnaissant la justesse de plusieurs de ses idées, il est permis de douter qu'il les eût appliquées d'une façon convenable. Nous avons en France de trop tristes exemples
de l'incapacité politique des poëtes pour penser que
monsieur de Balzac eût fait exception à la règle commune: mais ce qu'il faut signaler et louer, c'est un res-

pect pour les anciennes formes gouvernementales de la
France, un dédain pour les fictions et les amphibolo-
gies parlementaires, et pour les médiocrités auxquelles
elles donnaient carrière, une sympathique intelligence
des grandeurs représentées par la monarchie, d'autant
plus remarquable qu'à l'époque où il écrivait il était
de bon goût de donner dans l'excès contraire, de glorifier les instincts démocratiques, et d'adresser au peuple des louanges d'une platitude qui n'arriva jamais à
ce degré auprès d'aucun roi. Feuilletez tous ses livres, lisez ses plus courtes nouvelles, jamais un mot
qui ne soit respectueux n'est adressé aux supériorités
sociales. Voyez surtout avec quel soin, quel art, quelles
délicatesses de nuances sont tracés ses portraits de vieil-
les femmes chargées dans ses romans de faire aimer la
noblesse, et d'y porter ce parfum d'élégance, d'esprit,
de futilité et de courage qui formait le caractère de
l'ancienne aristocratie ; depuis madame de Listomère-
Landon, de la *Femme de trente ans*, jusqu'à la princesse de Blamont-Chauvry, de *Madame de Langeais*,
jusqu'à madame de Portenduère, d'*Ursule Mirouet*.

Cette tendance respectable avait d'ailleurs, il faut le
reconnaître, ses exagérations et ses ridicules. En la
poussant à l'extrême, en voulant envelopper ses héros
et ses héroïnes d'un parfum aristocratique, Balzac est
arrivé à des descriptions d'un goût contestable. Je parle
de ses énumérations de costumes et d'ameublements plus
propres à éblouir des parvenus enrichis qu'à satisfaire
des amateurs d'un goût quelque peu délicat. Balzac
avait des prétentions en ce genre qui, la plupart du
temps, sont loin d'être justifiées. Ce sont là, d'ailleurs,
des détails à peine dignes d'être signalés.

Quant à lui, il n'était pas, comme on a voulu le dire, légitimiste dans l'acception étroite de ce mot. Son intelligence était trop élevée pour cela. Il ne songeait pas, en honorant de ses regrets une forme de gouvernement hostile à des mœurs et à des intérêts nouveaux, à se rejeter en arrière de soixante ans ; mais ce qu'il déplorait, c'était la mort du principe, de la foi monarchique qui avait donné dix siècles de gloire à la France ; ce qu'il admirait à juste titre, c'était cette noblesse héroïque dont le sang a toujours coulé à pleins bords au service de son pays. Voyez-la ; toute dégénérée qu'elle fût au dix-huitième siècle, brisée par la toute-puissance de Louis XIV, énervée par le laisser-aller de Louis XV, elle a eu tous les vices, elle a commis bien des crimes, mais à l'heure de l'échéance elle n'a pas marchandé son enjeu à des gens qui ne la valaient certes pas, elle l'a courageusement abandonné. Or l'enjeu, c'était sa tête, et son imperturbable courage devant la mort l'absoudra peut-être aux yeux de l'histoire. Ce que comprenait Balzac à une époque où il était de mode de glorifier jusqu'aux scènes les plus atroces de la Révolution, c'est que ce grand mouvement fut loin de donner autant qu'il emportait. En supprimant les supériorités sociales, il ne put pas supprimer les supériorités naturelles dont elles ne sont que la forme. En émancipant les médiocrités, il donna carrière aux incapacités qui les suivent et les poussent ; en élargissant le domaine, il abaissa le niveau ; en proclamant une égalité qui n'existe ni en morale, ni en politique, il anéantit la hiérarchie et organisa l'impuissance ; en se préoccupant beaucoup des droits de l'homme, il oublia totalement ses devoirs ; enfin, en substituant des

intérêts à des principes, il ne comprit pas que si les
intérêts satisfaits sauvegardent le présent, les principes
seuls assurent l'avenir. Il faut bien reconnaître une
chose, c'est que jusqu'à présent l'histoire de la Révolution française a été racontée par les vainqueurs.
L'ancien régime a été condamné sans être entendu, et
il est probable que les vaincus pourraient alléguer en
leur faveur des raisons très-sérieuses et très-plausibles.
Cette histoire, au point de vue des vaincus, commence à se faire, et les renseignements qui s'accumu-
lent, l'impartialité qui s'augmente à raison de l'éloi-
gnement, l'expérience qui arrive, les événements qui
prennent une signification plus précise à mesure que
leurs conséquences se développent, pourraient bien
mettre les plateaux de la balance en suspens. Dans ce
cas, Balzac serait un des premiers à avoir réveillé la
raison et la conscience humaine.

Ce respect pour le principe d'autorité, cette confiance
dans les éminents services qu'il est encore appelé à
rendre, avaient tourné de bonne heure les sympathies
de Balzac vers le pays où il est le mieux représenté et
le plus directement, vers la Russie. Un voyage qu'il fit
en 1840, la bienveillante réception qu'il y rencontra,
augmentèrent encore ses sympathies pour ce gouver-
ment. Aussi, lorsque dans la *Revue parisienne* il
songea à apprécier la politique française et étrangère,
donna-t-il à ses appréciations le nom de *Lettres russes*.
Je laisse à d'autres le soin de juger jusqu'à quel point
les idées développées dans ces lettres étaient justes et
pratiques; mais ce qui frappe, c'est la lucidité avec laquelle sont indiqués les événements que nous avons vus
se dérouler depuis trois ans. Ces prévisions, qui étaient

presque de l'extravagance il y a dix ans, sont devenues
des lieux communs, ou peu s'en faut, maintenant. Il
eût été à désirer pour le salut commun que tous eussent
possédé un sentiment de la situation aussi clairvoyant
que celui de ce modeste écrivain.

Mais les générations qui nous suivent se préoccuperont
peu, j'y compte bien, de cette perspicacité politique.
Les écrivains qui se font les serviteurs d'un parti
moissonnent leur gloire en herbe, et la postérité a la
vue trop large pour apercevoir à travers les siècles les
opinions d'un jour. Ce qui les grandit aux yeux des
contemporains les rapetisse aux siens. La gloire de
Balzac consiste dans cette étude constante, minutieuse
de nos mœurs, dans cette série de portraits qui sont
des copies si l'on veut, mais des copies d'originaux inconnus sans lui et qui donnent son caractère et sa
valeur au dix-neuvième siècle. C'est cette préoccupation
incessante, et la plupart du temps heureuse d'animer
ces portraits des passions éternelles de l'humanité, de
montrer de quelle façon elles se pliaient à nos mœurs,
à nos habitudes, à nos intérêts nouveaux ; c'est d'avoir
rendu palpable cette vérité, que le présent, perpétuelle-
ment dénigré par les impuissants, offre, à qui sait le
regarder, autant d'attrait et de grandeur que le passé.
Tallemant des Réaux avait esquissé, avant Balzac, les
figures originales de toute une époque ; mais il y a
entre eux la distance de l'esprit au génie. On pourra
lui reprocher d'avoir souvent abusé de sa facilité d'observation, et en se jetant dans des détails minutieux,
inutiles, d'avoir obscurci l'ensemble et alourdi la
marche de l'action ; mais, malgré ces défauts, pour qui
voudra se rendre compte de ces trente années de travail

tenace, et reconnaître que la volonté a suppléé, chez lui, à bien des facultés absentes, il restera comme une preuve de la justesse de ce mot de Buffon : « Le génie, c'est la patience. »

Aujourd'hui, le seul témoignage public qui survive à cette gloire éteinte est une plaque de marbre noir portant la date de sa naissance et celle de sa mort, que la ville de Tours a fait incruster dans la maison où il a vu le jour. On y lit :

Né le 16 mars 1799.
Mort le 19 août 1850.

Quelle vie laborieusement et glorieusement employée entre ces deux dates !

FIN

TABLE

www.ingramcontent.com/pod-product-compliance
Lightning Source LLC
Chambersburg PA
CBHW072351030726
47505CB00014B/1454